युद्ध कला से जीवन कला

लेखक : रवि वल्लुरी

हिन्दी अनुवादक : ऋतु भटनागर

First Published in 2023
Old ISBN: 978-93-91465-17-9

ISBN: 978-93-7864-210-4

Yudh Kala Se Jeevan Kala
(Hindi translation of Art of War to Art of Living)
Ravi Valluri
Ritu Bhatnagar (Translator)

Contact: valluri.ravi@gmail.com

गुरुदेव श्री श्री रवि शंकर जी

को समर्पित

मेरे माता-पिता

वल्लूरी श्रीराम और बाला श्रीराम

की स्नेह भरी याद में

आभार

बात है अगस्त, 2020 की एक दोपहर की, जब मैं दोपहर के भोजन के लिए बैठा ही था, कि तभी मेरे मोबाईल पर एक कॉल आया।

"नमस्कार, क्या आप रवि जी बोल रहे हैं?"

फ़ोन पर उधर से आवाज़ आई। लाइन पर डॉ मणिकांतन, *आर्ट ऑफ़ लिविंग* के एक बहुआयामी, वरिष्ठ-शिक्षक थे, जिन्होंने *आर्ट ऑफ़ लिविंग* में शामिल हुई एक चीन की महिला की जीवन-कथा पर, कहानी लिखने की मुझे सलाह दी।

कहानी की कल्पना एक *ओटीटी* परियोजना के रूप में की गई। मैं इस संभावना से काफ़ी उत्साहित हुआ, लेकिन मैंने इसके बजाय एक किताब लिखना पसंद किया। और इस तरह से इस उपन्यास का जन्म हुआ।

डॉ. मणिकांतन जी का हार्दिक आभार जिन्होंने इस परियोजना को लेकर मेरे बारे में सोचा और मुझे यह अवसर दिया।

इस उपन्यास के सैद्धांतिक-चित्रकार, एक टेक्नोक्रेट और *आर्ट ऑफ़ लिविंग* के शिक्षक, श्री अरविंद नागासायनम को हृदयतल से मैं धन्यवाद देता हूँ। उन्होंने चीन में कई वर्षों तक काम किया था, तथा बंगलुरू आश्रम में इस उपन्यास की नायिका शी जिओ मिंग से बातचीत भी की थी। ये अरविंद ही थे, जिन्होंने डॉ. मणिकांतन जी से संपर्क किया और इस पुस्तक में होने वाली घटनाओं की श्रृंखला को गति व दिशा प्रदान करी।

मैं दिनेश खोडके और खुर्शीद बटलीवाला का आभारी हूँ जिनके *यूट्यूब लिंक*, मुझे अरविंद ने प्रदान किए थे। उन्होंने चीन पर कई *यूट्यूब लिंक* और चीनी यात्री जुआन जांग पर इंडो-चाइना फ़िल्म भी मेरे साथ साझा की।

मैं वास्तव में अरविंद नागासायनम का आभारी हूँ कि उन्होंने उन आकर्षक और महत्त्वपूर्ण कड़ियों का विवरण मुझे प्रदान किया जिन्होंने इस कहानी का ताना-बाना बुनने में मेरी बहुत मदद की है।

बंगलुरू में रहने वाले *आर्ट ऑफ़ लिविंग* के शिक्षक श्री नकुल धवन के प्रति भी

मैं आभार व्यक्त करता हूँ, जिन्होंने इस उपन्यास की पांडुलिपि को पढ़ा, परखा और इसमें सुधार के लिए बहुमूल्य सुझाव दिए। इस उपन्यास के सुविधापूर्ण प्रकाशन हेतु आपने, गुरुदेव श्री श्री रवि शंकर जी के *सेक्रिटेरीअट* के साथ एक सेतु का काम भी किया।

मैं आभारी हूँ, अपने बेटे सिद्धार्थ का जिसने कवर पेज के चयन में अपनी अहम भूमिका निभाई, और मेरी बेटी तेजाला का जो हमेशा ही मेरी प्रेरणा का स्रोत रही है।

मैं अपनी माँ को याद किए बिना नहीं रह सकता, जो हमेशा मुझे मेरी विभिन्न रुचियों से संबंधित विषयों पर लिखने और उन पर आगे बढ़ने के लिए प्रोत्साहित किया करती थीं।

मैं श्रीमती ऋतु भटनागर का बहुत-बहुत आभारी हूँ। आपने मेरी अंग्रेज़ी में प्रकाशित **'Art of War To Art of Living'** उपन्यास का हिन्दी में सफल और भावपूर्ण अनुवाद प्रस्तुत किया है और आपके प्रयासों से आज यह **'युद्ध कला से जीवन कला'** के नाम से हिन्दी में प्रकाशित हो सकी है। इसके पहले ऋतु जी मेरी एक अन्य पुस्तक, **'Heart Break At Coffee Shop'** का हिन्दी में अनुवाद कर चुकी हैं, और उस पुस्तक को भी पाठकों द्वारा बहुत सराहना मिल चुकी है।

मैं मेरे सहयोगी, श्री अमन वर्मा का आभार व्यक्त करना चाहूँगा, जिनका इस पुस्तक में महत्त्वपूर्ण योगदान रहा है।

मैं *एकेएस पब्लिशिंग हाउस* के श्री अक्षत गुप्ता का शुक्रगुज़ार हूँ, जिन्होंने यह सुनिश्चित करने में कोई कसर नहीं छोड़ी कि यह पुस्तक प्रकाशित हो सके और पाठकों के बीच आ सके।

मैं *जश्न इवेंट्स* की सुश्री सीमा सक्सेना को धन्यवाद देना चाहूँगा, जिन्होंने पुस्तक के *प्रमोशन* की बागडोर बखूबी संभाली है।

इन सबसे ऊपर, सबसे महत्त्वपूर्ण बात यह है कि मेरे गुरु, गुरुदेव श्री श्री रवि शंकर जी की कृपा के बिना यह पुस्तक प्रकाशित ही नहीं हो सकती थी। यह कहना भी अतिशयोक्ति नहीं होगा कि गुरदेव के आशीर्वाद के बिना यह कोशिश भी नहीं करी जा पाती। मैं, अपने गुरुदेव के प्रति अपनी अपार कृतज्ञता व्यक्त करता हूँ, अपना आभार प्रेषित करता हूँ।

रवि वल्लूरी

प्रस्तावना

孫子兵法

"युद्ध दिमाग में जीता जाता है।" — सुन त्ज़ु

आज का शेनज़ेन, चीन

शेनज़ेन, हाँगकाँग के पड़ोस में स्थित, पर्ल नदी के मुहाने पर बड़े ही करीने से बसा हुआ एक अत्याधुनिक महानगर है, जो कि चीन की अभूतपूर्व आर्थिक प्रगति के उदाहरण का चमकता सितारा है।

वर्ष 1980 में, चीन में आर्थिक सुधारों और अर्थव्यवस्था के खुलने की शुरुआत होने से पहले, यह एक सोता हुआ निजीव-सा शहर हुआ करता था जिसकी उस समय कुल आबादी 60,000 रही होगी, और उस दौर में यह अपने हालत सुधारने के लिए संघर्ष कर रहा था।

आज, यह गगनचुंबी इमारतों और उद्यमियों वाला महानगर बन चुका है, जिसमें विदेशी पूंजी की भारी आमद है। यह लगभग बारह मिलियन लोगों के आवास के लिए एक प्रमुख तकनीकी केंद्र के रूप में उभरकर निकला है। पिछले तीन दशकों में इस शहर ने दुनिया की अर्थव्यवस्था में, बहुत बड़ी छलांग लगाकर, अपने लिए महत्त्वपूर्ण स्थान बना लिया है। इसका यह रूपान्तरण कठोर-साम्यवाद से लुभावने व खुली अर्थव्यवस्था वाले बाजार पर आधृत साम्यवाद में हुआ है, जो कि निश्चित रूप से इस देश को पतन से समृद्धि तक ले गया है। और हाँ, इस मंथन में, महिला उद्यमी विशेष रूप से उभरकर सामने आई हैं, क्योंकि अर्थव्यवस्था के खुले आकाश में महिलाओं को भी अपने पंख पसारने का बराबरी का अवसर मिल सका है।

सितंबर माह के मध्य के दिनों में, उनतीस डिग्री सेल्सियस तापमान पर, मौसम स्वास्थ्यप्रद और सुहावन था। अन्य मौसमीय घटक कुछ इस तरह थे : वर्षा तीस प्रतिशत, आर्द्रता स्तर अट्ठारह प्रतिशत और हवा का वेग अठारह किलोमीटर प्रति घंटा। संक्षेप में कह सकते हैं कि, इस बढ़ते हुए शहर के निवासियों के लिए अपने

दैनिक कामों को पूरा करने के लिए वह एक आदर्श दिन था।

जिओ मिंग, ढीले-ढाले आरामदायक कपड़े पहने हुए, अपनी रीढ़ को सीधा ताने, चबूतरे पर सतर्क लेकिन मुसकुराती हुई बैठी हुई थी। 'टाई ची' की प्राचीन प्रथा, और उसके बाद साँस लेने की उतनी ही प्राचीन भारतीय तकनीक व योग के अभ्यास के एक *मैराथन* सत्र को, उसने अपने छात्रों के साथ गहन *मेडिटेशन* सत्र के साथ पूरा किया।

जैसे-जैसे यह गहन सत्र अपने चरमोत्कर्ष की ओर बढ़ा, घर का वातावरण एक प्राचीन शांति मंत्र की ध्वनि से गूंज उठाया।

"लोकः समस्तः सुखिनो भवन्तु। ओम शांति, शांति, शांतिः।"

"संसार के सभी प्राणी सुखी हों। सर्वत्र शांति का वास हो।"

"इस मंत्र का जाप करते हुए आइए हम सृष्टि के सभी जीवों के लिए गहराई से महसूस करने का प्रयास करें, और निःस्वार्थ भावना से जीने का संकल्प लें। सब ओर शांति और सद्भाव कायम रहे। गहरी साँस भीतर खींचें और बाहर छोड़ें। अब अगली साँस लें... पूरी तरह से साँस बाहर छोड़ें। जब आप पूर्ण, सम्पूर्ण और शांत महसूस करने लगें, तब अपने शरीर और वातावरण के प्रति जागरूक होते हुए आहिस्ता से अपनी आँखें खोलें," एक बहुत ही शांतिदायक पुरुष-स्वर गूँजा।

इस स्वर का, शिक्षक और उसके छात्रों पर गहरा और चमत्कारिक प्रभाव पड़ा। वे सब देखने में बड़े ही ओजस्वी व शुद्ध लग रहे थे, जैसे गुलाब की पंखुड़ियों पर टिकी हुई ओस की बूँद होती है, बिल्कुल शुद्ध!

"हम्म, तो आज इस पॉवर-पैक्ड़ प्रोग्राम का आखिरी दिन था। हमने टाई ची, योग, श्वास तकनीक और गहन मेडिटेशन करने का अभ्यास किया। ये छह दिन पलक झपकते ही बीत गए," जिओ मिंग ने उस छोटी-सी सभा को संबोधित करते हुए कहा।

यह जगह थी जिओ मिंग का आलीशान और खूबसूरत घर, जो कि शेनज़ेन के एक बहुत शानदार इलाके में स्थित था। इस महानगर का कोलाहल और भागम-भाग भरी ज़िंदगी, छह दिन के इस *मेडिटेशन प्रोग्राम* में खलल नहीं डाल सकी।

"देखो तो ज़रा, आप सब कितने ओजस्वी दिख रहे हैं! काश आप सब स्वयं को इस वक़्त आईने में देख सकते होते," जिओ मिंग खुशी से बोली।

"आपने भी यह महसूस किया होगा कि यह छह दिन कितनी जल्दी बीत गए,

और इसका श्रेय आप सबको जाता है," जिओ मिंग ने अपनी मधुर आवाज़ में कहा। *"आप में से हर एक ने बहुत ही लगन और ध्यान से अभ्यास किया है,"* वो प्रत्येक प्रतिभागी को उसके नाम से संबोधित करते हुए बोली।

"तो आइए, क्यों न अब हम अपने अनुभव साझा करें? पिछले छह दिन कैसे रहे? यह मेरे लिए ध्यान की शक्ति, श्वास तकनीक के बारे में जागरूकता फैलाने और अन्य कार्यक्रमों को शुरू करने के लिए एक प्रशंसापत्र के रूप में काम करेगा। क्यों क्या कहते हैं आप सब? क्या आपको इस सत्र के बाद स्वयं में तनिक भी अंतर नज़र आता है?"

"शायद मेरे पास ऐसा करने का एक स्वार्थपूर्ण कारण भी है। यह मुझे आध्यात्मिक रूप से विकसित होने और बढ़ने में मदद करेगा," इस शिक्षिका ने अपने छात्रों से, उनके मन की झिझक और भय को दूर करने की कोशिश करने के लिए, हँसते हुए कहा।

यह समूह जिसका प्रारंभिक स्वरूप थोड़ा अजीब सा ही था, वह इन छह दिनों में एक एकजुट होकर एक इकाई के रूप में विकसित हो चुका था। इस समूह में नास्तिक, अज्ञेयवादी, टेक्नोक्रेट और बौद्ध सभी तरह की विचारधाराओं वाले लोग शामिल थे। उनमें से अधिकांश एक से अधिक विचारधारों में अपनी आस्था रखते थे। विविध विचारधाराओं वाले ऐसे समूह में किसी भी तरह का मौलिक परिवर्तन ला पाना वास्तव में एक कठिन कार्य था।

गुओ पिंग, लियांग हुआ, जू झी जून, यू चेंग डोंग, जू वेन वेई, रेन झेंग फी और मेंग वान झोउ, ये सात शिष्य, एक बहुत बड़ी इंटरनेट और प्रौद्योगिकी कंपनी, जो कि देश और दुनिया का सबसे बड़ा निवेश निगम था, में उच्च पदों पर आसीन थे और उनका नेतृत्व रेन झेंग फी किया करते थे।

जिओ मिंग, जो कि स्वयं भी तकनीक की दुनिया से बेहतरीन ढंग से जुड़ी हुई थी, इस वजह से इस समूह के साथ सहजता से सामंजस्य बैठा सकने में सफल रही। बहुत ही छहरहरी काया वाला और ऊर्जावान, रेन झेंग फी ने, तकनीक-प्रेमी और बुद्धिमान सदस्यों के इस समूह के अनुभवों को संक्षेप में प्रस्तुत किया।

"अगर सच कहूँ, तो शुरू में हम, योग, मेडिटेशन और श्वास तकनीकों को लेकर थोड़ा सशंकित थे। हम सब टाई ची से तो भलीभाँति परिचित हैं। मैं खुद भी ट्रेडमिल पर और इलिप्टिक बेडसाइड्स पर व्यायाम करते हुए बहुत समय बिताता हूँ और

इसके साथ ही पुशअप्स और क्रन्चेज़ भी करता हूँ। इस लिए मेरी ऊर्जा का स्तर काफ़ी ऊँचा है, यह मैं खुद के लिए कह सकता हूँ," झेंग फी ने मुस्कुराते हुए अपने श्रोताओं की ओर देखते हुए कहा। *"फिर भी, इस कोर्स ने हमारे मस्तिष्क के कई बंद दरवाज़े खोल दिए हैं। हम पहले से अधिक शांत महसूस कर रहे हैं। हमारी तनावग्रस्त नसें शांत हैं। हमको ऐसा लग रहा है जैसे हमारा मन पूरी तरह से खाली हो गया हो। भावनात्मकरूप से हम सौम्य और नम्र अनुभव कर रहे हैं। हम अपने मनोभावों पर पहले से अधिक नियंत्रण रख पा रहे हैं।"* इस विवरण को सुनकर जिओ मिंग के चेहरे की मुस्कान बढ़ गई।

लियांग हुआ ने कहा, *"हम में से कुछ लोगों नेइस दौरान बादलों के बीच तैरने, अपने पूर्वजों को देखने और सुदूर कहीं पैराशूट से उतरने जैसे अनुभव किए थे। हमको यह सब अजीब लग रहा था, मानो जैसे 'वूडू' हो, लेकिन फिर उन सभी आशंकाओं का अंत हो गया और हम वापस स्वयं में लौट आए। ध्यान सत्रों या मेडिटेशन के दौरान में हम सभी ने महसूस किया कि विशाल, नीला आकाश हमारा मन था, जिसमें बादलों की तरह के हमारे विचार प्रकट हुए और गायब हो गए। यह सब काफी अविश्वसनीय था। हम सब ने अंत में आंतरिक शांति महसूस करी।"*

"यह अनूठा कार्यक्रम निश्चित रूप से तकनीकी कंपनियों और इंजीनियरिंग फर्मों में कार्यरत लोगों के उत्पादकता स्तर को बढ़ाएगा। अधिकारियों की विचार प्रक्रिया में स्पष्टता कई गुना बढ़ जाएगी," समूह के सबसे छोटे सदस्य, गुओ पिंग ने कहा।

ज़ू ज़ी जून ने कहा, *"सारा श्रेय ट्यूटर को जाता है, जिनके दक्षता की सराहना आवश्यक है।"*

प्रतिभागियों से उनके अनुभवों को सुनते हुए, उनके चेहरों को देखकर जिओ मिंग को बहुत खुशी हो रही थी। गुओ पिंग और ज़ू ज़ी जून ने जल्दी से *पॉट-लक डिनर* के लिए मेज़ सजा दी। रसोई से *हॉट पॉट* लाया गया और कटोरे, नैपकिन और चॉप *स्टिक* एक तरफ रख दिए गए। *हॉट पॉट* के चारों ओर विभिन्न प्रकार के स्वादिष्ट व्यंजन रखे गए। इस सत्र के कार्यक्रम की आवश्यकताओं को ध्यान में रखते हुए सभी व्यंजन शाकाहारी थे।

मांसाहारी भोजन के आदि इन लोगों ने, *कुंगजियाओ टुडु सी* (हरी मिर्च के साथ तले हुए आलू), *सी जिओज़ी* (शाकाहारी पकौड़ी), *जिआंग्गी क्विंगजी* (मशरूम के साथ हरी सब्जियाँ), *डी सान जियान* (हलका तला हुआ आलू, बैंगन), *गान* और

मीठे व्यंजनों के स्वाद का लुत्फ़ उठाया। *बियान डू जिओ* (सिचुआन सूखी-तली हुई हरी बीन्स), *चो दुया* (हलकी तली हुई बीन स्प्राउट्स) और *लियांग बजन हुआंग गुआ* (ककड़ी सलाद), इस भूखे समूह की प्रतीक्षा में थे। इस शाकाहारी भोजन को करते हुए सभी बड़ी उत्सुकता और जोश के साथ अपने-अपने अनुभव साझा करने में व्यस्त थे।

जब वे कार्यक्रम के समापन पर अंतिम निर्देशों के लिए फिर से एकत्र हुए, तब जिओ मिंग ने समझाया कि उनमें से प्रत्येक को अपने जीवन में चार पहलुओं को विकसित करने का प्रयास करना चाहिए - मन में शांति, हृदय में शांति, विचारों में मौन। उनको अपने सभी कर्मों और कृत्यों में अच्छाई तथा दया सुनिश्चित करनी चाहिए।

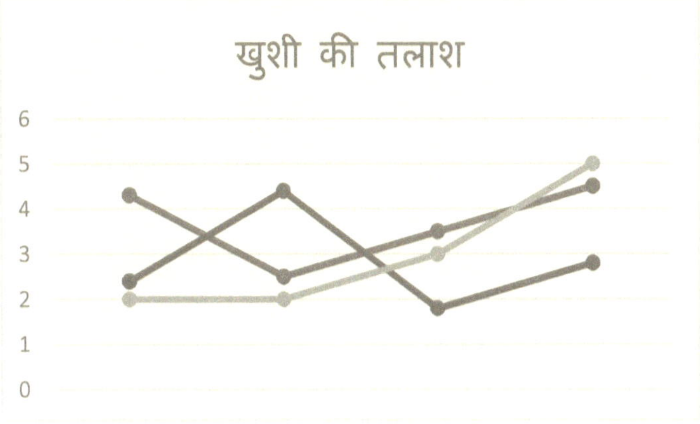

X-अक्ष: वर्षों में समय

Y-अक्ष: जीवन में कारक (भाई-बहनों की अनुपस्थिति, गरीबी, मन की अशांति, विश्वसनीय संबंध आदि)

विभक्ति का बिंदु हमारी अंतर्निहित उदासी थी और हम खुशी की तलाश में हैं।

जिओ मिंग ने विस्तार से बताते हुए कहा, *"ठीक है, हम सभी के जीवन में बहुत सारी कामयाबियों के साथ-साथ नाकामयाबियाँ भी हैं। कोई प्रेमी या भाई-बहन में भावनात्मक सहारा ढूँढता है। कई बार हमारे जीवन में सब कुछ होते हुए भी हम कुछ*

कमी महसूस कर रहे होते हैं। यह मानव स्वभाव की मूल प्रकृति में निहित है कि हम खुशी के भावनात्मक भागफल को भविष्य की किसी तारीख के लिए स्थगित कर देते हैं। यह कार्यक्रम हमारी विचार प्रक्रिया को परिवर्तित करता है और उसे खुशी के शिखर तक पहुँचने में मदद करता है, ***अभी इसी पल****!"*

"हैप्पीनेस को भविष्य की तारीख में टालने के बजाय, आज और अभी में खुश रहना सर्वोपरि है," शी जिओ मिंग ने इन शब्दों के साथ अपने भाषण का समापन किया।

शी जिओ मिंग का चेहरा चमक रहा था। उसे पूरा यकीन था कि कोर्स के उद्देश्य को निर्बाध और मौलिक रूप से प्रस्तुत करने में वो सफल रही थी।

अध्याय 1

युद्ध कला

古之所善戰者，勝於易勝者也

"एक चतुर सेनानी वह है जो न केवल जीतता है, बल्कि आसानी से जीतने में महारत भी हासिल करता है।"

— सुन त्ज़ु Sun Tzu (Sūn Zǐ)

क्षी आन, 1983

साल 1983, चीन के पारंपरिक कैलंडर के अनुसार *'ईयर ऑफ़ दी पिग'* था, और उस वर्ष के अगस्त माह की पंद्रह तारीख को शी जिओ मिंग (Xi Xiao Ming) का जन्म हुआ था। इत्तेफ़ाक़ से वो दिन दोहरे '7' वाला दिन था, यानी कि एक ऐसा दिन जो कि चंद्र-पंचांग पर आधारित कैलंडर के सातवें महीने के सातवें दिन पर पड़ा था। संक्षेप में कहा जाए तो, *'वेलेंटाइंस डे'*!

जिओ मिंग की ज़िंदगी में अभाव ही अभाव थे। उसका जन्म ऐसे माता-पिता की गोद में हुआ था जिनकी आकांक्षाएँ तो बहुत ऊँची थीं, लेकिन उनके पास था कुछ भी नहीं। हालात वैसे ही थे जैसा किसी मध्यम वर्गीय परिवार में जन्म लेने वाले बहुतेरे लोगों के होते हैं। उसका परिवार बड़ी ही मुश्किल से अपनी रोज़मर्रा की ज़रूरतों को पूरा कर पाता था, और समाजिक व्यवस्था की सीढ़ी में ऊपर चढ़ने तथा संपन्नता के सपने देखा करता था।

जिओ मिंग के परिवार की दरिद्रता और ज़िंदगी में हर चीज़ की कमी का एहसास, उनकी हर खुशी के आड़े आ जाया करता था, और वो अपनी उन परिस्थितियों से पीछा छुड़ाने के लिए बेचैन रहा करती थी।

दरिद्रता और गरीबी की उस दलदल में न तो उस मासूम लड़की के फलने-फूलने

लायक हालत थे और न ही किसी भी तरह की कोई उम्मीद!

जिओ मिंग को नास्तिकता विरासत में मिली थी, और इस कारण उसके पास यह आश्रय भी नहीं था कि वो परमेश्वर की शरण में ही सुकून की तलाश कर सके। हालाँकि कभी-कभी उसने अपनी माँ को आकाश की ओर टकटकी बाँधे देखा ज़रूर था, मानो वो प्रार्थना कर रहीं हों; शायद प्रकृति से या फिर अपने पूर्वजों से, यह बात वो कभी जान नहीं पाई। उसकी माँ टूटते हुए तारों की ओर बड़ी ही आस के साथ देखा करती थी जैसे वो खुशहाली का संदेश लाने वाले अग्रदूत हों; मानो धूमकेतु नई उम्मीद और संरक्षण की आस साथ लाते हों।

जिओ मिंग को बड़ा ही मन करता था कि उसका कोई भाई-बहन हो जिनसे वो अपनी भावनाएँ, मन के घाव, धन की कमी और अपनी निरंतर बढ़ती आकांक्षाओं को साझा कर सके। नास्तिक होने के कारण, उसके पास कोई ऐसा संबल या किसी दिव्य शक्ति का सहारा तो था नहीं, जिससे वो अपने मन की बात कहकर अपने मन को हल्का कर सके। अंततः उसे यह हक़ीक़त स्वीकार करनी ही पड़ी कि उसका कोई भाई-बहन नहीं है।

जिओ मिंग के पिता, खूब सारा पैसा और सामाजिक प्रतिष्ठा हासिल करने के लिए उतावले थे। जिओ मिंग के अभिभावकों ने अपने मन की सारी महत्त्वाकांक्षाएँ और अपने सारे सपनों की ज्वाला को उस मासूम के भीतर सुलगा दिया था। एक बार इस बात का एहसास हो जाने के बाद, कि जिओ मिंग दूसरे आम बच्चों की तरह नहीं थी, उन्होंने यह तय कर लिया था कि अब वो ही उनकी सारी इच्छाएँ पूरी करेगी, और उनकी ज़िंदगी को बदहाली से बाहर खींचकर खुशहाल और समृद्ध बनाएगी।

इस तरह से उसकी ज़िंदगी का लक्ष्य ही बन गया था – दौलत कमाना और किसी रानी की तरह ज़िंदगी जीना! जिओ मिंग के लिए ज़िंदगी को अपनी मुट्ठी में करने का एक ही रास्ता था और वो था शिक्षा और बुद्धि का साथ।

सुन वू (Sun Wu) या प्यार से पुकारे जाने वाले सुन त्ज़ु (Sun Tzu) प्राचीन चीन के प्रतिष्ठित सैन्य रणनीतिकार थे। जिओ मिंग के पिता सुन त्ज़ु की रणनीतियों के अनुयायी थे और उन्होंने अपना ये गुण अपनी बेटी को भी दिया था जो कि अपने पिता से बहुत प्यार करती थी।

सुन त्ज़ु ने कभी भी युद्ध की बात नहीं की; उनके अनुसार युद्ध तो आखिरी विकल्प होना चाहिए क्यों कि लंबे खिंचे युद्ध, विजेता के लिए भी विनाशकारी ही

सिद्ध होते हैं। उन्होंने अपने रणनीतिक सिद्धांतों को *'दी आर्ट ऑफ़ वॉर'* नाम की अपनी प्रतिष्ठित किताब में चित्रित किया था। यह एक ऐसी किताब है जो आज भी दुनिया के प्रख्यात प्रबंधकों, रणनीतिकारों और बड़े-बड़े संगठनों का मार्गदर्शन करती है। सैन्य संगठनों ने, रणनीति और युद्ध को दिमाग में कैसे जीता जाता है, इस पर साहित्य के इस युगांतरकारी संग्रह से कई बार सीख लीं हैं। प्रसिद्ध अमरीकी जासूसी संगठन, *सीआईए* के अधिकारियों के लिए इस युगांतकारी ग्रंथ को समझना और उसकी बारीकियों का अध्ययन करना अनिवार्य है।

सुन त्ज़ु की विराट शख्सियत की चाकाचौंध से प्रभावित उस आज्ञाकारी बेटी ने अपने स्नेहिल किन्तु कठोर पिता की बात मानते हुए इस उत्कृष्ट कृति के विभिन्न पहलुओं को अपने जीवन की कठिनाइयों और चुनौतियों का मुकाबला करने के लिए आत्मसात कर लिया।

"एक चतुर सेनानी वह है जो न केवल जीतता है, बल्कि आसानी से जीतने में उत्कृष्टता प्राप्त करता है," सैन्य रणनीतिकार सुन त्ज़ु के इन शब्दों ने उसे सम्मोहित कर लिया था और ये उसके दिमाग में छप गए थे।

जिओ मिंग ने फैसला किया कि चाहे कुछ भी हो, वह जीवन में किसी भी प्रतिकूल स्थिति के सामने कभी झुकेगी नहीं। इस तरह, हमेशा जीत पर अपनी निगाह टिकाए रखने वाली इस लड़की में एक मज़बूत तार्किक दिमाग विकसित हुआ जो कि हमेशा समाधान की खोज में रहता था।

जिओ मिंग का जीवन उथलपुथल से भरा हुआ था। जब पहली बार उसने *सिंघुआ विश्वविद्यालय* में *कंप्यूटर साइंस* में दाखिले की कोशिश की, तो वो विफल रही। निराश जिओ मिंग ने फिर एक *एअर लाइंस* और पुलिस में भरती की कोशिश भी करी, लेकिन इसमें भी वह नाकाम रही। उसके माता-पिता उस पर ज़बर्दस्त दबाव बनाए हुए थे, क्योंकि उनको उसकी इन असफलताओं में अपने सपने चकनाचूर होते दिख रहे थे। यहाँ तक कि जिओ मिंग को *केएफ़सी* से भी खाली हाथ लौटना पड़ा!

"जैक मा ने हावर्ड में दस बार अर्ज़ी भरी और हर एक बार उसे खारिज कर दिया गया। और अब वो अलीबाबा, जो कि इस ग्रह पर सबसे बड़ी ई-कॉमर्स कंपनी है, के संस्थापक के रूप में दुनिया के सबसे रईस उद्यमियों में से एक है," जिओ मिंग अकसर अपने आपको समझाया करती थी।

अपनी दूसरी कोशिश में वो *सिंघुआ विश्वविद्यालय* में *कंप्यूटर साइंस* में दाखिला

पाने में सफल रही।

जिओ मिंग को अपना कोई भाई-बहन न होने की कमी बहुत अखरती रहती थी। उसका बहुत मन करता था कि वो किसी से अपने मन की बातें खुलकर कह सके; हद से ज़्यादा स्पर्धावान दुनिया की बातें साझा कर सके, और अपने घर के मनहूसियत भरे माहौल के बारे में बात कर सके। अपने चारों तरफ़ पसरी गरीबी उसका गम घोंटती थी।

इस पूरे माहौल में जो चीज़ें उसे सुकून देती थी, वो थीं उसकी दो गुड़ियाँ, जो उसके माता-पिता ने उसे तोहफ़े में दीं थीं और वो उनको *बाओ* और *बाई* बुलाया करती थी। ज़िंदगी में वो दोनों उसकी इकलौती सहेलियाँ थीं जिनसे वो अपने मन की सारी बातें कह लेती थी; अपनी सारी सफलताओं और असफलताओं की कहानियाँ उनको सुना लेती थी।

उसके लिए *बाओ* और *बाई* कोई निर्जीव कार्टून नहीं थे; वे दोनों तो उसकी ज़िंदगी में जीवंत रूप ले चुके थे। वे दोनों उससे बातें करते थे, उसके आँसू पोंछते थे, और उसको ज़िंदगी के गहरे राज़ समझाते थे। एक तरह से वे दोनों उसके लिए फ़रिश्ता बन चुके थे। यह ऐसा था जैसे, जिओ मिंग ने अपने विचारों की तीव्रता के माध्यम से उनमें जीवन भर दिया हो!

बाओ और *बाई* उसके लिए उसकी ही मानसिक छवि का स्वरूप बन चुके थे; *खिलौनों ने एक विशाल जीवन्त आकार ग्रहण कर लिया था।* जैसे-जैसे जिओ मिंग बड़ी होती गई, वैसे-वैसे ये खिलौने भी बड़े होते गए।

क्या *बाओ* और *बाई* सिर्फ़ खिलौने मात्र थे? जिओ मिंग के दिमाग ने उन दोनों को उसके भाई-बहन का प्रारूप मान लिया था। समय के साथ *बाओ* और *बाई* ने उसके लिए चेतन प्राणियों का रूप ले लिया, जिनके साथ वह अपने अंतर्मन की सारी भावनाओं को साझा कर लेती थी। ऐसी भावनाएँ जिनको कई बार वह अपनी माँ से कहने में भी झिझकती थी। उसके माता-पिता, उसको नापसंद उसके चचेरे भाई, उसका पहला प्यार, गणित में फ़ेल होने पर उसे अपने पिता से मिली फटकार, उसके मासिक धर्म के दौरान अत्यधिक रक्तस्राव, आदि आदि... न जाने ऐसी कितनी ही बातें थीं।

बाओ और *बाई,* उसको समझने वाले, उसके स्नेहिल भाई-बहन बन चुके थे। उसकी माँ कभी भी उसके सवालों का संतोषजनक जवाब नहीं दे पाई, लेकिन *बाओ*

और *बाई* के पास उसे उसकी हर तरह की मुश्किलों का जवाब तैयार मिलता था।

आखिरकार बाओ और बाई कुछ और नहीं बल्कि उसकी मानसिक अवस्था और कल्पना का प्रतिबिंब थे, जो सुन त्ज़ु की दी हुई सभी सीखों से परिपूर्ण थे।

ये दोनों, संकट और अकेलेपन के युद्ध को जीतने के लिए उसके शस्त्रागार में रखे किसी शस्त्र की तरह थे। *बाओ* और *बाई* के साथ उसके अनुभवों ने, उसकी कल्पना के साथ मिलकर, उसे एक *'ऐप'* बनाने का अनूठा विचार दिया। एक ऐसा *ऐप* जिसमें एक भावनात्मक दोस्त, एक सहायक, एक मित्र और भाई-बहन का एक बढ़िया समन्वय हो; एक ऐसा व्यक्ति जिसकी उसके जीवन में बहुत कमी थी।

उसके देश में लागू *'एक परिवार एक बच्चा'* की नीति के चलते, वास्तव में उसकी पूरी पीढ़ी के ही जीवन में यह अभाव था।

इस ऐप के विचार ने एक '*स्टार्ट अप*' को जन्म दिया, उसका अपना '*स्टार्ट अप*'। जो एक बात उसके दिल-ओ-दिमाग पर छाई हुई थी वो थी, 'कि हो सकता है यह *स्टार्ट-अप* उसके सारे सपने साकार कर देगा और उसके अपने भाई-बहन की तरह बन जाएगा जिसको वो अपनी इच्छा के अनुसार ढाल सकेगी।'

जब अपने *स्टार्ट अप* के लिए नाम सोचने का समय आया, तो उसे बस अपने भाई-बहन के बारे में ही ध्यान आया। इसलिए, उसने अपने *स्टार्ट अप* के पंजीकरण के समय उसका नाम रखा, 'XiŌngdì Technologies'। XiŌngdì, उस भाई-बहन को दर्शाता है जो कि उसके पास कभी नहीं थे।

जब भी वो अपने *स्टार्ट अप* के बारे में सोचती, तो वो यह कल्पना करती कि वो *ऐप* किस तरह से लोगों की मदद करेगा!

अपने *ऐप* के उद्देश्य, संरचना और कार्य की परिकल्पना करते समय, जिओ मिंग ने एक ऐसी लड़की के बारे में सोचा, जिसे उसका परिवार प्रताड़ित करता था, लेकिन वो अपनी परेशानियों को किसी को कह नहीं कर पा रही थी। वो लड़की इस *ऐप* से बातचीत करके अपने तनाव दूर सकती थी; यह *ऐप 'स्ट्रेस बस्टर'* यानी की तनाव दूर करने वाले की तरह काम करेगा।

इसी तरह से, मान लीजिए, एक छोटी बच्ची का खिलौना खो गया और इसके लिए उसके मम्मी-पापा ने उसको बहुत डाँटा। वो अकेले में खूब रोई; लेकिन जैसे ही उसने *ऐप* से इनरैक्ट किया, उसको बहुत सुकून और सुरक्षित महसूस होने लगा।

परीक्षा में *फ़ेल* हो जाने पर एक छात्र अपने पिता से डर के मारे उनको अपने *मार्क्स* नहीं बता पा रहा। उसे इस *ऐप* से *इनरैक्ट* करना बहुत ही राहत और सुकून पहुँचा सकेगा।

जिओ मिंग यह सोचकर बहुत रोमांचित हो जाती कि किस तरह से लड़कियाँ अपने पहले प्यार की बातें, मासिकधर्म न आने की बातें या फिर परिवार के किसी सदस्य के हाथों प्रताड़ित होने की बातें इस *ऐप* से साझा कर सकेंगी। बस, अपने मन का सारा बोझ उस *ऐप* से साझा कर लेना ही उनको कितनी राहत दिया करेगा।

यह *ऐप* करीब-करीब किसी *'ह्यूमनॉइड'* जैसा ही होगा। यह मनोभावों से भरपूर होगा और आवश्यकता पड़ने पर सुकून और राहत दे पाने में सक्षम होगा; और, यदि कोई चाहेगा तो वो उसके लिए उसके भाई-बहन जैसा बन जाएगा!

जिओ मिंग को अपने इन विचारों से बहुत तसल्ली मिल रही थी। यूँ तो वो जानती थी कि किसी भी *ऐप* या बाहरी चीज़ से हमारे भीतर 'ची' के स्तर में गिरावट आ जाती है, लेकिन उसका यह *ऐप* इसमें बढ़ोतरी ही करेगा, उसे पूरा यकीन था। यह *ऐप* लोगों में दूसरों का खयाल रखना और उनसे मिलजुल कर रहना सिखाएगा।

झटपट उसके दिमाग ने उसके विचारों को समीकरण की श्रृंखलाओं में गठित करना शुरू कर दिया।

यदि,

B – भाई-बहन के बीच का बँधन है,

Em – सहानुभूति है,

EQ – भावनात्मकता सूचक है, और

SQ – आध्यात्मिकता सूचक है

तो,

$B < Em + SQ + EQ + X$ घटक,

का परिणाम दुख होगा।

$B = Em + SQ + EQ + X$ घटक,

का परिणाम नाममात्र का अस्तित्व होगा।

और जब,

***B > Em + SQ + EQ + X* घटक,**

का परिणाम परमानन्द होगा।

इस ऐप को विकसित करने में जिओ मिंग की टीम दिनरात एक कर रही थी। वह सुन त्ज़ु की द *आर्ट ऑफ़ वॉर* को फिर से पढ़ रही थी और इसके साथ ही पोज़िशनिंग, निर्देशन, कमज़ोर और मज़बूत बिंदुओं के अध्यायों पर ध्यान केंद्रित करने वाले ग्रंथों को भी पढ़ रही थी।

ऐप से जुड़े कुछ पहलू ऐसे थे जो किसी पहेली की तरह थे और जिन पर तत्काल ध्यान देने की आवश्यकता थी।

यही आवश्यकता उसको शंघाई ले गई। उसको निर्णय करना था कि वो, उन दो महानगरों को जोड़ने वाली *'हाई स्पीड ट्रेन'* से यात्रा करना चाहेगी या फिर हवाई यात्रा करना चाएगी। इसका उत्तर जानने के लिए उसने *बाओ* और *बाई* की सलाह ली, जिन्होंने ट्रेन को चुना। जिओ मिंग और *बाओ* और *बाई,* ने एक साथ ट्रेन से यात्रा करी।

स्टेशन पर एक नौजवान युवक का ध्यान सुंदर युवती, जिओ मिंग की ओर चला गया। जिओ मिंग तो अपने ऐप को लेकर काम में उलझी हुई थी, और उसे इस बात का कोई अंदाज़ा ही नहीं था कि कोई उसकी ओर आकर्षित हो रहा था। तभी उनकी निगाहें टकराईं और कुछ उनके दिलों में हलचल हुई।

एक बार ट्रेन में बैठने के बाद, अपने सहयात्री पर ज़रा भी ध्यान न देते हुए जिओ मिंग फिर से अपने काम में जुट गई। कुछ समय बाद हुआ यूँ कि उस सजीले नौजवान ने अपनी सीट बदल ली और शेनज़ेन की उस सुंदर लड़की के बगल में आकर बैठ गया।

सफ़र बहुत अच्छा था, लेकिन उस युवक को निराशा हो रही थी क्योंकि वो लड़की तो *बाओ* और *बाई* से बातें करने और अपने खयालों में ही डूबी हुई थी।

"दिलचस्प और बढ़िया... क्या तुम खिलौने हो?" उसने अपनी सहयात्री के इन साथियों से पूछा।

"नहीं, हम इसके भाई-बहन है। मैं *बाओ* और ये *बाई* है," यह उत्तर उस लड़के को सुनाई दिया जिसको सुनते ही चौंककर वो अपनी सीट से गिरते-गिरते बचा।

"ये बात तो बड़ी अजीब है। मैंने अभी-अभी खिलौनों को बोलते सुना!!"

जिओ मिंग ज़ोरों से हँसी और *बाओ* और *बाई* उसके हाथों से गिर पड़े। उस

लड़की को ज़ोर-ज़ोर से हँसता देखकर कोच के दूसरे यात्री उसे घूरने लगे।

"मुझे *वेंट्रिलोक्विज़म* की कला में महारत हासिल है, इसलिए आपने खिलौनों को बोलते सुना! खैर, मैं शी जिओ मिंग हूँ," उस आकर्षक लड़की ने बात को आगे बढ़ाते हुए कहा।

"हैलो, मैं लू याओ हूँ। मैं *टेनेसेंट कंपनी* में *सॉफ्टवेयर* में काम करता हूँ," युवक ने मुस्कुराते हुए जवाब दिया।

"*टेनेसेंट* में मैं नौकरी के लिए *अप्लाइ* किया था, लेकिन नाकामयाब रही। अब मैंने अपना खुद का *स्टार्ट अप* लॉन्च किया है और हम कुछ बहुत ही खास बनाने की प्रक्रिया में हैं," वो बोली।

"सच में! वो क्या है? मैं जानने के लिए उत्सुक हूँ," लू याओ बोला।

"अभी मैं कुछ भी नहीं बता सकती... मेरे होंठ सिले हुए हैं।"

शेनज़ेन और शंघाई, दोनों महानगरों में 1,431 किलोमीटर का फ़ासला है। लेकिन *हाई स्पीड ट्रेन* ने लू याओ और जिओ मिंग के बीच के फ़ासले को ज़रूर कम कर दिया था। दोनों को एहसास हुआ कि दोनों को ही *टेक्नॉलजी*, सुन त्ज़ु और उनके मास्टरपीस *'दी आर्ट ऑफ़ वॉर'* , *ट्रेड्‌मिल* पर दौड़ना, तैराकी, टाई ची का शौक था। इन सबसे ऊपर, दोनों चीन के राष्ट्रपति शी जिन पिंग को पूजते थे। एक दूसरे के बारे में इतना सब कुछ जान लेने के बावजूद, बहुत पूछने पर भी जिओ मिंग ने यह नहीं बताया कि उसका *स्टार्ट अप* क्या योजना बना रहा था।

"तुमको मुझ पर भरोसा नहीं है?" लू याओ ने पूछा।

"भरोसा कमाना पड़ता है मिस्टर लू याओ। मेरा विश्वास *बाओ* और *बाई* में बसता है और सुन त्ज़ू की नीतियों में," जिओ मिंग ने हँसते हुए हुए कहा।

दोनों ने एक दूसरे को अपना-अपना *विज़िटिंग कार्ड* देते हुए जल्द ही दोबारा मिलने का वादा किया। कितनी जल्दी, यह सवाल दोनों के मन में चल रहा था। थोड़ी देर बाद दोनों ने रात का खाना खाया और ट्रेन में आगे का सफ़र सोते हुए तय किया।

सुबह उनकी ट्रेन शंघाई पहुँच गई। अलविदा कहते हुए दोनों एक दूसरे को कुछ आशा और कुछ स्नेह भरी निगाहों से देख रहे थे। न ये पहली नज़र का प्यार था, न ही आकर्षण, बल्कि एक जादुई की असमंजस से भरा हुआ खिंचाव था जो दोनों को एक दूसरे की ओर खींच रहा था।

"मुझे एक बात कहनी है। तुम्हारे बगल में साथ बैठने के लिए मैंने अपनी सीट बदली थी," लु याओ ने कुबूलते हुए कहा।

"अच्छा किया! मुझे पूरी उम्मीद थी कि तुम ऐसा ही करोगे," यह कहते हुए जिओ मिंग की आँखों में एक चमक थी।

स्टेशन से बाहर निकलकर दोनों अपने-अपने रास्तों पर चल दिए।

****

अपना काम पूरा कर लेने के बाद जिओ मिंग ने *पीपल्स पार्क* में *म्यूज़ीअम ऑफ़ कॉनटेंपरैरी आर्ट* जाने का निर्णय किया। वहाँ एक अधेड़ उम्र की महिला ने जब जिओ मिंग को बहुत ही बारीक काम वाले एक फूलदान को मंत्रमुग्ध-सा निहारते देखा तो वह उससे बोली, "इतिहास का बहुत खूबसूरत नमूना है, है न?", तो यह सुनकर जिओ मिंग चौंक गई। फिर दोनों में बातचीत शुरू हो गई। जिओ मिंग उस महिला की पारखी नज़र से बहुत प्रभावित हुई। उन दोनों ने कुछ और भी कलाकृतियाँ एक साथ देखीं और इस दौरान दोनों के बीच दोस्ती का रिश्ता बन गया।

"अब तुम यहाँ से कहाँ जाने वाली हो?" उस औरत ने *म्यूज़ीअम* से निकलते हुए जिओ मिंग से पूछा।

"ननजिंग रोड ईस्ट के पास एक जगह है, वहाँ जाने का मैं सोच रही थी कि," जिओ मिंग बोली।

"शंघाई में ननजिंग रोड ईस्ट के आस-पास का इलाका रेड-*लाइट डिस्ट्रिक्ट* की तरह है। मैं तुमको सलाह दूँगी कि तुम वहाँ मत जाओ। कहीं ऐसा न हो कि कोई तुमसे *सेक्स* के लिए संपर्क करे या फिर तुम खुद ही *सेक्स टुरिज़म* का अनुभव लेना चाहो तो बात अलग है," उस औरत की सलाह सुनकर जिओ मिंग हैरान रह गई और उलझन में पड़ गई।

जिओ मिंग के चेहरे पर हैरानी देखकर, उस औरत ने उसे अपने घर चलने का आमंत्रण दिया, जिसे जिओ मिंग ने तुरंत स्वीकार कर लिया। घर पहुँच कर उस महिला ने और उसे गरमागरम *टाई गुआनिन* चाय और कुछ स्वादिष्ट मिठाई परोसी। उसके बाद उसे अपना *फ़ोन नंबर* और *ईमेल आइडी* दी और फिर वह जिओ मिंग को *'ग्रांड हयात शंघाई'* तक छोड़ने भी आई जहाँ पर वो ठहरी हुई थी।

इस वाकये को कुछ महीने बीत गए। जिओ मिंग Xiōngdì

Technologies में *वर्चुअल बडी ऐप* विकसित करने में जुटी हुई थी। कभी-कभी वो लू याओ को फ़ोन कर लेती थी; और कभी-कभी दोनों, अपनी बेहद व्यस्त ज़िंदगी में से कुछ समय चुराकर, मिल भी लेते थे।

जिओ मिंग ने दो-एक बार शंघाई वाली अपनी दोस्त को फ़ोन किया और *ई-मेल* भी भेजे, लेकिन कोई जवाब नहीं मिला। वो अकसर उस औरत के बारे सोचती थी जिसने उसे उस दिन शंघाई में एक बहुत बड़ी मुसीबत में पड़ने से बचा लिया था। वो मन ही मन उसको धन्यवाद दे दिया करती थी।

वर्चुअल बडी ऐप के *लॉन्च* से ठीक एक दिन पहले, जब वो अपने *ई-मेल* देख रही थी, तो उसकी निगाह शंघाई वाली अपनी दोस्त के एक *ई-मेल* पर गया। उस *ई-मेल* को पढ़कर जिओ मिंग अवाक रह गई।

"छह जनवरी की रात को मेरी मौसी का निधन हो गया है। उनकी आत्मा को शांति मिले। जवाब में देर के लिए खेद है।"

यह पढ़कर जिओ मिंग के चेहरे का रंग उड़ गया। उसने अपना मोबाइल चेक किया; उसके फ़ोन पर भी यही *मेसेज* था।

गुइलिन की यात्रा

जिओ मिंग *ब्रेकिंग पॉइंट* पर पहुँच चुकी थी क्योंकि अब *ऐप* पर काम अपने अंतिम चरण में था। उसने अपनी सारी ताक़त उसमें झोंक दी थी और सकारात्मक परिणाम मिलने की उम्मीद कर रही थी।

जब उसे शंघाई से वो दुखद खबर मिली, तो उसने फैसला किया कि उसे अपने काम से *ब्रेक* लेने की ज़रूरत है, भले ही वह छोटा क्यों न हो। उसने लू याओ को फ़ोन किया, दिन प्रति दिन जिस पर उसकी निर्भरता बढ़ती जा रही थी।

लू याओ भी इस बात से इंकार नहीं कर पाता था कि वो जिओ मिंग की ओर बहुत आकर्षित था; लेकिन वो अपने इस दोस्त से उसके *ऐप* के बारे में कुछ भी पूछने से खुद को रोक लेता था।

उन्होंने गुइलिन शहर, जिसकी सीमा उत्तर में हुनान प्रांत से लगती है और जो ली नदी के पश्चिमी किनारे पर बसा हुआ है, में अपना *वीकएंड* साथ बिताने का फ़ैसला किया। गुइलिन शहर अपने प्राकृतिक सौन्दर्य के लिए जाना जाता है, और खुशबूदार *ओसमंथस* पेड़ों के लिए सदा से प्रसिद्ध रहा है जो इस इलाके में बहुतायत में पाए

जाते हैं।

वे दोनों सड़क-मार्ग से गुइलिन के लिए निकल पड़े। गाड़ी लू याओ चला रहा तह। गुइलिन के रास्ते में, जिओ मिंग, दो दिन पहले अपने मोबाईल और *ई-मेल* पर शंघाई की उस अधेड़ उम्र की महिला के बारे में आए *मेसेज* के बारे में लू याओ को बताते हुए फफक-कर रो पड़ी।

लू याओ को जिओ मिंग हमेशा बहुत मज़बूत, सुलझी हुई और आत्म-नियंत्रण में लगा करती थी। जिओ मिंग को अचानक इस तरह से विफरते देखकर लू याओ घबरा गया। हालाँकि वो युवक हमेशा खुद को *शूमाकर* से कम नहीं मानता था, लेकिन जैसे ही कार *एस-कर्व* से बाहर निकली उसका कार पर से नियंत्रण खो गया और कार सड़क से उतरकर फिसलती हुई ढलान पर से लुढ़कने लगी।

जिओ मिंग और लू याओ ज़ोरों से चीख पड़े। जबतक कि कार तीखी ढलान पर लुढ़कती हुई आखिकार रुकी नहीं, वो पल बड़े ही लंबे और भयावह थे। कार के रुकते ही दोनों घबड़ाहट में लड़खड़ाते हुए किसी तरह से उसमें से बाहर निकले और एक दूसरे को देखते ही एक दूसरे से लिपट गए।

जिओ मिंग लू याओ को बताने से खुद को रोक नहीं पाई, "जब हमारी कार हादसे की ओर बढ़ रही थी तब मुझे लगा कि जैसे किसी ने मुझे कार की सीट पर मज़बूती से जकड़ रखा है।" "मानो या न मानो, मुझे भी ऐसा लगा कि जैसे हमारी बेकाबू कार को किसी के मज़बूत हाथों ने संभाल लिया था," लू याओ बोला।

यह बात दोनों को समझ नहीं आ रही थी कि आखिर पलक झपकते ही हालत बेकाबू कैसे हो गए थे, लेकिन वे इस बात के शुक्रगुज़ार ज़रूर थे कि बिना कोई बड़ी चोट खाए दोनों की जान बच गई थी।

"मैंने जानती हूँ कि तुम मेरी इस बात पर हँसोगे, लेकिन आज किसी अदृश्य शक्ति ने हमारी जान बचा ली, लू," जिओ मिंग बोली।

"मेरी मौसी ने हमारी रक्षा करी। सच तो यह है कि उन्होंने दो बार तुम्हारी रक्षा करी है। पहली बार शंघाई में और दूसरी बार आज," लू याओ ने उसे बताते हुए कहा।

"मैंने एक अन-नोन नंबर से अपनी मौसी के निधन के बारे में बताया था," लू याओ दबी हुई आवाज़ में बोला। जिओ मिंग आकाश की ओर ताकती हुई रोने लगी।

अध्याय 2

आशीर्वाद और शुभ संकेत छिप कर आते हैं

塞翁失马，焉知非福。

"साई वेंग का घोड़ा खो गया, मैं कैसे समझूँ कि यह कोई शुभ संकेत नहीं है।"

—चीन की कहावत

लॉन्च किए जाने के बाद *वर्चुअल बडी ऐप* को खूब सराहना और सफलता मिली। जिओ मिंग और Xiōngdì Technologies की सारी टीम के लिए ये बड़े ही फ़क्र का मौका था। अगले कुछ महीनों में यह *ऐप* बहुत ही लोकप्रिय बन गया और इस नाते उनके पास बहुत बड़ी तादाद में लोगों का बहुत अधिक *डाटा* इकट्ठा हो गया, खास कर युवाओं का।

शी जिओ मिंग के लिए, यह एक रोमांच से भरा समय था। उसने अपनी सफलता सुनिश्चित करने के लिए अपनी सारी ऊर्जा XiŌngdì और *वर्चुअल बडी ऐप* में लगा दी थी। यह उसकी सफलता का आनंद लेने का समय था। जिओ मिंग को अपनी मातृभूमि की तकनीक की दुनिया में योगदान देने पर भी स्वयं पर गर्व था। वह *'शी'* नाम का उपयोग करके खुश थी क्योंकि वह अपने देश के सर्वोच्च नेता की बलात तानशाई से अनभिज्ञ थी। उसे लगता था कि उसके देश के इस नेता के दिल में लोगों की भलाई बसती है।

"मैं अपने देश के *सुप्रीम लीडर* शी जिनपिंग, के दृष्टिकोण और विचारों से पूरी

तरह से सहमत हूँ और उसका समर्थन करती हूँ। वो एक राष्ट्रवादी हैं और उन्होंने चीन की प्राचीन साम्राज्यवादी व्यवस्था के आधार पर नए चीन के निर्माण के स्वप्न सँजो रखे हैं," जिओ मिंग उत्साह से अपने *बॉयफ्रेंड* लू याओ को बताते हुए आगे बोली, "मुझे फ़क्र है कि मैं भी इस काम में अपना छोटा सा योगदान दे पाई हूँ।"

"हमारे इस नेता की बात निराली है। वह वर्ग-संघर्ष के मार्क्सवादी दृष्टिकोण की राजनीतिक भाषा बोलते हैं और आत्म-आलोचना और सुधार जैसी माओवादी रणनीति का उपयोग करते हैं। उनका साम्यवाद का *ब्रांड कन्फ्यूशियस* और *ई-कॉमर्स* दोनों को बढ़ावा देता है," उसने प्रशंसा करते हुए अपनी बात में आगे जोड़ा।

जैसे-जैसे *वर्चुअल बडी ऐप* की लोकप्रियता बढ़ती गई, ज़ाहीर था कि *चीनी कम्युनिस्ट पार्टी* का ध्यान भी इसकी ओर आकर्षित होने लगा। एक निजी संस्था के पास इतनी बड़ी मात्रा में व्यक्तिगत जानकारी उपलब्ध होना, *पार्टी* को अच्छा नहीं लगा। रातों-रात यह निर्णय लिया गया कि जनता के हित को ध्यान में रखते हुए *पार्टी* को इस *ऐप* पर अपना नियंत्रण कायम करना चाहिए।

एक बार यह निर्णय हो जाने के बाद, *कम्युनिस्ट पार्टी* ने जिओ मिंग से प्रारंभिक संपर्क स्थापित किया और फिर सारा घटनाक्रम बहुत तेज़ी से होने लगा (कुछ कर्मचारियों के अनुसार बर्बादी की ओर)।

तीन महीने के भीतर ही *ऐप* का अधिग्रहण पूरा हो गया था। *स्टार्ट अप* में उच्च पदों पर बैठे लोगों को छोड़कर, कोई भी सौदे की सटीक शर्तों को नहीं जानता था; लेकिन सभी को यह निश्चितरूप से पता था कि जिओ मिंग की जेबें इतनी भर दी गई हैं कि वह जीवनभर आर्थिक रूप से बहुत आरामदायक स्थिति में रह सकेगी।

उसके माता-पिता के अनुसार यह सफलता का संकेत था और साथ ही उसके महत्त्व का भी, क्योंकि *पार्टी* ने *ऐप* को *टेकओवर* कर लिया था और उसको बढ़िया मुआवज़ा भी दिया था।

जो उम्मीद थी वही हुआ; पार्टी ने XiŌngdì Technologies को उसके *ऐप* का कोई श्रेय नहीं दिया। इससे जुड़ी जो भी प्रसिद्धि थी, वो भी जिओ मिंग से छिन गई। उलटे, जनता को यह बताया गया कि XiŌngdì Technologies का आर्थिक पतन हो गया है। चीन की *कम्युनिस्ट पार्टी* की *'ग्रेट फ़ायर वॉल'* नीति के चलते XiŌngdì Technologies का नामोनिशान पूरी तरह से मिटा दिया गया।

हालाँकि जिओ मिंग पूरी तरह से बर्बाद और आहत थी, फिर भी उसके मन में अपने देश के नेता, सर्व-शक्तिशाली शी जिन पिंग के लिए, प्रशंसा और सम्मान कम नहीं हुआ, बल्कि वो आज भी श्रद्धा और भक्ति की सीमा पर पहुँच गया।

वर्चुअल बडी ऐप, बाओ और *बाई* की अभिव्यक्ति था, जो उसकी मानसिक संरचना की प्रतिछाया थे। *वर्चुअल बडी ऐप* बनने के बाद से *बाओ* और *बाई* का अस्तित्व खत्म हो गया था और अब तो *ऐप* भी चला गया, जनता की याददाश्त से मिट गया; जिओ मिंग को लगा कि जैसे उसके व्यक्तितत्व का एक हिस्सा भी खो गया है।

"हालाँकि आर्थिक तौर पर मुझे मुआवज़ा मिल गया, लेकिन मैं गुमनामी और शर्मिंदगी में डूब चुकी हूँ," लू याओ से अपने मन की तकलीफ़ साझा करते हुए वो बोली।

लू याओ उसको दिलासा नहीं दे सका। वे दोनों अपनी मातृभूमि की *'ग्रेट फ़ायर वॉल'* नीति से अवगत थे।

****

गुज़रे दिनों में

साल था 1998, और चीन की मज़बूत कम्युनिस्ट पार्टी को यह भय सता रहा था कि चीन लोकतान्त्रिक पार्टी अपना वर्चस्व कायम कर लेगी और यह संगठन का एक ऐसा मज़बूत जाल बुन लेगा जिसको नियंत्रित करना या जिसकी निगरानी करना उनके शीर्ष नेताओं के लिए संभव नहीं होगा। उनको अंदेशा था कि उसका जाल बढ़ते-बढ़ते मज़बूत शाखाएँ बना लेगा, कुछ वैसा ही जैसा की ऑक्टोपस का होता है। शायद, 'ग्लासनोत' और 'पेरेस्ट्रॉइका' के उपरांत सोवित रूस में घटित घटनाक्रम का भय उन सबके दिलोदिमाग पर हावी था।

नतीजा यह हुआ कि लोकतान्त्रिक पार्टी पर प्रतिबंध लगा दिया गया, और उसके नेताओं को बंदी बनाकर जेलों में डाल दिया गया। उसी साल 'ग्रेट फ़ायरवॉल प्रोजेक्ट' की शुरुआत हुई। इस प्रोजेक्ट का पहला चरण आठ सालों तक चला और सन् 2008 में ये प्रोजेक्ट पूरा हो गया।

इस बीच 1980 के दशक की शुरुआत में डेन शियाओपिंग का एक कथन बहुत प्रसिद्ध हो गया, "यदि आप खिड़की खोलेंगे, तो ताज़ी हवा और मक्खियाँ दोनों अंदर आ जाएँगी"। इस कथन को 'ग्रेट फ़ायरवॉल प्रोजेक्ट' का राजनीतिक और वैचारिक

आधार माना जाता है।

इस कथन का चीन के आर्थिक सुधार के दौर की अवधि से सीधा संबंध है, जिसे "समाजवादी बाज़ार अर्थव्यवस्था" के रूप में जाना जाने लगा। यह चीन की प्राचीन सांस्कृतिक क्रांति के राजनीतिक विचारधाराओं के विरोध में था और इसने विदेशी निवेशकों के लिए देश के बाज़ार को खोल दिया था।

हालाँकि, आर्थिक स्वतंत्रता के बावजूद, चीन की कम्युनिस्ट पार्टी के मूल्यों और राजनीतिक विचारधारा के आंतरिक विश्वास और लोकाचार के विपरीत जो भी विचारधाराएँ थीं, उनको "मक्खियों की तरह मारकर", पार्टी को संरक्षित किया जाना सबसे ज़रूरी और सर्वोपरी माना जाता था।

इसी बीच, 'रेड ड्रैगन' में, साल 1994 में 'इंटरनेट' का पदार्पण हुआ, जिसको रोक पाना संभव नहीं था; बल्कि "समाजवादी बाज़ार अर्थव्यवस्था" के लिए वो एक बड़ा ही ज़रूरी घटक था।

निर्विवाद रूप से 'ग्रेट फ़ायर वॉल' की मुख्य भूमिका, सीसीपी के आधिपत्य को बदलती परिस्थितियों के अनुसार व्यवस्थित करना और उसका आधिपत्य बनाए रखने की थी।

****

"मैं जानती हूँ कि *सीसीपी* की अपनी मजबूरियाँ थीं। इस समय मुझे हैन फ़ेएज़ी, एक दार्शनिक और राजनेता का ध्यान आ रहा है जिन्होंने चीन के पहले सम्राट क्यिन शी हुआंग को प्रशिक्षित किया था। उनका मानना था कि सामान्यत: लोग स्वभाव से कमज़ोर, अस्थिर और स्वार्थी होते हैं और इसलिए उनको सही रास्ते पर रखने के लिए बहुत ही सख़्त नियमों और दंड की ज़रूरत होती है।"

लू याओ ने जिओ मिंग की बातों से सहमति में सिर हिलाया। जिओ मिंग अपनी बात आगे बढ़ाते हुए बोली, "सब कुछ जानती हूँ समझती हूँ, फिर भी मैं Xiōngdì Technologies को खोने के दर्द से उबर नहीं पाई हूँ। मेरा *स्टार्ट अप*, मेरा ऐप मेरे सपनों का साकर रूप था, मेरे अनमोल *बाओ* और *बाई* का प्रतिरूप था वो।"

जिओ मिंग लू याओ के कंधे पर सिर रखकर रोने लगी। उसे ऐसे दुखी और रोता हुआ देखकर लू याओ से रहा नहीं गया। वो उसको सांत्वना देने की कोशिश करने के

लिए उसके सिर पर थपकी देता हुआ प्यार से उसके गालों को सहलाने लगा।

सुन त्ज़ु और शी जिनपिंग, जिओ मिंग के लिए मिसाल थे जिनके बारे में उसे लगता था कि उनके दिलों में अपनी मातृभूमि और उसकी जनता की भलाई की ही बातें हैं। शी जिन पिंग, अपने कई विरोधियों को पछाड़कर, अब *ओरिएंटल* देशों के सर्वशक्तिमान नेता बन चुके थे, और उनके नेतृत्व में *'रेड ड्रैगन'* कहा जाने वाला चीन, विश्वस्तर पर अपने सैन्य और आर्थिक आधिपत्य का विस्तार कर रहा था।

तकनीकी रूप से राष्ट्रपति *पीपुल्स रिपब्लिक ऑफ़ चाइना (पीआरसी)* का औपचारिक प्रमुख होता है। मौजूदा *पीआरसी* संविधान के तहत, राष्ट्रपति-पद सीमित शक्तियों और नियंत्रण के साथ, एक औपचारिक कार्यालय है। हालाँकि, सन् 1993 के बाद से लगातार, चीन के राष्ट्रपति-पद पर, मज़बूत और शक्तिशाली *चीनी कम्युनिस्ट पार्टी* का महासचिव ही आसीन रहा है, जो कि एक-पार्टी प्रणाली के तहत एकमात्र सर्वोपरि नेता होता है।

राष्ट्रपति-पद को आधिकारिक तौर पर एक प्रशासनिक पद के बजाय राज्य की एक संस्था के रूप में माना जाता है; इस प्रकार, सैद्धांतिक रूप से राष्ट्रपति *नेशनल पीपुल्स कांग्रेस*, विधायिका की खुशी से कार्य करता है, और उसे अपनी इच्छा से कोई काम करने का कोई कानूनी अधिकार नहीं होता है। उसको विभिन्न उपाधियों के तहत विभिन्न कर्त्तव्यों का वहन करना होता है। उदाहरण के लिए, वह राष्ट्रपति के रूप में विदेशी गणमान्य व्यक्तियों और राजदूतों से मिलता है, केंद्रीय सैन्य आयोग (सीएमसी) के अध्यक्ष के रूप में सैन्य आदेश जारी करता है, और *चीनी कम्युनिस्ट पार्टी (सीसीपी)* के महासचिव के रूप में *पार्टी* के नियमों को सर्वोपरि रखकर शासन करता है। इसलिए, देखा जाए तो चीन का राष्ट्रपति सर्वशक्तिमान और सर्व-सामर्थ्यवान होता है।

पीआरसी संविधान के तहत राष्ट्रपति शासन पहली बार सन् 1954 में स्थापित किया गया था। माओत्से तुंग और उनके बाद लियू शाओकी इस पद पर आसीन हुए थे। *'सांस्कृतिक क्रांति'* के दौरान लियू के राजनीतिक करियर का पतन होने की वजह से राष्ट्रपति-पद खाली हो गया।

माओ के युग में राष्ट्रपति के कार्यकाल की कोई सीमा नहीं थी। लेकिन सन् 1982 से लेकर 2018 के बीच, संविधान ने निर्धारित किया कि कोई भी नेता, लगातार दो से अधिक बार राष्ट्रपति-पद पर आसीन नहीं हो सकता है। किन्तु सन्

2018 में, राष्ट्रपति के कार्यकाल पर लागू यह समय सीमा हटा दी गई, लेकिन पद से निर्धारित शक्तियाँ और औपचारिक भूमिका अपरिवर्तित रही।

जिओ मिंग चाहे अपने देश के बारे में कितना ही क्यों न सोच रही हो, लेकिन जो कुछ उसके साथ हुआ था वो उससे सामंजस्य नहीं बिठा पा रही थी।

"मैं बुरी तरह टूट चुकी हूँ लू, और अपने दर्द को भुला नहीं पा रही हूँ," यह कहते हुए जिओ मिंग फिर रोने लगी। लू याओ, पहले ही, मन ही मन जिओ मिंग से प्यार करने लगा था, लेकिन आज उसकी ऐसी हालत देखकर वो और भी ज़्यादा उसकी तरफ़ खिंच रहा था। उसको सांत्वना देने की कोशिश में लू ने जिओ मिंग के होंठों को हल्के से चूम लिया। जब उसे जिओ मिंग की तरफ़ से भी प्यार और गर्माहट का एहसास हुआ, तो वो उसे और अधिक उत्तेजना के साथ चूमने लगा, मानो वो *बाओ-बाई* और *वर्चुअल बडी ऐप* के खो जाने की सारी बुरी यादों को, दर्द को, जिओ मिंग में से चूस कर निकाल डालना चाहता हो!

शेनज़ेन की गगनचुंबी ईमारतों के पीछे छिपते सूरज की सुर्ख सिंदूरी लालिमा का कुछ ऐसा असर हुआ कि जिओ मिंग अपने सारे दुख, अपनी तकलीफ़, *वर्चुअल बडी ऐप* और अपने भाई-बहन को खो देने के दर्द को भूल, प्यार के उस पल की मदहोशी में भावनाओं और शारीरक सुख के आगोश में डूब गई।

यह उसके मन से दुख और दर्द दोनों को दूर करने का एक विकृत प्रयास था। लेकिन क्या उसके पास कोई और विकल्प था? वह चीन की तकनीकी साम्राज्ञी के रूप में उभरने की कगार पर थी, लेकिन राज्य की शक्ति और उनके सर्वोपरि नेता ने कुछ इस तरह से भव्य योजनाएँ बना रखीं थीं, जिन्हें उनके देश में न तो चुनौती दी जा सकती थी और न ही उनसे मुकाबला किया जा सकता था।

कामुकता के उन पलों में भावनाओं की एक ऐसी बाढ़ आई जो उन दोनों के भीतर से सारी नाकारात्मकता को अपने साथ बहा ले गई। वो अपने जिस्म में *एंडोर्फिन* के सुकून भरे असर को महसूस कर रही थी; और इसके साथ ही उसके भीतर की टेक *एन्चैन्ट्रेस* भी रिहा हो गई!

जिओ मिंग के पास पैसे की अब कोई कमी नहीं थी, लेकिन उसने जो कुछ भी काम किया था वो अब कुछ भी उसका नहीं रहा था, सब कुछ हाथ से रेत की तरह फिसल चुका था। वो गुमनामी में खो चुकी थी।

वो जो चाहे, अपने पैसे के दम से खरीद सकती थी। उसे तो खुश होना चाहिए था,

बहुत खुश; लेकिन वो खुश नहीं थी। उसकी ज़िंदगी में किसी चीज़ की बेहद कमी थी।

"मुझे ऐसा लगने लगा है जैसे मैं बिना पतवार की नाव खे रही हूँ। मेरे मन में एक अजीब डर बैठ गया है। मैं विज्ञान और तर्क के दम पर खुद को बहुत शक्तिशाली महसूस करने लगी थी। क्या मैं शिखर पर पहुँच गई हूँ? क्या मैंने *रूबिकॉन* को पार कर लिया है?" जिओ मिंग ने लू याओ से पूछा।

अध्याय 3

सफ़र हज़ारों मील का

千里之行，始於足下

"हज़ारों मील का सफ़र, पहले एक कदम के साथ ही शुरू होता है।"

—लॉ त्ज़ु (Lǎo Zǐ)

ज़ीयाँ (Xi'an), चीन का नव वर्ष, 2016

ज़ीयाँ, चीन के चार सबसे पुराने चार शहरों में से एक है। प्राचीनकाल में इसका नाम चांग हुआ करता था, जिसका मतलब होता है 'सनातन शांति की भूमि'। यह *'सिल्क रोड'* का पूर्वी छोर भी हुआ करता था।

ज़ीयाँ के चारों ओर फैले मैदानी इलाकों में बिखरे पुरातत्व अवशेषों के बीच एक बहुत प्रसिद्ध जगह है, बिंगमायॉन्ग। जिओ मिंग हमेशा अपने माता-पिता के साथ चीनी नव वर्ष पर वहाँ जाया करती थी। इस बार उसके साथ लू याओ था।

अपने आलीशान घर के नरम आरामदायक बिस्तर पर लेटते हुए, जिओ मिंग ने टीवी का *रिमोट* उठाया और बस यूँ ही *चैनल* बदलने लगी। अगले दो-एक घंटे उसने बस यूँ ही *चैनल-सर्फिंग* करते हुए और अपने दिमाग में आते-जाते ख्यालों में खोए हुए ही बिता दिए। तभी, अचानक, *स्क्रीन* पर कुछ ऐसा आया, जिसने उसका ध्यान अपनी ओर खींच लिया।

टीवी एक फ़िल्म आ रही थी, जो एक प्राचीन चीनी यात्री जुआन जांग (Xuan Zang) द्वारा बौद्ध धर्म की मौलिक शिक्षाओं और ग्रंथों की खोज के लिए 'यिइन्दु', जैसा कि भारत को चीनी भाषा में बुलाया जाता है, की यात्राओं के वृतांत पर आधारित थी। इस फ़िल्म में कुछ तो ऐसा जादू था कि उसने जिओ मिंग को अंत तक बाँधे रखा।

वो यह देखकर हैरान थी कि इस फ़िल्म में भारत को एक ऐसी मिथकीय जगह की तरह चित्रित किया गया था जहाँ के लोग बहुत ही सभ्य, संभ्रांत और सुसंस्कृत थे। प्राचीन चीन के समकक्ष जितने भी विदेशियों के बारे में आख्यान मिलते हैं, उन सभी में विदेशी लोगों को असभ्य और जंगली कहा गया था। किन्तु इसमें जो भारतीय समाज का वृतांत था वो चीनी अवधारणा को उसके बारे में उच्चतर करने वाला था।

यह सब भारत की उस छवि के बिल्कुल विपरीत था जो कि *मीडिया रिपोर्ट्स* के कारण उसके मन में बनी हुई थी।

उसने जाना कि जुआन जांग प्राचीन चीन के एक प्रमुख *इंडोफाइल* थे। चीनी भिक्षु ने न केवल अपने लेखन के माध्यम से बौद्ध सिद्धांतों और भारत की पवित्र भूमि के रूप में धारणा को बढ़ावा दिया था, बल्कि उन्होंने अपने प्रमुख संरक्षक, तांग शासकों की पैरवी करके भारत और चीन के बीच राजनायिक आदान-प्रदान को बढ़ावा देने का भी प्रयास किया था। जुआन जांग का काम धार्मिक तीर्थयात्रा और विदेशी राज्यों व सभ्यताओं के ऐतिहासिक दस्तावेज़ दोनों के रूप में महत्त्वपूर्ण था।

फ़िल्म ने उसको सम्मोहित कर लिया था। फ़िल्म के खत्म हो जाने पर वो बौद्ध धर्म के बारे में और अधिक जानने के लिए इंटरनेट खंगालने लगी। बेशक, नेट पर जो जानकारी उसे मिली वह एक सूचनापत्र की ही तरह थी; फिर भी, उसे पढ़कर उसका ज्ञानवर्धन तो हुआ ही।

चीन में प्रचलित दृष्टिकोण यह था कि दाओवाद के संस्थापक लोज़ो (Lăozĭ), बौद्ध धर्म के प्रवर्तक थे। आंशिक रूप से बौद्ध शब्दों का अनुवाद मौजूदा दाओवादी शब्दावली में करने से, दोनों विचारधारों के बीच एक झूठी समानता का आभास होने लगा। चौथी शताब्दी के अंत में बौद्ध धार्मिक ग्रंथों का अनुवाद अपनी इच्छा और शर्तों के अनुरूप हुआ।

जैसे-जैसे जिओ मिंग आगे पढ़ती गई, उसे महसूस हुआ कि एक बौद्ध यह मानता है कि जीवन नश्वर्य है और दुख उसकी विशेषता है। प्राथमिक उद्देश्य क्रमिक जीवन के चक्र से बचना है। अंततः, प्रत्येक प्राणी को 'निर्वाण' प्राप्त करने की इच्छा रहती है, ताकि पुनर्जन्म न हो; और वो एक ऐसी स्थिति को प्राप्त हो जिसमें दर्द, पीड़ा, जन्म या मृत्यु नहीं होती है। अनुशासन, नैतिक व्यवहार, ज्ञान और ध्यान के माध्यम से कोई भी 'निर्वाण' की स्थिति तक पहुँच सकता है, जिससे सभी इच्छाओं और लालसाओं का खंडन होता है।

अगली सुबह जब जिओ मिंग सो कर उठी, वह तरोताज़ा महसूस कर रही थी। फ़िल्म ने स्पष्ट रूप से उस पर एक गहरी छाप छोड़ी थी क्योंकि फ़िल्म के कुछ हिस्से अभी भी उनके दिमाग पर छाए हुए थे। उसने फ़ैसला किया कि वह चीन में बौद्ध धर्म के बारे में, और बौद्ध-विद्वान व यात्री, जुआन जांग, के बारे में भी पढ़ना चाहती है। तार्किक व्यक्तितत्व वाली जिओ मिंग ने और अधिक जानकारी हासिल करने के लिए अन्य स्रोतों की तलाश शुरू कर दी।

अपनी खोज के दौरान उसे पता चला कि ऐतिहासिक रूप से 'बुद्ध या शाक्यमुनि' को बौद्ध धर्म का संस्थापक माना जाता था। बौद्ध सिद्धांत के अनुसार, शाक्यमुनि से पहले कई बुद्ध हुए थे और उनके बाद कई अन्य आएँगे। चीनी बौद्ध स्थलों पर इनको "तीन काल के बुद्ध" की मूर्तियों से इंगित किया गया है – दीपांकार (पिछले युग), शाक्यमुनि (वर्तमान युग), और मैत्रेय (भविष्य युग)। जो बात उसे बहुत दिलचस्प लगी, वह थी, कि 'बुद्ध' वो व्यक्ति होता है जिसने पूर्ण ज्ञान प्राप्त कर लिया हो, और इस प्रकार 'निर्वाण' की स्थिति को प्राप्त हो गया हो। जीवन में ऐसे व्यक्ति की पहचान के कई चिन्ह होते हैं।

वो जितना अधिक बौद्ध धर्म के बारे में पढ़ती गई, उसकी लालसा यह समझने के लिए और अधिक बढ़ती गई कि आखिर ऐसा क्या हुआ जो कि अगली कुछ शताब्दियों में बौद्ध धर्म लगभग विलुप्त ही हो गया?

दोपहर हो चुकी थी और वो अभी भी अपने *लैपटॉप* से चिपकी बैठी थी। आमतौर पर नये साल का दिन वो अपने दोस्तों और परिवार के साथ बिताती थी। लेकिन चाहे उसके माता-पिता को इस बार उसके बर्ताव में बदलाव दिख भी रहा होगा तो भी उन्होंने उसको टोका नहीं; और जिओ मिंग अपनी खोज में जुटी रही।

उसने जाना कि चीन में बौद्ध धर्म, सुई और तांग राजवंशों के शासनकाल में अपने चरम पर था। यह उस दौर की बात है जब प्रमुख चीनी विचारधाराएँ विकसित हो रहीं थीं। कई मठ स्थापित किए गए जो अपने आप में समृद्ध और शक्तिशाली बन गए।

वर्ष 845 में, बौद्ध धर्म को एक ऐसा आघात लगा जिससे वो कभी भी पूरी तरह से उबर नहीं पाया। चीनी राज्य में मठों का उत्पीड़न बढ़ने लगा और उसने मठों को खत्म करने और भिक्षुओं व ननों को सामान्य जनों की रोज़मर्रा की ज़िंदगी में वापस आने का आदेश दिया।

जिओ मिंग अपने देश के इतिहास में प्राचीन दौरा की इन घटनाओं से बड़ी अचंभित हुई। वो, राज्य की नीतियों में इस तरह के पूर्ण बदलाव के कारणों को समझने की कोशिश करने लगी और इस सब की व्यावहारिकता के बारे में सोचने लगी।

जिओ मिंग का ध्यान इस बात पर गया कि कुछ आर्थिक, सामाजिक और धार्मिक कारण थे जो कि इन सब परिवर्तनों के पीछे थे। *उइगर* जनजातियों के खिलाफ़ लड़ाई ने देश को लगभग दिवालिया कर दिया था, जिससे बौद्ध मठों में जमा हुई संपत्ति को हासिल करना राज्य की मजबूरी बन गया। एक समाज के रूप में, *कन्फ्यूशियस* बुद्धिजीवियों का मानना था कि बौद्ध धर्म आम नागरिकों पर बोझ बन गया था और चीन की सामाजिक संरचना को कमज़ोर कर रहा था। बौद्ध मठों की जीवनशैली ने लोगों को अपने परिवारों को छोड़कर भिक्षु और भिक्षुणियाँ बनने के लिए प्रोत्साहित करके पिता के प्रति पुत्र के दायित्व को, और जनता का अपने राजा के प्रति वफ़ादारी की भावना को नष्ट कर दिया था। एक बार भिक्षु और भिक्षुणि बन जाने के बाद ये लोग किसी भी प्रकार की आर्थिक गतिविधियों में हिस्सा नहीं लेते थे; बल्कि पूरी तरह से दूसरों पर आश्रित हो जाते थे।

बौद्ध धर्म के पतन का एक बहुत बड़ा कारण यह भी था कि बौद्ध धर्म को विदेशी धर्म माना जाता था और ताओवाद को चीन के मौलिक धर्म के रूप में देखा जाता था। ताओवाद 'अमरता' का भरोसा दिलाता था जो कि एक बहुत ही आकर्षक विकल्प था और इस चीज़ ने उम्रदराज़ होते सम्राट वुज़ोंग का ध्यान आकर्षित कर लिया था। शायद यह घटना बौद्ध धर्म के ताबूत में एक अंतिम कील की तरह साबित हुई। बौद्ध मठों का उत्पीड़न बीस महीने तक चला – यह कोई लंबा समय तो नहीं था, लेकिन इतना ज़रूर था कि इसका स्थायी प्रभाव पड़ा। बौद्ध धर्म, अपनी मज़बूत पकड़ के बावजूद कभी भी इस आघात से पूरी तरह से उबर नहीं पाया।

आगे आने वाली शताब्दियों ने कई विचारधारों का उदय और समागम देखा; और इन सबके मंथन में से बौद्ध धर्म का लामावादी स्वरूप उभरकर सामने आया। लामावाद, या तिब्बती बौद्ध धर्म, बॉन के स्वदेशी 'शमनवाद' और भारत के एक विशेष प्रकार के बौद्ध पंथ से विकसित हुआ।

मंचू लोगों द्वारा वर्ष 1644 में चीन पर विजय प्राप्त करने से पहले, वे लामावाद अपना चुके थे, और दलाई लामाओं को खुश रखने और तिब्बत तथा मंगोलिया को

शांत करने के लिए उन्होंने लामावाद का समर्थन किया। जिओ मिंग को पता चला कि बौद्ध आमतौर पर शाकाहारी होते थे, लेकिन अधिकांश तिब्बती और मंगोल ऐसे नहीं थे।

जिओ मिंग ने अपना अध्ययन जारी रखा, जो कि बेहद रोचक और घुमावदार रास्तों से भरा हुआ सफ़र था और इसी सब में उसे यह भी पता चला कि बौद्ध धर्म ने स्वयं को चीनी सभ्यता के अनुरूप ढाल लिया था और वह 'चान बौद्ध धर्म' के नाम से प्रचलित हो गया। यह संप्रदाय भारतीय महायान बौद्ध पंथ और ताओवाद का मिश्रण था और सबसे रोचक बात यह थी कि इसी को जापान में 'ज़ेन बौद्ध धर्म' के नाम से जाना जाता है।

उसको यह जानकर और भी अधिक रोमांच हुआ कि, स्टीव जॉब्स, जिनको वो अपना 'टेक्नॉलजी गुरु' मानती थी उनका एक विशेष मंत्र जिसे वे 'माइन्ड टेक्नॉलजी' कहते थे का मूल बौद्ध सिद्धांतों में ही निहित था। उसने पढ़ा कि कि स्टीव जॉब्स साल 1973 में आध्यात्मिक ज्ञान की खोज में भारत गए थे और वहाँ एक साधु नीम करौली बाबा से, उनके कैंची में स्थित आश्रम में, मिलने भी गए थे। जब वो कैलिफ़ोर्निया लौटे तब वो पूर्णत: बौद्ध बन चुके थे – सर मुंडा हुआ, पारंपरिक भारतीय पोशाक, और आध्यात्म, जिसने उनकी कंपनी के सिद्धांतों की नींव रखी। *'एप्पल'* के उत्पादों की सरलता नि:संदेह ज़ेन बौद्ध विचारों का प्रभाव था! बौद्ध विचारों ने बेशक उनको वो राह दिखाई जिस पर चलकर वो सादगी, दया और चेतनता जैसे आध्यात्मिक विचारों का अपनी अतिव्यस्त दिनचर्या में समावेश कर सके।

इस आखिरी सूचना ने उसको अचरज में डाल दिया। यहाँ एक सर्वोत्कृष्ट *टेक्नॉलजी गुरु* की बात हो रही थी, और वो बौद्ध सिद्धांतों पर चलकर अपना काम कर रहा था। वो सोचने लगी कि क्या इसमें उसके लिए भी कुछ सीखने के लिए छिपा हुआ है?

धीरे-धीरे, वो अपने पहले जैसे स्वरूप में वापस आने लगी थी और नई योजनाएँ भी बनाने लगी थी। वो जितना ज़ुआन ज़ांग के बारे में पढ़ती गई, उनमें उसकी रुचि गति पकड़ती गई। जिओ मिंग को एक पेंटिंग की याद आई जो *सिल्क* रूट पर यात्रा करते हुए एक बौद्ध भिक्षु की थी; माना जाता है कि वो ज़ुआन जांग ही हैं। उसने वो पेंटिंग कई मौकों पर देखी थी, लेकिन कभी उस पर ध्यान नहीं दिया था, लेकिन अब

वह छवि लगातार उसके दिमाग पर छाई हुई थी।

जिओ मिंग ने ज़ुआन जांग पर लिखे गए लेखों पर ध्यान दिया। अभी भी एक स्तर पर जिओ मिंग इस महान चीनी व्यक्ति के बारे में सशंकित थी, क्योंकि उसके दिमाग की चारदीवारी में केवल विज्ञान और तर्क के लिए ही जगह थी। वो कुछ असमंजस में थी कि पिछले कुछ दिनों का उसका उत्साह कहीं धोखा तो नहीं था। हालाँकि, बीते कुछ समय में जो कुछ भी उसके जीवन में घटा था उस सबने उसको बहुत चोट पहुँचाई थी और अब वो अपने जीवन को नई सोच और नए नज़रिए से देखना चाहती थी।

जितना अधिक जिओ मिंग, ज़ुआन जांग के अनुभवों के बारे में पढ़ती गई, उतना ही अधिक वो विस्मित होती गई। सब कुछ उसे अविश्वसनीय लग रहा था। ज़ुआन जांग की दृढ़ता ने उसे एक रास्ता दिखा दिया था। बौद्ध धर्म के सिद्धांत जो स्वीकृति, अहिंसा और शांति पर आधारित हैं, का पालन करने के बावजूद, ज़ुआन जांग एक उल्लेखनीय व्यक्तित्व वाले निडर योद्धा थे। उन्होंने राज्य की ताक़त को चुनौती देते हुए अपने जीवन के लक्ष्य को हासिल करने का जो संकल्प लिया था उसे पूरा किया! जबकि, जिओ मिंग, आधुनिक युग की एक पढ़ी-लिखी सशक्त महिला होते हुए भी, ने हार स्वीकार कर ली थी।

"मुझे इस यात्री-साधु के बारे में जितनी हो सके उतनी अधिक जानकारी इकट्ठी करनी है। जो मैं हूँ वो उसका विपरीत हैं। अथाह दौलत होने के बावजूद, मुझे अपने भीतर एक गहरा खालीपन महसूस होता रहता है। ऐसा नहीं है कि मैं कोई बौद्ध धर्म की ओर आकर्षित हूँ, लेकिन मैं इस आदमी की ओर ज़रूर आकर्षित हूँ, जिसने 1400 वर्ष पहले प्राकृतिक और राजनैतिक विषमताओं का सामना करते हुए पश्चिम की ओर यात्रा करी थी," जिओ मिंग ने लू याओ से कहा।

लू याओ उसकी बातों को ध्यान से सुन रहा था और उसकी मानसिक स्थित को समझने की कोशिश कर रहा था।

अपने शोध के दौरान, उसे पता चला कि ज़ुआन जांग एक बहुआयामी चीनी बौद्ध भिक्षु था, जिनका जन्म चेन हुई में हुआ था। ये भिक्षु एक विद्वान, बहुश्रुत, यात्री, और एक अनुवादक का अनोखा मेल था। उसने सातवीं शताब्दी में भारत की यात्रा की थी, और प्राचीन बौद्ध धर्म और चीन में तांग राजवंश के दौरान प्रचलित बौद्ध धर्म के बीच संबंधों का बढ़िया विवरण लिखा था।

"मेरी आत्मा बौद्ध धर्म के रहस्य को जानने के लिए तड़प रही है। बौद्ध धर्म के सर्वोत्कृष्ट सत्य की एक झलक पाने के लिए मुझे बुद्ध के मूल ग्रंथों को गहराई से समझना होगा। मुझे यह यात्रा शुरू करनी होगी। मैं बौद्ध धर्म पर पवित्र पुस्तकों की तलाश में पूरे चीन को पार करते हुए पश्चिम की ओर यात्रा करूँगा।"

जिओ मिंग को एक फ़िल्म के कुछ दृश्य याद आ रहे थे, जिसे हाल ही में चीन और भारत के सहयोग से बनाया गया था। फ़िल्म को देखकर उसे पता चला कि जुआन जांग ने पश्चिम दिशा में यात्रा करते हुए भारत जाने का निर्णय किया था; ताकि वो वहाँ जाकर बौद्ध-ज्ञान के मोतियों की खोज कर सकें, और उसको सही तरह से समझ सकें। जुआन जांग, एक अन्य भिक्षु *फ़ा जियान* की भारत यात्रा से अवगत थे, जो उनकी ही तरह, चीन में पाए जाने वाले बौद्ध ग्रंथों की अपूर्णता और गलत व्याख्या के बारे में चिंतित थे।

फ़ा जियान भारत की यात्रा करने वाला पहला और शायद सबसे पुराने चीनी भिक्षुओं में से एक था। वर्ष 399 में, जब उसने अपनी यात्रा शुरू की, फ़ा जियान की उम्र साठ वर्ष से अधिक थी। चौदह साल बाद चीन वापस लौटने से पहले, वो चीनी भिक्षु, कठिन तकलामाकन रेगिस्तान (वर्तमान में झिंजियांग उइघुर ऑटानामस एरिया) को पार कर चुका था, भारत में प्रमुख बौद्ध तीर्थस्थलों का भ्रमण कर चुका था, श्रीलंका की यात्रा कर चुका था, और बेहद खतरनाक समुद्री यात्रा को झेल चुका था।

यह सब देखकर और पढ़कर जिओ मिंग को उसके सामने बौना महसूस होने लगा था । एक इकलौता *ऐप* बना ले पर ही उसमें यह अहं आ गया था कि उसने लोगों के जीवन में कितना दूरगामी योगदान दिया था। जबकि एक यह आदमी था, जिसने ऐसी विषम और प्रतिकूल परिस्थितियों के होते हुए भी, न जाने कितने ही लोगों की मानसिकता बदल दी थी।

जिओ मिंग ने xingjiao मंदिर पगोडा जाने का निर्णय किया जो कि क्षी'अन के दक्षिणी भाग की चांग काउंटी में था। मंदिर के प्रांगड़ में ईंटों से बने हुए इस पाँच मंज़िली पगोडा में जुआन जंग के अंतिम फूल (ashes) रखे हुए थे।

जिओ मिंग का परिवार उसके साथ गया, लेकिन उनको उसका यह नया शौक बड़ा ही अजीब लग रहा था। पिछले कुछ समय से जिओ मिंग महसूस करने लगी थी कि उसके भीतर के टेक्नक्रैट और रचनात्मक जीव में लगातार एक तरह की खींच-

तान मची हुई थी; जिसकी वजह से वो हमेशा बेचैन रहने लगी थी; और यह बदलाव लू याओ को भी दिखाई दे रहा था। उसके जीवन की रफ़्तार कुछ थम सी गई थी और किसी तरह की कुछ-कमी, अस्तित्व, अस्तित्व का कारण, जैसे प्रश्न जो गौतम बुद्ध और जुआन जांग को भी सालते रहते थे, उसको भी घेरे हुए थे। वो नए सिरे से स्वयं की खोज करना चाहती थी, अपने अस्तित्व के कारण को समझना चाहती थी।

अध्याय 4

शुरु करने में कठिन

万事开头难

"शुरुआत में सभी कुछ मुश्किल होता है।"

—चीन की एक प्रसिद्ध कहावत

शेनज़ेन

जिओ मिंग के मन की पीड़ा अभी तक खत्म नहीं हो सकी थी।

"मैं ही क्यूँ? मैंने क्या गलत किया था? मेरा ऐप मुझसे क्यों छीन लिया गया? और Xiōngdì Technologies को बंद क्यों करना पड़ा?"

इस तरह के सैकड़ों विचार उसके दिमाग में घूम-घूमकर उसको उलझे हुए थे।

अब तक वो जुआन जांग के बारे में और बौद्ध धर्म को लेकर उनके रोमांचक अभियानों और अनुभवों के बारे में खूब सारी जानकारी इकट्ठी कर चुकी थी। शांति, बौद्ध धर्म और बौद्ध ग्रंथों की खोज में भारत की सत्रह सालों की उनकी यात्रा यक़ीनन बेमिसाल और अनूठी थी; और उनकी इस अभियान का असर जिओ मिंग पर भी पड़ा।

धार्मिक आस्था के अनाकार रूप का बीज उसके मन में अंकुरित होने लगा था, जिस कारण शेनज़ेन लौटने पर उसने शेनज़ेन के बाओआन जिले में फू योंग मंदिर या *फ़ीनिक्स माउंटेन टेम्पल* जाने का फ़ैसला किया।

"हुआन जांग ने अपनी खोज में 17 वर्षों तक भारत की यात्रा की। मुझे उम्मीद है कि शांति और उद्देश्य की तलाश में फ़ीनिक्स मंदिर में मेरी 21 दिन की यात्रा फलदायी होगी," उसने जब लू याओ को अपनी योजना बताई, लू ने मन न होते हुए भी उसकी

बात से सहमत जता दी। वो भी एक नास्तिक ही था। लेकिन, वो अपनी कार की उस दुर्घटना को भूल नहीं पाया था जब वो पहाड़ी से नीचे गिर गई थी और उसे ऐसा महसूस हुआ था कि जैसे किसी अदृश्यशक्ति ने उनकी रक्षा करी थी।

तो क्या कोई परमशक्ति या अदृश्यशक्ति होती है जो सभी लोगों के जीवन को संचालित करती है? चीन के गणराज्य में बौद्ध धर्म, ताओवाद, कन्फ्यूशीवाद, ईसाई धर्म, इस्लाम, दाओवाद और देशी धर्मों के विभिन्न प्रकार और उपभेद थे जिनका लोग अनुसरण करते थे। सुन त्ज़ु और शी जिन पिंग जैसे नेता नास्तिक लू याओ के प्रेरणास्रोत थे; उसके लिए, शी जिन पिंग एक करिश्माई और सर्वोच्च प्रमुख नेता थे, जिन्होंने लाखों चीनी लोगों के जीवन को बदल दिया था, और अब उसका देश 2022 के आने तक एक बहुत बड़े परिवर्तन की कगार पर था।

शेन्ज़ेन में फ़ीनिक्स माउंटेन टेम्पल एक पहाड़ी इलाके में स्थित है, जहाँ से कछुओं का तालाब दिखाई देता है। आगंतुक, मंदिर में आते हैं और अपने पूर्वजों को धूपबत्ती चढ़ाते हैं और पास ही दुकानदारों से नाश्ता खरीदते हैं।

यह मंदिर दया की देवी गुआनिन को समर्पित है। यहाँ की देवी, मूल रूप से एक ताओवादी देवता थीं, लेकिन बाद में जब चौथी और पांचवीं शताब्दी के दौरान चीन में बौद्ध धर्म का प्रचार-प्रसार हुआ तो उनको बौद्धों द्वारा अपना लिया गया।

गत् कुछ वर्षों में जिओ मिंग ने यहाँ की बार आ चुकी थी; चाहे वो काम के सिलसिले में हों, चाहे मौज-मस्ती के लिए। प्राकृतिक सुंदरता और मंदिर का हरा-भरा शुद्ध वातावरण उसको सदा ही आकर्षित करता था। बच्चों का खेल, कछुओं को दाना डालना, हर उम्र के लोगों का टाई ची का अभ्यास करना - यह सभी कुछ उसको पिकनिक जैसा लगा करता था।

यदाकदा जिओ मिंग मंदिर के भीतर झाँककर वहाँ की देवी, अन्य देवताओं और बुद्ध की मूर्तियों को देख लिया करती थी। लेकिन उसका मन उस मंदिर की वास्तुकला और वहाँ की मूर्तियों की सुंदरता और भव्यता की सराहना मात्र ही कर पाता था। उसको, वहाँ पर बनी एक काँच की सुरंग से दिखने वाले खूबसूरत नज़ारों को देखने में मज़ा आता था।

पहले कभी उसके भीतर विज्ञान, धर्म या तर्क और अध्यात्म के बीच संघर्ष नहीं हुआ था, लेकिन अब यह सब उसके दिमाग में तेज़ी से चलने लगा था। इस बार जब उसने यात्रा की योजना बनाई तो उसने खुद से वादा किया कि अब वो अपने दिमाग

को इन विचारों के प्रति भी खुला रखेगी।

यात्रा के पहले कुछ दिन तो मंदिर परिसर को घूमने और देखने, *जॉगिंग* करने, पहाड़ चढ़ने, टाई ची करने में बीत गए। इन सभी गतिविधियों से उसके भीतर *एंडोरफिन हॉर्मोन* के स्राव से उसकी ऊर्जा पर सकारात्मक असर ज़रूर होने लगा जिसकी वजह से वो अधिक शांत और ऊर्जावान महसूस कर रही थी। धार्मिकता से उसका पहला साक्षात्कार तब हुआ जब उसने अपने पूर्वजों की याद में अगरबत्ती जलाई, शायद वह उसकी यात्रा का पाँचवाँ दिन था।

वो शायद आठवाँ दिन था, जब उसका ध्यान एक वृद्ध भिक्षु पर गया जो कि अन्य भिक्षुओं को उपदेश दे रहे थे। उपदेश पूरा होने के बाद उन सब ने जाप शुरू कर दिया।

'ब्राइन फ़ेल्यर', 'कार सिक कार्स', 'चॉकोलेट टाइगर्स', 'कुई जियां', और *'माउंटेन पीपल'* उसके मनपसंद *'रॉक बैंड'* थे। उसको *'रॉक म्यूज़िक'* सुनना पसंद था, जो उसके जिस्म और मस्तिष्क में से तनाव को खींचकर बाहर निकाल दिया करता था। वो इस विधा के संगीत को तब सुना करती थी जब या तो वो टहलने जाती थी या फिर *'ट्रेड्मिल'* पर होती थी।

और अब, जब लू याओ उसकी ज़िंदगी में एक ऐसे धूमकेतु की तरह आ गया था जो अपने साथ प्यार की उम्मीद लाया था, तो वो दोनों *'पेपर क्लब'* और *'मिस्टर वॉङ'* के संगीत पर उन पलों का आनंद लेते हुए झूम उठते थे।

लेकिन, आज यह चीनी युवती बैठी हुई बौद्ध भिक्षुकों के एक झुंड को ध्यान से देख रही थी और तब उसे एहसास हुआ कि उसको उनके जाप की धुन कितनी अच्छी लग रही थी। वो धुन उसके मस्तिष्क में समा गई और दूर से आती उस आवाज़ ने उसको मंत्रमुग्ध कर लिया।

उस रात जब वो सोने गई तब भी उनके जाप की धुन उसके मन-मस्तिष्क में गूँजती रही। अचानक जिओ मिंग को एक अजीब-सी बेचैनी महसूस होने लगी और वो पसीने में भीग गई। उसकी हथेलियाँ और माथा पसीझने लगा, और उसको हल्का सा बुखार महसूस होने लगा। उसको बिल्कुल भी समझ नहीं आ रहा था कि उसके साथ क्या हो रहा था और वो इतनी कमज़ोरी क्यों महसूस कर रही थी?

अगली सुबह भी उसकी तबीयत कुछ ठीक नहीं थी और वो अपनी आगे की यात्रा स्थगित करना चाहती थी लेकिन कुछ ऐसा था जिसने उसको ऐसा करने से रोक

दिया। क्योंकि उसको बहुत अच्छा महसूस नहीं हो रहा था इसलिए उसने पर्वतारोहण, *जॉगिंग* और टाई ची (Tai Chi) का विचार छोड़ दिया।

वो अकेले रहना चाह रही थी। अपने मानसिक ऊहा-पोह से उबरने के लिए वो उन बौद्ध भिक्षुकों की ओर आकृष्ट थी। उन सभी भिक्षुओं ने एक वृद्ध भिक्षु की निगरानी में फिर से जाप शुरू कर दिया था। उनका ध्यान भंग किए बिना, वो उनके पास ही चुपचाप जाकर बैठ गई और उनके जाप की गूँज को अंतर्मन में महसूस करने की कोशिश करने लगी।

"न तो मुझे यकीन था और न ही मैंने कभी सोचा था कि जाप को सुनना इतना सुखकारी हो सकता है," जिओ मिंग ने बाद में लू याओ से कहा। "वह मन-मस्तिष्क के लिए बहुत ही शांतिप्रद था। एक ही स्वर में बार-बार जाप का दोहराया जाना मेरे मस्तिष्क में बहुत गहराई तक जाकर बैठ गया है।"

उस दिन के बाद से रोज़ मंदिर जाना उसकी दिनचर्या का एहम हिस्सा बन गया जिसका उसको बेसब्री से इंतज़ार रहने लगा। वहाँ वो कभी वास्तुकला निहारती, कभी मंदिर के भीतर देवता की मूर्ति को झाँककर देखती, तो कभी वहाँ आए श्रद्धालुओं को पूजा-अर्चना करते देखती। लेकिन जो बात सबसे अधिक उसका लुभाती वो थी लगातार जाप से उठती गूँज।

उसने जो कुछ भी पढ़ा, उससे उसे यह समझ आया कि बौद्ध धर्म ने चीन के बुद्धिजीवियों और अभिजात वर्ग को आकर्षित किया था, क्योंकि बौद्ध धर्म का नैतिकता और अनुष्ठान पर ज़ोर देना, कन्फ्यूशीवादियों को और आंतरिक ज्ञान पर ज़ोर देना दाओवादियों के सिद्धांतों से मेल खाता था।

जल्द ही जिओ मिंग को एहसास हुआ कि वो अपने ऐप और बौद्ध शिक्षाओं के बीच सामंजस्य खोज रही थी। उसके अनुसार उसके बनाए समीकरण में,

बौद्ध धर्म = ∑ [करुणा + सदाचार + प्रेम] => खयाल,

और यही तो उसके *ऐप* का मूल उद्देश्य था।

जब वो जाप को सुनने के लिए शांति से बैठी हुई थी तो उसका मन अपने आप ही उसको उसके बचपन की ओर ले गया। उसको ध्यान आया कि उसके बचपन में न ही केवल भौतिक चीजों का अभाव था बल्कि भावनात्मक संबंधों का भी अभाव था। हालाँकि उसके माता-पिता की नीयत ठीक थी, वे उसको प्यार भी बहुत करते थे और उसका ध्यान भी रखते थे लेकिन ज़िंदगी की जंग-ओ-जहद में उनके पास इतना समय

नहीं होता था कि वो उसको भावनात्मक सहारा दे सकें। इसका नतीजा यह हुआ कि वो *बाओ* और *बाई* की तरफ़ झुकती गई। वो जिस भावनात्मक संबल को ढूंढ रही थी वो उसको उनमें मिला; वो उसकी बहुत सारी बातों के साझेदार बनते चले गए; वो अपनी जीत, अपनी खुशियों के पल उनके साथ जीने लगी। *बाओ* और *बाई*, लू याओ के साथ बढ़ती उसकी दोस्ती के बारे में भी जानते थे, जो आगे चलकर बहुत गहरी और मज़बूत रिश्ते में ढलने वाली थी।

मंदिर परिसर में बैठी वो जाप की धुन में डूबी हुई, अपने *ऐप* के बारे में यही सोच रही थी कि उसमें वो सब कुछ था जो कि कोई अपने दोस्त या फिर बहन-भाई में ढूँढता है। यही वो बात थी जिसने उसके *ऐप* को सबसे अधिक *'डाउनलोड'* किया जाने वाला *ऐप* बना दिया था; एक ऐसा *ऐप* जो बहुत लोकप्रिय था और कुछ ज़्यादा ही अच्छा कि उसका अस्तित्व ही खतरे में पड़ गया।

वो बैठी हुई अपने *ऐप* के बनने की शुरुराती दौर के बारे में सोच रही थी; उसको एहसास हुआ कि उसने *बाओ* और *बाई* के साथ अपने सारे अनुभवों को उसमें उड़ेल दिया था। Xiōngdì Technologies के बिक जाने के बाद से, वो जो कुछ भी महसूस कर रही थी, उसे समझने और सुलझाने की दिशा में यह उसका पहला क़दम था।

"मुझे अपनी ज़िंदगी को समझने, अपने भीतर के खालीपन को समझने और अथाह दौलत होने के बावजूद एक कमी के एहसास को समझने के लिए अपनी इस यात्रा को शुरू किए बीस दिन बीत चुके हैं। मुझे शक है कि इससे मेरी जिज्ञासाएँ शान्त हो सकेंगी," इसी उधेड़बुन में डूबी हुई वो सो गई।

जिओ मिंग की ज़िंदगी, *ऐप* और गौतम बुद्ध के जीवन में कुछ बड़ी ही रोचक समानताएँ थीं। राजा शुद्धोदन ने इस बात का पूरा खयाल रखा कि किसी भी हाल में उनके पुत्र, राजकुमार सिद्धार्थ को वृद्धावस्था, बीमारी, गरीबी या फिर मृत्यु देखने को न मिले। लेकिन, राजा के न चाहते हुए भी जब एक रात सिद्धार्थ ने अंततः इन दृश्यों को देखा, तो वही रात उनके जीवन का एक महत्त्वपूर्ण बिन्दु बन गई, और उसका नीतज यह हुआ कि वह राज्य छोड़कर परम-सत्य की तलाश में निकल पड़े, ज्ञान प्राप्त किया और अपना पहला उपदेश दिया। यह *महापरिनिर्वाण* में परिणित हुआ।

जिओ मिंग ने इन घटनाओं की अपनी ज़िंदगी से तुलना करी। जब तक कि उसने *बाओ* और *बाई* में उनका रूपांतरण कर के देखना शुरू नहीं कर दिया, उसके जीवन में

कोई सुख नहीं था, भाई-बहन नहीं थे। उसकी ज़िंदगी की दिशा बदलने वाले पल थे - *वर्चुअल बडी ऐप* का निर्माण, *बाओ* और *बाई* को इतिहास की गर्द के सुपुर्द कर दिया जाना, *वर्चुअल बडी ऐप* और Xiōngdì Technologies का *पार्टी* के द्वारा अधिग्रहण कर लिया जाना।

वो उस धूमकेतु की तरह बन गई थी जो कि पलभर को अपनी चमक दिखला कर धूल में मिल जाता है। जिओ मिंग अपने भीतर मची भीषण उथलपुथल की तुलना उससे कर रही थी जिस बेचैनी का सामना राजकुमार सिद्धार्थ ने किया था। लेकिन उसे एहसास हुआ कि राजकुमार सिद्धार्थ ने कभी हार नहीं मानी थी और अलग-अलग तरीकों से अपने मस्तिष्क पर आधिपत्य स्थापित किया था। जिओ मिंग के मन में यह तर्क उदित हुआ कि बुद्ध ने बहुत पहले एक आध्यात्मिक *ऐप* विकसित किया था, और उसी तरह से सुन त्ज़ु ने एक रणनीतिक *ऐप* बनाया था।

उसकी वो रात करवटें बदलते हुए गुज़री; कभी गौतम बुद्ध की छवि आँखों के आगे होती, तो कभी फ़ीनिक्स मंदिर के अन्य देवताओं की। उसको ज़ुआन जांग (Xuan Zang) और उनकी पश्चिम से यइन्दु या भारत की यात्रा के भी सपने आते रहे। जिओ मिंग की आँख बार-बार खुलती रही और उसको कई ग्लास पानी पीने की ज़रूरत भी महसूस होती रही।

आखिरी दिन, वो सीधी बुद्ध के मंदिर में गई और जाकर मूर्ति के सामने बैठ गई। पहली बार उसे अलौकिता का अनुभव हो रहा था।

"हे बुद्ध, मुझे किसी भी तरह के धार्मिक आचरण में विश्वास नहीं है। मेरी ज़िंदगी में वैज्ञानिक और तार्किक उत्तरों ने मुख्य भूमिका निभाई है, जबकि धार्मिक अनुष्ठानों के लिए कभी कोई जगह नहीं रही है," वो स्वयं से ही बोल रही थी।

"मैं इस तरह से क्यों परेशान हो रही हूँ? मैं अपनी दौलत और संपन्नता का आनंद क्यों नहीं ले पा रही हूँ? मैं आज भी यही सोचती हूँ कि आखिर मेरा *ऐप* मुझसे क्यों छीन लिया गया। हालाँकि, मुझे उसका भरपूर मुआवज़ा भी मिल चुका है, फिर भी मुझे बहुत खालीपन महसूस होता है," वो बुदबुदाते हुए बोली। उसने आँखें बंद कर लीं, और कुछ दूर चल रहे जाप की धुन उसके भीतर समाने लगी। बड़ी देर बाद जब उसने आँखें खोली, तो देखा कि उसके सामने एक बौद्ध भिक्षु खड़ा था। वो उसको देखकर मुस्कुरा रहा था। उसका पूरा व्यक्तित्व शान्ति और स्थिरचित्तता की आभा से चमक रहा था। जिओ मिंग के अंतर्मन में, ऐसी ही खूबसूरत और शांत मुस्कान खुद के

ऊपर ओढ़ लेने की इच्छा जागृत होने लगी। फिलहाल तो वो अपने भीतर सिर उठाए खड़े वैचारिक दानवों से जूझ रही थी।

भिक्षु बोला, "क्या तुम जानती हो तुम यहाँ पिछले दो घंटों से आँखें बंद किए बैठी हुई थी?"

जिओ मिंग के चेहरे पर आश्चर्य के भाव देखकर, भिक्षु ने अपनी बात में आगे जोड़ा, "तुम सही रास्ते पर हो।"

इसके बाद भिक्षु ने उसे एक सेब दिया। जिओ मिंग ने आँखें मूँद लीं और झुककर उनको धन्यवाद दिया। जब उसने आँखें खोलीं तो वो भिक्षु जा चुका था। उसने फिर अपनी आँखें मूँद लीं। जिओ मिंग को ऐसा लगा मानो उसने उस भिक्षु को अंतर्ध्यान होते देखा था। वो भिक्षु जो अभी कुछ पल पहले उससे बात कर रहा था वो उसके मन में बुद्ध का स्वरूप धारण करने लगा। वो यह सब सोच ही रही थी कि इसी बीच बुद्ध तो गायब हो गए और उसके अंतर्मन में बुद्ध के स्वरूप की जगह एक शांत, मुस्कुराते चेहरे, लंबी दाढ़ी और लंबे सफ़ेद बालों वाले किसी स्फटिक की तरह उज्वल सफ़ेद चोगा पहने व्यक्ति ने ले ली। अचानक उसको अपने चारों ओर धधकती ऊर्जा का अनुभव हुआ और पलभर को ऐसा महसूस हुआ कि जैसे उसको अपने सारे प्रश्नों के उत्तर मिल गए हैं।

जब उसने आँखें खोलीं तब वो कुछ तय कर चुकी थी। जुआन जांग की ही तरह वो भी पश्चिम दिशा में जाएगी... अपने प्रश्नों के उत्तर खोजने और सनातन सच को खोजने!

उसे तो तनिक भी अंदाज़ नहीं था कि फ़ीनिक्स मंदिर और ड्रैगन मंदिर की यात्रा, और बुद्ध के चरणों में जीवन बदल देने वाले अनुभव, उसकी ज़िंदगी बदल देंगे।

वहाँ की छवियाँ उसके मानसपटल पर छप गईं थीं और वो अभी भी उसकी आँखों के आगे छाई हुईं थीं - भिक्षु का बुद्ध में परिवर्तित होना और फिर सफ़ेद चोगे में एक दाढ़ी वाले आदमी में उसका बदल जाना। जब उसने इस पूरी घटना को वैज्ञानिक और तार्किक दृष्टि से देखने की कोशिश करी तो दिमाग ने इस सबको एक सिरे से खारिज कर दिया। लेकिन उसका मन उससे कह रहा था कि जो कुछ भी उसने अनुभव किया था वो सब कुछ सच था।

"मेरा ऐसा मानना है कि तुमाहरे थके हुए दिमाग को आराम की ज़रूरत है। तुमने बहुत थोड़े से समय में बहुत कुछ झेला है, जियो मिंग। मैं समझ सकता हूँ कि तुमको

कैसा लग रहा होगा," लू याओ ने उसको सांत्वना देते हुए आहिस्ता से कहा और उसके नाज़ुक गालों पर लुढ़कते हुए आँसुओं को पोंछने लगा।

"क्या मुझे इंडिया जाना चाहिए अपने प्रश्नों के उत्तर की तलाश में? तुमको क्या लगता है?" उस खूबसूरत युवती ने अपने दोस्त से पूछा।

"मुझे नहीं पता। लेकिन हाँ, विदेश यात्रा तो ज़रूर अच्छी रहेगी, इसमें कोई शक नहीं," उसके दोस्त का मानना था। और फिर वो दोनों उसकी यात्रा से संबंधित योजनाएँ बनाने में जुट गए।

"अकेले इंडिया जाना तो शायद अक्लमंदी न हो। अकेली महिलाओं के साथ वहाँ बदसलूकी की खबरें सुनी और पढ़ीं हैं मैंने। हालाँकि उस देश का एक लंबा और प्राचीन इतिहास, संस्कृति और परंपराएँ हैं और बौद्ध धर्म से संबंधित तीर्थ भी वहीं हैं। लेकिन सैलानियों की सुविधाओं के बारे में मुझे कोई जानकारी नहीं है। जैसा कि मैंने कहा, उसकी गिनती अच्छी जगहों में नहीं होती है," सशंकित लू याओ बोला।

"तो फिर क्यों नहीं तुम भी मेरे साथ चलते हो? क्या तुमको मेरी चिंता नहीं है, या मुझसे प्यार नहीं है और या फिर मुझको समझते नहीं हो?" जिया मिंग बोलती गई।

"ये क्या बेवकूफ़ी की बात है?" लू याओ को अपने ऊपर शक किया जाना अच्छा नहीं लगा। जब उनके बीच ये बहस छिड़ी हुई थी उस समय वो फ़ीनिक्स मंदिर से लौट रहे थे।

"ठीक है, कार रोको। मैं पैदल ही चली जाऊँगी!" जिओ मिंग गुस्से में झुँझलाते हुए ऊँची आवाज़ में बोली।

लू याओ ने कार रोक दी। लू याओ को गुइलिन की घटना और अपनी मौसी की याद आ गई। उसको एहसास हो रहा था कि शंघाई जाते समय उसकी मौसी ने ही उनको उस दुर्घटना से बचाया था।

जिओ मिंग कार से उतरी और उसने पैदल चलना शुरू भी कर दिया था, जब पीछे से आवाज आई, "जियो मिंग, चलो हम लोग थायलैंड और मलेशिया चलते हैं। वहाँ के खूबसूरत पर्यटक स्थलों के साथ-साथ तुम वहाँ बौद्ध स्तूपों को भी देख सकोगी। उसके बाद तुम ये फ़ैसला करना कि क्या तुम तब भी ज़ुआन जांग के रास्ते पर चलना चाह रही हो", लू याओ ने हँसते हुए अपनी बात में आगे जोड़ा और इस पर जिओ मिंग भी हँस पड़ी।

अध्याय 5

तट से नज़र हटा लो

ไมมทางจะขามมหาสมทรไดหากยงไมกลาพอจะออก ไปไกลจนไมเหนฝง

"आप सागर को कभी भी पार नहीं कर सकते जब तक कि आप तट को अपनी आँखों से ओझल होने देने का साहस नहीं जुटा लेते"

—थाई कहावत

आश्चर्यजनक थाईलैंड

कुछ दिनों बाद, जिओ मिंग और लू याओ, *सदर्न चाइना एयरलाइन्स* के विमान पर सवार हो, शेनज़ेन से बैंकॉक की आठ घंटा पचास मिनट की यात्रा पर निकल पड़े। जैसे विमान हवा में ऊँचाइयों पर चढ़ता गया, जिओ मिंग को अपनी उथलपुथल से भरी बीती ज़िंदगी की बातें भी याद आने लगीं; लेकिन वो इस बात से खुशी भी महसूस कर रही थी कि वो लू याओ के साथ इस यात्रा पर निकल पड़ी थी। उसको अपनी इस यात्रा से बहुत उम्मीदें थीं।

इसके पहले उसके लिए ज़िंदगी सिर्फ़ व्यावहारिकता और तार्किकता का दूसरा नाम थी। भावनाओं ने बहुत हाल ही में उसकी ज़िंदगी में दस्तक दी थी।

"यात्री अपनी सुरक्षा-पेटी खोल सकते हैं। हम खराब मौसम से बाहर निकल आए हैं," विमान के कप्तान ने घोषणा करी।

कुछ समय बाद, उनका विमान *सुवर्णभूमि एयरपोर्ट* पर उतर गया। हवाईअड्डे से बाहर आने पर उन्होंने *कैब* ली और वहाँ के पाँच सितारा *बैंकॉक मैरियट होटल: दी सुरावॉनगसे* में चेक-इन किया।

जिओ मिंग और लू याओ, दोनों ही घूमने फिरने के शौकीन थे। वैसे तो यह उनकी एक दूसरे के साथ पहली यात्रा थी, लेकिन पहले भी वे अकले यहाँ आ चुके थे। थायलैंड आने पर वे वहाँ के स्वादिष्ट स्थानीय व्यंजनों का आनंद लेने के साथ-साथ वहाँ के उष्णकटिबंधीय समुद्री तटों – *राईले, कोह फी फी, पाइ* और या फिर *टॉनसाई बीच* या फिर 'एरवाँ राष्ट्रीय उद्यान' के खूबसूरत जलप्रपातों को देखने ज़रूर जाते थे। और हाँ, वहाँ की यात्रा, बिना वहाँ के कुशल मालिश वालों से मालिश कराए, पूरी नहीं होती थी।

जिओ मिंग को बैंकॉक और खास कर चियांग माई के रौनक भरे बाज़ारों में घूमने में बहुत मज़ा आया करता था। उसको कभी भी वैभवपूर्ण शाही महलों, प्राचीन खंडहरों, या फिर खूबसूरत बौद्ध मंदिरों को देखने जाने में कोई दिलचस्पी नहीं रहा करती थी।

लेकिन इस बार बात अलग थी।

घनी आबादी वाले इस बैंकॉक शहर में अब सूर्यास्त का समय हो चला था। होटल में पहुँचकर, यात्रा की थकान उतारने के लिए जब जिओ मिंग होटल के स्विमिंग पूल में तैरने उतरी तो शाम के ढलते सूरज में उसकी कान्ति देखते ही बनती थी।

"क्या हमको *पट्टाया* चलना चाहिए? और या फिर बस *एशियाटिक* चलें। *पट्टाया* तक का रास्ता काफ़ी लंबा है," जिओ मिंग अपने बॉयफ्रेंड से पूछने लगी।

"बिल्कुल भी नहीं जियो मिंग, तुमने अपने लिए एक नए रास्ते को चुना है। तुम *पट्टाया* नहीं जा रही हो और न ही रात्रि बाज़ार जा रही हो। आज आराम करो और कल हम दोनों अपनी योजना के अनुसार *वाट फो* चलेंगे," लू याओ ने उत्तर में कहा।

जियाओ मिंग का मन तो मौज-मस्ती का हो रहा था, लेकिन लू याओ की बात सुनकर उसने उसकी बात मान ली। लू याओ वाकई में उसके मानसिक और शारीरिक स्वास्थ्य को लेकर चिंतित था। लू याओ का यूँ उसका ध्यान रखना उसके दिल को छू गया और उसकी आँखों में आँसू छलक उठे। यह देखकर लू याओ कुछ उलझन में पड़ गया और जब इशारों में जिओ मिंग से उसने इसका कारण पूछा तो जिओ मिंग ने सिर हिलाते हुए 'कुछ नहीं' का इशारा किया और प्यार से उसके बालों में हाथ फेरने लगी।

****

विराट *वाट फो, रट्टनकोसिन द्वीप* पर स्थित है जो कि *ग्रांड पैलेस* के दक्षिण में है। इस मंदिर को जो भी देखता है हतप्रभ रह जाता है, फिर चाहे वो कोई श्रद्धालु हो, घुमक्कड़ हो, स्टॉक-ब्रोकर हो या बौद्ध भिक्षु हो; वो यहाँ पर छियालीस मीटर लंबी लेटी मुद्रा में बुद्ध की प्रतिमा को देखकर अचंभित रह जाता है। इस प्रतिमा को देखकर ऐसा लगता है कि मानो बुद्ध सजीव हो उठे हैं!

"*वाट फो, बैंकॉक* का सबसे पुराना और सबसे बड़ा *वाट* है, जो कि अस्सी हजार वर्ग मीटर के क्षेत्र में फैला हुआ है। इस मंदिर में लगभग एक हजार बौद्ध प्रतिमाएँ हैं," एक गाइड ने जिया मिंग और लू याओ को बताया। गाइड ने आगे बताते हुए कहा, "वाट फो परिसर एक दीवार से दो भागों में बटा हुआ है जिसके बीच से पूर्व से पश्चिम की ओर *चेतुपहोन* (Chetuphon) सड़क गुज़रती है। उत्तर का बड़ा परिसर, *फुटतःवत (phutthawat),* जिसमें बुद्ध को समर्पित कुछ सबसे सुंदर इमारतें हैं, वो आगंतुकों के लिए खुला रहता है। इसमें *बॉट* Bot है जिसके चतुर्दिशा वाला *विहरण* है और लेटी हुई बुद्ध की प्रतिमा है।"

जिओ मिंग और लू याओ परिसर को आश्चर्य से देखते रहे। लेकिन सिर्फ़ जिओ मिंग को ही बुद्ध की उपस्थित की अनुभूति हो रही थी।

"दक्षिणी परिसर, संखवात, में भिक्षुओं के रहने के लिए कमरे बने हुए हैं और एक विद्यालय भी है। परिसर की चारदीवारी में सोलह दरवाज़े हैं, जिनमें से दो आम जनता के लिए खुले रहते है," गाइड ने मंदिर का ताना-बाना बुनते हुए कहा।

गाइड और भी अन्य कहानियाँ और मंदिर के वास्तुकला के बारे में बताने के लिए उत्सुक था, लेकिन जिओ मिंग का ध्यान तो बुद्ध की लेटी हुई उस विशाल प्रतिमा में ही अटक सा गया था।

मंदिर के गर्भगृह में प्रवेश कर, जब उसने बुद्ध की प्रतिमा को पास से देखा, तो वो आश्चर्य से बस देखती ही रह गई। उसने पढ़ा था कि लेटे हुए बुद्ध ज्ञानप्राप्ति का प्रतीक हैं और इसका बौद्ध चित्रकला में बहुत महत्त्वपूर्ण स्थान है। यह बुद्ध के जीवन के आखिर दिनों का सूचक है जब वे *महापरिनिर्वाण* में प्रवेश करने वाले थे।

जिओ मिंग लेटे हुए साक्यमुनी के चरणों में बैठ गई और आँखें मूँद लीं। उसका मस्तिष्क बीती घटनाओं की यादों से भरा हुआ था; उसकी गरीबी के दिन, फिर Xiōngdì Technologies द्वारा उस ऐप का बनना, और फिर *पार्टी* द्वारा उस

ऐप का अधिग्रहण कर लिया जाना।

वो चीन के विद्वान जुआन जांग के बारे में सोच रही थी और उसके साथ ही उसे फ़ीनिक्स मिंदर में गुज़रे अपने जीवन के अद्भुत बीस दिनों के यादगार पल, जहाँ उसे कुछ विचित्र अनुभव हुए थे, की याद आ रही थी। उसने *मार* को बुद्ध का ध्यान भंग करने का प्रयास करने की घटना की भी कल्पना करी।

लेकिन तभी, अचानक, अपने *ऐप* से मेल खाते एक दूसरे *ऐप* की छवि उसके सामने उभरी, जो कि लोगों की निजी ज़िंदगी और सूचनाओं को बिना इजाज़त खंगाल रहा था।

तो क्या वो दोषमुक्त हो चुकी थी? और *पार्टी* का क्या? पूरी ज़िंदगी वो जिस रास्ते पर चलती रही थी उसका क्या?

उसके दिमाग में बहुत सारे प्रश्न घूम रहे थे : मान लो वो *पार्टी* के साथ समझौता कर लेती और उसको अपना *प्रोजेक्ट* छोड़ना पड़ता, तब उसकी प्रतिक्रिया क्या होती? आखिरकार *पार्टी* का मुखिया सर्वशक्तिशाली था, और चाहे कुछ भी हो वो उनकी ओर आदरभाव से देखती थी।

जब जिओ मिंग ने आँखें खोलीं तो, फ़ीनिक्स मंदिर में जो कुछ भी उसने महसूस किया था उसको फिर से महसूस करने के लिए उसका मन लालायित हो उठा था। उसके मस्तिष्क में भयंकर उथलपुथल मची हुई थी। लू याओ ने उसे झकझोड़कर उसे उसकी तंद्रा से बाहर निकाला।

वो मन ही मन सोच रही थी, "इस तरह की कल्पनाएँ तो अक्सर ही मैं करती रहती हूँ। अपने उन बीते हुए खूबसूरत दिनों में, जब ताक़त और शौहरत सब कुछ मेरे पास था, तब मैं इस सब को सिर्फ़ हाथ की सफ़ाई या छलावा ही माना करती थी।"

वो सिर्फ़ विज्ञान और तर्क में विश्वास करती थी, तो फिर वहाँ धर्म के लिए कोई स्थान कहाँ हो सकता था!

जिओ मिंग और लू याओ, दोनों होटल को लौट लिए। उन्होंने बैंकॉक में कुछ और दिन बिताए। *पट्टाया बीच* घूमने गए, लेकिन बस एक बार। इस दौरान जिओ मिंग ने शराब को हाथ भी नहीं लगाया और शाकाहारी भोजन के अपने नियम पर कायम रही। खैर, लू याओ ने तो ऐसा कुछ आज़माने की कोशिश भी नहीं करी।

इस बीच जिओ मिंग ने बुद्ध की खोज में *वाट फो* की कई बार अकेले ही यात्रा

करी; लेकिन उसके मस्तिष्क में जो अवरोध उत्पन्न हो गया था न तो उसे उससे छुटकारा मिल सका, और न ही उसके मन में घुमड़ रहे प्रश्नों के उत्तर उसको मिल सके।

थायलैंड में उन्होंने बौद्ध मंदिरों, समकालीन आलीशान जगहों, कुछ खूबसूरत पर्यटक स्थलों और प्राचीन खंडहरों में इतिहास खोजते और घूमते-फिरते, करीब दो हफ़्ते बिता दिए। इस बीच जिओ मिंग पूरी तरह से शाकाहारी बन चुकी थी।

और अब, जिओ मिंग और उसके बॉयफ्रेंड ने कुआला लंपुर के लिए *थाई-एयरवेज़* की *फ़्लाइट* पकड़ ली, जो अब उनका अगला पड़ाव था।

अध्याय 6

पतवार आपके हाथ में है

Dayung sudah di tangan, perahu sudah di air.

"पतवार आपके हाथ में है, नौका पानी में है"

—मलय कहावत

मलेशिया, एक बढ़िया एशियाई अनुभव

थाई एयरवेज़ की फ़्लाइट लैन्डिंग की तैयारी में थी, और जिओ मिंग ऊपर, आसमान से, काँच और स्टील से बनी इस्लामीय वास्तुकला के नमूनों से सजी 451 मीटर ऊँची गगनचुंबी *पेट्रोनस ट्विन टॉवर्स* को निहार रही थी। फिर उसकी निगाह *स्काइ ब्रिज* और *आब्ज़र्वेशन* डेक पर ठहर गई।

लू याओ भी उनको देखते हुए बोला, "निःसंदेह यह अद्भुत इमारत है।"

कुआला लंपुर के भव्य *रूमा होटल एण्ड रेज़िडेन्सीज़* में उनका कमरा बुक था। होटल पहुँचकर, कमरे में अपना सामान रख लेने के बाद, जिओ मिंग ने लू याओ को आवाज़ देते हुए कहा, "मैं थकान उतारने स्विमिंग पूल में तैरने जा रही हूँ", और वो कमरे से निकल गई।

जब वो घूमती हुई होटल के बगीचे के करीब पहुँची, तो उसने देखा कि वहाँ काफ़ी चहल-पहल हो रही है। वहाँ कुछ ऐसा हो रहा था जो उसे अपनी ओर खींच रहा था। उसने देखा कि बगीचे में बहुत सारी बौद्ध भिक्षु ज़मीन पर बिछे हुए गलीचों पर बैठे हुए थे और उनके सामने चबूतरे पर एक चौकी रखी हुई थी। वैसे तो वे सभी गेरुए रंग के कपड़ों में थे लेकिन सभी काभी समृद्ध परिवारों से लग रहे थे। वो वहाँ जड़वत खड़ी सबको देख रही थी कि तभी एक जापानी भिक्षु वहाँ आया और उसने सबको संबोधित करना शुरू किया।

भिक्षु बहुत ही स्पष्ट और ऊँची आवाज़ में बोल रहा था, और जहाँ जिओ मिंग खड़ी थी वहाँ तक उनकी उनकी आवाज़ साफ़-साफ़ पहुँच रही थी। हालाँकि वो भी उन सबकी तरफ़ आकृष्ट होकर कुछ क़दम आगे ही बढ़ आई थी।

"ज्ञान-प्राप्त करने से पहले, शाक्यमुनि ने घोर तपस्या करी थी और उसके लिए उन्होंने अपने साथी पंचवग्गीय भिक्षुओं को भी छोड़ दिया था। बोधगया में बोधि वृक्ष के नीचे ज्ञान प्राप्त करने के सात सप्ताह बाद, बुद्ध ने उरुवेला को छोड़ दिया और भारत में वाराणसी के बाहर, वर्तमान सारनाथ के पास, इसिपताना की यात्रा की, और वहीं पर उनसे उनकी फिर से भेंट हुई। बोधितत्व प्राप्ति से प्रखर हुई अपनी आध्यात्मिक शक्तियों से उनको यह आभास हो गया था कि पूर्व के उनके ये पांच साथी 'धर्म' को शीघ्रता से समझ सकेंगे। सारनाथ की यात्रा करते समय गौतम बुद्ध के पास गंगा पार जाने के लिए केवट को देने के लिए कुछ भी नहीं था, इसलिए उन्होंने हवा में उड़कर उसे पार कर लिया। बाद में, जब सम्राट बिंबसार को इसके बारे में पता चला, तो उन्होंने सन्यासियों के लिए सभी शुल्क माफ़ कर दिए। सारनाथ में गौतम बुद्ध की भेंट अपने साथियों से हुई; वहीं उन्होंने उनको धर्म का ज्ञान दिया, और तभी, *'संघ'* या 'बोधिसत्व' की स्थापना हुई। जो धर्मोपदेश बुद्ध ने अपने उन पाँच साथियों को दिया था, वह उनका पहला धर्मोपदेश था, और उसे *'धम्मकक्कप्पावत्तन सुत्त'* या *'स्पिनिंग द व्हील'* कहा जाता है। दिलचस्प बात यह है कि धर्मोपदेश *असल पूजा की पूर्णिमा* के दिन दिया गया था। इसके बाद बुद्ध ने अपना पहला बरसात का मौसम मूलगंध कुटी में, सारनाथ में बिताया। बुद्ध के जीवन में सभी प्रमुख घटनाएँ पूर्णिमा के दिन हुईं - उनका जन्म, ज्ञानोदय, उनका पहला उपदेश और *महापरिनिर्वाण*। तो, दोस्तों चंद्रमा और मन के बीच एक गहरा संबंध है," साधु ने निष्कर्ष निकालते हुए कहा।

"यह काफ़ी आश्चर्यजनक है! मेरा जन्म भी पूर्णिमा के दिन हुआ था और ऐसा प्रतीत होता है कि पूर्णिमा का बुद्ध के जीवन के साथ एक उल्लेखनीय संबंध है," जिओ मिंग मन ही मन अचरज के साथ सोच रही थी कि जो कुछ भी उसने अभी सुना था क्या वो सच में महत्त्वपूर्ण था।

"हम सभी अब पहले *धर्म देशना* के बारे में *धम्मकक्कप्पवत्तन सुत्त* का पाठ करेंगे। अत्यंत विनम्रता के साथ, शाक्यमुनि की आत्मा का आह्वान करें, प्रार्थना करें और पूरी ईमानदारी से ध्यान करें," वरिष्ठ भिक्षु के संकेत पर एक प्रार्थी ने घोषणा की।

जिओ मिंग बेहद खुश थी कि वह धर्मोपदेश सुनने के लिए समय पर पहुँची गई

थी। अपनी आँखें बंद कर के वो उन मधुर सूत्रों को सुनने लगी और बुद्ध के जीवन की महत्त्वपूर्ण घटनाओं के बारे में सोचने लगी।

यह एक और प्रयास था जो वह अपने मस्तिष्क और मन की अवधारणाओं को जोड़ने के लिए कर रही थी। उसने अपनी आँखें खोलीं तो उसने देखा कि उसके सामने वो भिक्षु बैठा हुआ था जिसने फ़ीनिक्स मंदिर में उससे बात की थी। स्तब्ध, लेकिन अपने अंतर्मन में अत्यधिक शांति महसूस करती हुई जिओ मिंग ने फिर से अपनी आँखें बंद कर लीं और जप में डूब गई।

सत्र समाप्त होने के बाद, वह उस तेजस्वी वरिष्ठ भिक्षु के पास गई, उन्हें प्रणाम किया और अपनी कहानी संक्षेप में सुनाई।

खुलकर मुस्कुराते हुए उस व्यक्ति ने अपना सिर हिलाया और जिओ मिंग को आशीर्वाद दिया। उसने उसे मलेशिया में बौद्ध मंदिरों की यात्रा करने और आगे पश्चिम की ओर भारत की यात्रा करने की सलाह दी।

"सतर्क रहो और अपनी सभी इच्छाओं से सावधान रहो, जैसा कि बुद्ध ने कहा कि इच्छा सभी दुखों का मूल कारण है," ऐसा कहकर वह अन्य भिक्षुओं की भीड़ में शामिल हो गए।

"इनमें कितनी दिव्यता और तेज है। यदि ईश्वर है, तो वो इसी भिक्षु जैसा ही होगा। क्या बुद्ध भी ऐसे ही दिखते होंगे?"

उस रात जिओ मिंग बहुत उत्तेजित थी, और उसे ऐसा लग रहा था कि जैसे वो किसी एक पड़ाव पर पहुँच चुकी है। यह तो निश्चित था कि उसे सही दिशा का मार्गदर्शन तो मिल ही गया था। वो अपनी इस छोटी-सी उपलब्धि का जश्न मनाना चाहती थी।

"मैं इंसान हूँ भगवान नहीं। आज तो मैं खूब मौज करूँगी," उसने लू याओ से कहा। "आखिर क्या देवता सुरा का आनंद नहीं लेते हैं?"

लू याओ थोड़ा हिचकिचा रहा था, लेकिन जिओ मिंग ने उसकी एक न मानी और वो क्लब की ओर चल पड़ी। लू याओ को कुछ समझ नहीं आया, और वो भी उसके पीछे हो लिया। थोड़ी देर नाच लेने के बाद दोनों वहाँ के आलीशान रेस्टोरेंट में जा बैठे। जिओ मिंग ने खाना *ऑर्डर* किया और उसके साथ बढ़िया *'वाइन'* मँगवाई।

उस रात को उसे बड़ी मुश्किल से नींद आई। बहुत देर तक वो बिस्तर में करवटें

बदलती रही। अगली सुबह जब वो उठी उसके सिर में तेज़ दर्द हो रहा था और उपकई भी आ रही थी। ज़्यादा *वाइन* पीने लेने की वजह से ही उसकी ऐसी हालत हो गई थी, और जब लू याओ ने उसको *ब्लैक कॉफ़ी* के साथ *अस्परिन* दी तो उसने चुपचाप ले ली।

"देखो अपनी हालत! चलो हम खुली हवा में बाहर चलते हैं!" लू याओ ने डाँटते हुए कहा। दोनों ने स्विमिंग पूल में तैरने का फ़ैसला किया। और जब जिओ मिंग पानी में हाथ-पैर मारने की कोशिश कर रही थी तो उसके हाथ, पैर और मस्तिष्क में कोई तालमेल ही नहीं बैठ रहा था। आखिरकार थककर वो पानी से बाहर निकली और वहीं आराम कुर्सी पर लुढ़क गई। उसके साथ ऐसा पहले कभी नहीं हुआ था। जिओ मिंग को अपनी चूसती-फुर्ती पर बड़ा नाज़ था और वो अकसर उसका बखान भी करती रहती थी। लेकिन आज वो बहुत कमज़ोर महसूस कर रही थी। उसे उस जापानी भिक्षु के शब्द याद आ रहे थे, "... जैसा कि बुद्ध ने कहा है, इच्छाएँ दुख का मूल कारण होती हैं।" यह परेशानी तो जिओ मिंग ने खुद ही मोल ली थी।

अपनी हालत को अपने ऊपर हावी न होने देने का दृढ़निश्चय करते हुए वो तैयार हुई और लू याओ के साथ *थिइयाँ होऊ टेम्पल* या दया के देवता के मंदिर के लिए रवाना हो गई। साथ ही, अपने बॉयफ्रेंड से बोली कि वह वहाँ जाकर अपनी पिछले रात की बेवकूफ़ी और विवेकहीनता के लिए भी क्षमा माँगेगी।

गाइड ने चीन के सागर की देवी, *माज़ू*, को समर्पित उस छह मंज़िला मंदिर की वास्तुकला की विशेषताओं, उसकी खूबसूरती और उसकी बारीकियों को समझाया। उसका निर्माण 1987 में पूरा किया गया था और 1989 में वो आम जनता के लिए खोला गया। इस मंदिर का निर्माण मलेशिया के *हैननेसे* संप्रदाय ने करवाया था।

जिओ मिंग मूलत: खोजी प्रवृति की थी और हमेशा से ही ज़िंदगी में प्रयोग करने पसंद करती थी। आज भी इस मंदिर परिसर में घूमते हुए वो अपने मस्तिष्क, अपने विचारों को खंगाल रही थी, और आज उसे अपनी विचार प्रक्रिया में कुछ अंतर महसूस हो रहा था। हालाँकी उसको अपनी उत्तेजक और नशे की हालत पर थोड़ी शर्मिंदगी भी महसूस होने लगी थी। लेकिन उसे खुशी थी कि जिस तरह से चौदह सौ वर्ष पूर्व उस यात्री ने अपनी यात्रा की थी, उसी तरह से उसने भी अपनी यात्रा की शुरुआत कर दी थी।

गुआन यिन मंदिर पहुँचकर उसने गाइड को तो छोड़ दिया और अपने दोस्त के

साथ खुद ही उस जगह को घूम-फिर कर देखने लगी। इस पूजा स्थल को सबसे पहले *जेसुइट मिशनरियों* या *द सोसाइटी ऑफ़ जीसस इन चाइना* द्वारा 'दया की देवी या मर्सी गॉडएस' की उपाधि प्रदान की गई थी। उसे यहाँ यह भी पता चला कि बाद में बौद्ध धर्म ने इसे अपने संरक्षण में ले लिया था।

"क्या ऐसा करना ज़रूरी था?" मंदिर परिसर में घूमते हुए इस सवाल ने उसका पीछा नहीं छोड़ा। "क्या यह धर्मांतरण नहीं है?" उसने लू याओ से पूछा, लेकिन इस बारे में वो क्या कहे उसे कुछ समझ नहीं आया।

फिर उन्होंने भव्य समधर्मी मंदिर में प्रवेश किया, जो बौद्ध धर्म, कन्फ्यूशीवाद और ताओवाद प्रथाओं का मिश्रण था। यह मंदिर आधुनिक वास्तुशिल्प तकनीकों और मौलिक पारंपरागत शैली के मेल का एक अनूठा नमूना था। इसके स्तंभ, शानदार छत, अलंकृत नक्काशी और जटिल अलंकरण इसे बेहद खूबसूरत बना रहे थे।

जिओ मिंग, मंदिर में अज्ञात परमशक्ति से संबंध स्थापित करने की कोशिश में मंदिर परिसर में घूमती रही। एक ऐसी शक्ति जो उसके मन में उठने वाले सवालों का उत्तर दे सके। लेकिन उसको कोई हल नहीं मिला कि उसकी समृद्ध ज़िंदगी में, जिसमें अब धन-दौलत, ऐश्वर्य की कोई कमी नहीं रह गई थी, फिर भी एक खालीपन का एहसास क्यों घेरे रहता था? भोग केवल अस्थायी समाधान थे। उसे एक बार किसी अज्ञातशक्ति की झलक मिली थी, कुछ ऐसा जिसे वह अपने विज्ञान और तर्क से समझा नहीं सकती थी। क्या ये अनुभव बुद्ध के समान एक श्रेष्ठ व्यक्ति की अनुभूति थे? हालाँकि, ये सभी अल्पकालिक थे। वह अभी भी शांति या सर्वोच्च सत्य को खोज पाने से बहुत दूर थी।

'दया की देवी या *मर्सी गॉडएस*' के मंदिर में उसे ऐसा कुछ भी नहीं मिल सका जो उसकी विचार-श्रृंखला को चुनौती दे सके या उत्तेजित कर सके। उसे निराशा होने लगी थी।

मलेशिया विविधतापूर्ण, सुंदर, रोमांच से भरपूर पर्यटन स्थलों में से एक है। जिओ मिंग ने अपने "आध्यात्मिक प्रवास" से विश्राम लेने का फ़ैसला किया क्योंकि वह समझ रही थी कि लू याओ को भी इस विश्राम की ज़रूरत थी। उन्होंने *पेट्रोनास टावर्स* जैसे प्रतिष्ठित स्थलों की सैर करने में दो दिन बिताए। वहाँ से सूर्यास्त का नज़ारा, जो वह *शंघाई टावर्स* से देखती थी जो कि 612 मीटर और शेन्ज़ेन में *पिन एन फाइनेंस सेंटर* 599 मीटर पर था, से काफ़ी अलग और खूबसूरत था। इन विशाल संरचनाओं

के सामने 451 मीटर ऊँची *पेट्रोनास टावर्स* बौनी थीं। लेकिन यहाँ से सूर्यास्त का नज़ारा जादुई और रहस्यमय था।

"तुम अब प्रकृति की अप्रतिम खूबसूरती को कहीं बेहतर तरीके से देखने और समझने लगी हो," लू याओ ने जिओ मिंग से कहा।

अचानक उनको खयाल आया कि उनको जॉर्ज टाउन घूमने जाना चाहिए। यह पश्चिमी तट पर स्थित एक औपनिवेशिक शहर है। इसकी गिनती *यूनेस्को* की विश्व धरोहर स्थलों की सूची में होती है। वहाँ उन्होंने संग्रहालयों, समुद्र के तटीय किले और ऐतिहासिक निवासों को बड़ी दिलचस्पी से देखा। सबसे महत्त्वपूर्ण बात यह थी कि जिओ मिंग और लू याओ एक ऐसे मंदिर में गए जिसमें बुद्ध की, खड़े हुए मुद्रा में, प्रतिमा थी।

अभी तक उसने लेटी मुद्रा में बुद्ध को देखा था, लेकिन अब उसने खड़ी मुद्रा में बुद्ध को देखा, जिसे देखकर उसका मस्तिष्क इसकी विवेचना करने लगा।

"लेटे हुए बुद्ध, खड़े हुए बुद्ध और बैठे हुए बुद्ध, जिसे कमलासन मुद्रा भी कहा जाता है, ऐसा क्यों है? क्या इन सब में उनके भीतर 'ची' के स्तरों या फिर ज्ञानावस्था में भिन्नता है? और या फिर ये सब मात्र कलाकारों की अपनी सोच और कलाकारी है?" वो मन ही मन इसी सब उधेड़ बुन में लगी हुई थी।

जिओ मिंग पहले भी कई बार व्यापार के सिलसिले में मलेशिया आ चुकी थी और लगभग पूरे देश में घूम-फिर भी चुकी थी। उसको मलक्का बेहद पसंद था। यह एक पुराना शहर है और इस शहर की धीमीगति जिओ मिंग को कुछ दिनों आराम से बिताने के लिए एक बढ़िया जगह लगा करती थी। और फिर, यह कुआला लंपुर से भी नज़दीक है।

****

कुछ दिन आराम से बिताने के बाद और लू याओ के साथ अलग-अलग पर्यटक स्थलों की सैर कर लेने के बाद, एक दिन जिओ मिंग मलेशिया के सबसे पुराने और सबसे बड़े बौद्ध मंदिर, *चान सी शू यूएन* मंदिर की यात्रा पर अकेले ही निकल पड़ी। इस मंदिर की खासियत है उसका खुला हुआ आँगन और सममित मंडप, जो कि रंगीन चित्रकारी, लकड़ी की नक्काशी और *सिरेमिक फ़िक्स्चर* से सजाए गए हैं।

गाइड ने बताया, "इस इमारत का निर्माण सन् 1897 से 1906 के बीच में हुआ

था। यह एक विस्तृत मंदिर है जिसकी खूबसूरत नक्काशीदार क्वांग-तुंग छत है। इमारत के कोने पर टेराकोटा के बने सुंदर किनारे हैं, जो चीनी इतिहास के पौराणिक दृश्यों से भरपूर हैं।"

शेनज़ेन की यह *बैकपैकर* अपनी मातृभूमि की पौराणिक कथाओं का यहाँ पर चित्रण देखकर चकित रह गई। इस नास्तिक लड़की ने कभी चीनी संस्कृति के इन समृद्ध पहलुओं पर ध्यान नहीं दिया था। लेकिन यह छवियों भी उसके मस्तिष्क में *एंडोर्फिन* के रिसाव को प्रभावित नहीं कर सकीं। केवल कुछ ही कलाकृतियाँ और बुद्ध का चित्रण ही उसका ध्यान आकृष्ट कर सकने में सफल रहे।

उसने यह ज़रूर ध्यान से देखा कि *चान सी शू यूएन मंदिर* के किनारों पर नीले *सिरैमिक* से बने मटके थे और साथ ही किसानों की छोटी-छोटी मूर्तियाँ थीं और हर एक के हाथ में डंडे से लटकी हुई लालटेन थीं; ये इस मंदिर के रक्षक माने जाते हैं। मंदिर के मुख्यद्वार पर एक स्त्री और एक पुरुष की मूर्तियाँ हैं जो कि यहाँ के द्वारपाल हैं।

"ये तो बड़ी अजीब बात है, देवता को भी रक्षा की ज़रूरत होती है! मैं तो समझती थी कि ये इनका काम है कि ये हमारी रक्षा करें।" जिओ मिंग की यह बात सुनकर गाइड हक्का-बक्का रह गया।

"यह मंदिर पूजा स्थल और एक सामुदायिक केंद्र दोनों की भूमिका निभाता है। यह मूल रूप से *चान, चेन या टैन* उपनाम वाले परिवारों के लिए एक *कोंगसी* या कबीले के घर के रूप में बनाया गया था," गाइड ने अपना विवरण समाप्त किया। वह गाइड न जाने कितने वर्षों से पर्यटकों को परिचित और अपरिचित स्थानों पर ले जाता रहा था, लेकिन उसकी मुलाक़ात कभी भी जिओ मिंग जैसे किसी व्यक्ति से नहीं हुई थी जो कि उसकी कही हर बात की बाल की खाल उधेड़ता हो।

जिओ मिंग रुमा होटल वापस आ गई। लू याओ तरह-तरह के धार्मिक स्थलों को घूम-घूम कर ऊब चुका था और आज उसको जिओ मिंग के साथ जाना नहीं पड़ा, इस बात से वो बहुत खुश था और राहत भी महसूस कर रहा था। जिओ मिंग ने भी अपने इन धार्मिक प्रवासों से एक दिन की छुट्टी ले ली, ताकि वो लू याओ के साथ समय बिता सके।

अगले दिन उसने लू याओ को बताया कि वह आने वाले दिनों में बाटू गुफा मंदिर जाने का सोच रही है। जमीन से लगभग सौ मीटर की ऊँचाई पर स्थित, बाटू

गुफा मंदिर परिसर में तीन मुख्य गुफाएँ और कुछ छोटी गुफाएँ हैं। सबसे बड़ी, जिसे *कैथेड्रल* गुफा या मंदिर गुफा के रूप में जाना जाता है, में बहुत ऊँची छत है और यह हिंदू पौराणिक कथाओं से अलंकृत है। इस तक पहुंचने के लिए, आगंतुकों को 272 सीढ़ियों की एक खड़ी चढ़ाई चढ़नी पड़ती है। जिओ मिंग को इस चढ़ाई को देखकर मज़ा आ गया क्योंकि उसे वैसे भी रोजमर्रा में व्यायाम करना पसंद था।

"क्या इंडिया में सारे मंदिर इसी तरह से ऊँचाई पर बने होते हैं? क्या हर बार आपके देवता के दर्शन करने के लिए इसी तरह से चढ़ कर जाना पड़ता है?" उसने कुछ भारतीय पर्यटकों से पूछा जो उसके साथ चढ़ाई कर रहे थे। वैसे वो खुद भी रोज़ में, बीसवीं मंज़िल पर स्थित अपने ऑफ़िस, पैदल चढ़ कर ही जाया करती थी।

वहाँ जिओ मिंग को पता चला कि बाटू गुफा मंदिर, मलाया और फिर मलेशिया के विकास में भारतीय मूल के प्रवासियों के महत्त्वपूर्ण योगदान का एक केंद्र बिंदु है। 113 साल पुराना मुख्य मंदिर भगवान शिव, जिनको हिन्दू 'संहारक' के रूप में मानते हैं, के पुत्र भगवान सुब्रमण्यम को समर्पित है।

"आपके देवता नाश करते हैं?" उसने उत्सुकता से हिंदुओं के उस समूह से पूछा।

एक पहाड़ी में बनी यह मुख्य मंदिर की गुफा, *बुकित बटू* या *रॉकी हिल* के नाम से भी जानी जाती है। यह नाम पास की एक नदी से लिया गया था, जिसे *सुंगई बटू* या *रॉकी नदी* के नाम से जाना जाता है।

जिओ मिंग की कुछ घुलीमिली सी प्रतिक्रिया थी। उसे अपनी पश्चिम की इस यात्रा में बहुत अलग अनुभव हुए थे। ये देश सम्पन्न और समृद्ध थे; लोग गरीब नहीं थे, और वे संतुष्ट दिखाई देते थे। जिओ मिंग यह सोचे बिना नहीं रह सकी कि भले ही चीन ने व्यापारिक साम्यवाद की मदद से बहुत तरक्की करी थी और खूब धन अर्जित किया था, लेकिन शायद उसके पास ऐसा संतोष नहीं था।

उसके देश ने सैन्य और आर्थिक शक्ति हासिल कर एक विश्व-शक्ति का दर्जा हासिल कर लिया था। जिओ मिंग अपनी ज़िंदगी में गरीबी का सामना कर चुकी थी और उसके बाद संपन्नता, समृद्धि और ताक़त का आनंद भी उठा चुकी थी। फिर उसे याद आया कि उसके पास दौलत तो रह गई, लेकिन अब उसकी ताक़त खो चुकी थी।

"जियो मिंग, ये बताओ अगर तुम्हारे पास वो ऐप आज होता, तो क्या तुम इस तरह स्वयं की खोज में निकलतीं?" एक शाम स्विमिंग पूल के किनारे बैठे हुए, लू याओ ने जिओ मिंग से पूछा।

"सच कहूँ तो मैं इस सब के करीब भी नहीं आती," जिओ मिंग ने हाथ से इशारा करते हुए कहा, "लेकिन फिर भी मुझे अपनी *कंपनी* और *ऐप* की कमी बहुत अखरती है।"

"यकीन जानो, तुम्हारे *ऐप* से इकट्ठा हुआ *डाटा* का *पार्टी* बेहतर इस्तेमाल कर सकती है और बड़े-बड़े काम कर सकती है," लू याओ बोला। जिओ मिंग कंधे उचकाते हुए दुखी स्वर में बोली, "मुझे अब नहीं पता कि मैं किस पर यकीन करती हूँ। मेरे पास इसका कोई जवाब नहीं है। लेकिन इसमें कोई शक नहीं कि अभी मुझे शांति की तलाश है।"

"खैर, मैं ये तो मानता हूँ कि यह केक बनाने जैसा काम तो नहीं है," लू याओ ने उत्तर दिया।

कुछ देर बाद वे होटल के *रिसेप्शन* पर पहुँचे। लू याओ किसी काम से कहीं चल गया, और जिओ मिंग उसके इंतजार में वहीं *लॉबी* में बैठ गई। वहाँ पर रखी हुई भारत की कुछ यात्रा-पत्रिकाओं पर उसकी निगाह चली गई। उनकी निगाह *इंडियन रेलवे कैटरिंग एंड टूरिज़्म कॉरपोरेशन या आईआरसीटीसी* नामक एक संगठन के विज्ञापन पर जा अटकी। उस पत्रिका से उसे पता चला कि यह निगम भारत के प्रमुख बौद्ध मंदिरों की यात्राएँ संचालित करता है।

जिओ मिंग इस नई जानकारी से बेहद उत्साहित हो उठी। अपने दिमाग में बन रही नई योजनाओं को लू याओ से साझा करने के लिए बेसब्री से उसके लौटने का इंतज़ार करने लगी। उसे ऐसा लग रहा था मानो उसे किसी का आशीर्वाद मिल रहा हो, एक चमत्कारिक घटना, जो उसकी खोज को पूर्णता देने की दिशा की ओर इशारा कर रही थी!

"मेरा भाग्य मुझे वहाँ खींच रहा है," उसे पूरा यकीन हो चुका था।

"इसे देखो! मेरे खयाल से इंडिया के *बुद्धिस्ट साइट्स* देखने जाना एक बढ़िया आइडिया है," जैसे ही लू याओ *लॉबी* में आया जिओ मिंग ने उसे तुरंत बताया। "इससे मुझे बौद्ध आध्यात्म और स्वयं बुद्ध को समझने में मदद मिलेगी। ज़ुआन जांग खुद भी इन जगहों पर गए थे। वहाँ पर ऐसी बहुत सी जगहें हैं जहाँ पर कोई जा कर बौद्ध धर्म की शिक्षाओं और विचारों को समझ सकता है," वो बहुत उत्तेजना के साथ बोलती गई और लू याओ उसे हक्का-बक्का सा देखता रह गया।

जिओ मिंग ने जल्दी-जल्दी अपनी बात तो पूरी कह डाली, लेकिन उसे एहसास

हुआ कि वो अपनी उत्तेजना में अपनी बात ठीक तरह से लू याओ को समझा नहीं पाई थी। और उसने दोबारा, धीरे-धीरे, बेहतर ढंग से लू याओ को समझाया कि वो भारत जाना चाहती थी।

जैसा कि होना ही था, लू याओ उसकी इस नई योजना से बिल्कुल भी सहमत नहीं था, या यूँ कहा जाए वो बेहद चिंतित हो उठा था। उसने उसको भारत जाने वाली अकेली महिला-यात्रियों की असुरक्षा और उनके प्रति अपराधों के बारे में चेतावनी भी दी।

हालाँकि, भारत के बारे में लू याओ की इन चिंताओं को जिओ मिंग ने एक सिरे से खारिज कर दिया और उसको अनेक अकेली विदेशी महिला-यात्रियों के यात्रा-संस्मरण पढ़ाए।

"ये बताओ, जब आयरलैन्ड, फ़्रांस, अमेरिका और वियतनाम की महिलाएँ अकेले वहाँ जा सकती हैं तो फिर एक चीनी महिला अकेली क्यों नहीं जा सकती है?" जिओ मिंग ने लू याओ से पूछा।

होटल के कमरे में भी दोनों के बीच इस बारे में बहस चलती रही। आखिर में लू याओ ने जिओ मिंग के फ़ैसले के सामने हथियार डाल दिए। जिओ मिंग का खुद पर यकीन और हौसला देखकर लू याओ उस लड़की को मना नहीं कर पाया जो अब धीरे-धीरे उसकी ज़िंदगी का अहम हिस्सा बनने लगी थी। वो उसकी मदद करके खुश था और उसके स्वयं को खोजने के रास्ते में रोड़े नहीं डालना चाहता था। लू याओ देशप्रेम की भावना से ओतप्रोत भी था और अपनी व्यावसायिक ज़िंदगी में सफल भी था। अपनी मातृभूमि की इस लड़की को वो किसी भी तरह से खुद से कम नहीं मानता था।

इस बीच, जिओ मिंग ने अपने लिए *आईआरसीटीसी* की *बुद्ध एक्सप्रेस स्पेशल टुरिस्ट ट्रेन* में *बुकिंग* करवा ली और *वीज़ा* के लिए ऑनलाइन आवेदन भी भर दिया।

सभी इंतज़ाम योजना के अनुसार से हो गए थे। जिओ मिंग को बस एक ही बात का अफ़सोस था कि लू याओ उसके साथ नहीं जा पा रहा था। उसको अपने पहले से तय *प्रोग्राम* के अनुसार चीन वापस लौटना पड़ रहा था।

"खैर, यह यात्रा मुझे अकेले ही करनी होगी, ठीक वैसे ही जैसे बुद्ध ने की थी और ज़ुआन ज़ांग ने की थी," जाने से पहले जिओ मिंग लू याओ से बोली, जब उसका सामान कैब में लादा जा रहा था।

उसी दिन लू याओ की शेनज़ेन के लिए फ़्लाइट थी। जाने से पहले जिओ मिंग ने अपने बॉयफ्रेंड को आश्वासन दिया कि वो रोज़ाना उसके संपर्क में बनी रहेगी।

"मैं तुमको टेक्स्ट करती रहूँगी और फिर हम लोग बात भी तो कर ही सकते हैं। चिंता मत करो, मैं ठीक से रहूँगी," जिओ मिंग ने लू याओ को गाल पर चूमते हुए कहा।

बुद्ध की अलग-अलग तरह की मूर्तियाँ, कुआला लंपुर के पाँच सितारा होटल के बगीचे में हुआ अद्भुत अनुभव, बाटु गुफाएँ, यह सभी जिओ मिंग के मस्तिष्क में छप से गए थे, और नई दिल्ली के लिए फ़्लाइट पकड़ने जाते हुए, रास्ते में, इन सबकी छवियाँ उसको घेरे हुए थीं।

अध्याय 7

इंडिया बुला रहा है जिओ मिंग

"मैं अन्य देशों में एक पर्यटक की तरह जा सकता हूँ, लेकिन भारत में मैं एक तीर्थ यात्री की तरह आता हूँ।"

—मार्टिन लूथर किंग, जूनियर

अपनी आदत के अनुसार, जिओ मिंग समय से थोड़ा पहले ही हवाई अड्डे पर पहुँच गई थी। कुआला लंपुर के अंतर्राष्ट्रीय हवाई अड्डे पर *लक्ज़री लाउंज*, तरह-तरह के रेस्टोरेंट, बच्चों के लिए *प्ले-एरिया* और *ड्यूटी-फ्री* स्टोर हैं। जब भी जिओ मिंग किसी हवाई अड्डे पर होती, उसे वहाँ घूमने फिरने में बड़ा ही आनंद आता था। उसके भीतर का एथलीट उसे लगातार चलते रहने के लिए उकसाता रहता, ठीक उसके मस्तिष्क की तरह जो कभी भी तसल्ली से शांत और खाली नहीं रह पाया करता था।

हवाई अड्डे पर सुरक्षा-जाँच से संबंधित सभी औपचारिकताएँ पूरी कर लेने के बाद, वह एक किताबों की दुकान में घुस गई। कुछ देर देखने के बाद उसने, दीपक चोपड़ा, जो कि वर्तमान युग के प्रमुख वैकल्पिक चिकित्सा के अधिवक्ता माने जाते हैं, की दो किताबें खरीद लीं। पहली, *बुद्ध ए स्टोरी ऑफ़ एनलाइटनमेंट* एक *फ़िक्शन* था और दूसरी, *एजलेस बॉडी एंड टाइमलेस माइंड*। उसके बाद उसने दूसरी दुकानों से कुछ और खरीदारी करी। फिर *लाउन्ज* में जाकर आराम, *बुद्ध ए स्टोरी ऑफ़ एनलाइटनमेंट* उपन्यास को पढ़ने बैठ गई। उसका मन हमेशा ही चिर-यौवन की कामना रखता था, इसलिए उसने *एजलेस बॉडी एंड टाइमलेस माइंड* पुस्तक को गहनता से पढ़ने के विचार से बाद के लिए बचा कर रख लिया।

विमान में बोर्डिंग की शुरुआत की घोषणा होने के बाद, जिओ मिंग प्रस्थान द्वार की ओर बढ़ गई। जल्द ही वह विमान के भीतर थी। उसकी सीट बीच में थी। दो

यात्रियों के बीच में अपनी सीट पर, अपनी किताबों, अपना *चेक-इन बैगेज* को थामे उसे घबराहट-सी महसूस होने लगी। सामान्यत:, वह किनारे वाली सीट या फिर खिड़की वाली सीट पर बैठना पसंद करती थी। लेकिन आज उसकी सीट बीच में थी। खिड़की वाली सीट पर बैठे व्यक्ति के कान पहले से ही *ईयरफ़ोन* से बंद थे और उसकी आँखें भी बंद थीं।

जिओ मिंग पक्के इरादों वाली लड़की थी। उसने अपनी ज़िदगी में शायद ही कभी किसी से सहायता माँगी हो। लेकिन आज इस परिस्थिति में, वह सोच में पद गई थी, 'क्या उसे सीट बदलने के लिए किसी यात्री से अनुरोध करना चाहिए?' लेकिन उसने खुद को ऐसा करने से रोक लिया।

परंपरा निभाते हुए पायलट ने यात्रियों का स्वागत किया, पूर्व-प्रस्थान स्वागत शब्द कहे और फिर उड़ान भर ली। जिओ मिंग अभी भी आराम से निश्चिंत बैठ पाने की कोशिश में लगी हुई थी। उसने अपनी किताब में मन लगाने की कोशिश की, लेकिन उसका ध्यान बार-बार विमान की छत पर जा अटकता था।

अचानक, जिओ मिंग की निगाह अपनी बगल में बैठे यात्री पर गया जो कि खिड़कीवाली सीट पर था। वो उस व्यक्ति के शांत और संतोषपूर्ण चेहरे को देखती रही; वो देखने से भारतीय प्रतीत हो रहा था। उसने मन ही मन उस आदमी का – *'विंडो-सीट-मैन'* नामकरण कर लिया था।

उसके दूसरी तरह जो यात्री बैठ था वो एक मलय था, और शायद वो अपने मोबाईल पर कोई गेम खेल रहा था और फिर थोड़ी देर बाद वो अपने लैपटॉप में जुट गया। ऐसा लग रहा था कि वह एक *स्प्रेडशीट* पर गणना कर रहा था। वह लगातार झल्लाहट और गुस्से में लग रहा था। जिओ मिंग खुद भी शारीरिक और मानसिक शांति खोजने के लिए जूझ रही थी। जिओ मिंग अपने बगल में खिड़की वाली सीट पर बैठे व्यक्ति के चेहरे की शांति को देखकर विचलित हो रही थी। ये तीनों यात्री लगभग एक ही उम्र के लग रहे थे; वह अपने सह-यात्रियों के व्यक्तित्व को समझने की कोशिश कर रही थी। उसकी सीट के बायीं ओर बैठा व्यक्ति रईस लगता था, और साथ ही वह बेहद संतुष्ट और शांत भी लग रहा था। जबकि उसके दाहिनी ओर बैठा आदमी लगातार अपनी गणनाओं में व्यस्त था, और जैसे-जैसे उनका विमान ऊँचाई की ओर बढ़ रहा था, उस वातानुकूलित वातावरण में भी वो पसीने से तर था और झल्लाहट व गुस्से से भरा हुआ था।

"*गुड आफ़्टरनून*, सर, आप क्या लेंगे?" एक खूबसूरत *एयरहोस्टेस* ने *'विंडो-सीट-मैन'* को नींद से जगाते हुए पूछा। उसने धीरे से अपनी आँखें खोलीं और शाकाहारी भोजन का ऑर्डर दिया। जिओ मिंग ने भी शाकाहारी भोजन का ऑर्डर दिया, जबकि मलय ने बड़े चाव से पोर्क सैंडविच में अपनी दिलचस्पी जताई।

जिओ मिंग हल्के से मुस्कुरा उठी।

"इंडियन?" उसने कुछ संकोच से पूछा। उसके बगल में बैठे उस आदमी को यह समझने में थोड़ा समय लगा कि वो उससे बात कर रही थी।

"*ओ यस*! अनव अथरेय, इंडियन," वह थोड़ा हड़बड़ाते हुए बोला।

जिओ मिंग जहाँ भी जाती, उस खूबसूरत, गठीले शरीर वाली चीनी लड़की की ओर सहज ही सबका ध्यान आकृष्ट हो जाया करता था। लेकिन उसका ये इंडियन सहयात्री कुछ अलग लग रहा था जो उसकी मौजूदगी से प्रभावित नहीं हुआ लग रहा था। मलय ने भी उससे बातचीत करने की कोशिश की लेकिन वो उसका ध्यान ज़्यादा देर तक बाँध के नहीं रख सका था।

"फिलहाल तो मैं, लंदन में छुट्टियाँ मनाने के बाद इंडिया में अपने घर वापस जा रहा हूँ। वहाँ मैं अपने माता-पिता से मिलने चेन्नई जाऊँगा। वैसे मैं शेनज़ेन में काम करता हूँ," उसने धीरे-धीरे रुक-रुक कर बोलते हुए बताया, शायद वो यह सुनिश्चित कर रहा था कि उसकी बात जिओ मिंग को समझ में आ रही थी या नहीं।

"ओह, यह तो बड़ा ही इतेफ़ाक़ है! मैं भी शेनज़ेन से ही हूँ। मैं, जियो मिंग," जिओ मिंग ने एक बड़ी सी मुस्कान बिखेरते हुए कहा। "मैं एक कंप्युटर इंजीनियर हूँ, और मैं भी इंडिया ही जा रही हूँ।"

"हाँ, यह फ़्लाइट इंडिया ही जाती है!" अनव मुसकुराते हुए बोला।

"मैंने अपने लिए बुद्धिस्ट सर्किट ट्रैल की बुकिंग करवा रखी है और बुद्ध की खोज में सभी बौद्ध स्थलों पर जाना चाहती हूँ। पिछले कुछ समय से मैं चीन, मलेशिया और थायलैंड के बहुत सारे बौद्ध धार्मिक स्थलों पर जा चुकी हूँ," जिओ मिंग ने समझाते हुए कहा।

इस शुरुआती वार्तालाप के बाद, फिर से सन्नाटा छा गया। जिओ मिंग ने ही खामोशी तोड़ी, "आप *मेडिटेट* कर रहे थे या फिर संगीत सुन रहे थे जो कि बहुत ही आकर्षक और मंत्रमुग्ध कर देने वाला था? जबसे फ़्लाइट ने टेक-ऑफ़ किया है,

तबसे लगभग चालीस मिनटों से आप बिल्कुल खामोश और स्थिर बैठे हुए थे। मुझे तो ऐसा लगा मानो मैं किसी ध्यानस्थ भिक्षु के बगल में बैठी हूँ!"

अनव की हँसी फूट पड़ी। "मैं... भिक्षु... ना, नहीं, कभी नहीं! इसके विपरीत मैं तो अज्ञेयवादी और नास्तिक हूँ। बहुत हुआ तो आप मुझे ईश्वर-भीरू व्यक्ति पुकार सकती हैं। मेरी मम्मी बहुत धार्मिक हैं और बहुत तरह के अनुष्ठान और अलग-अलग तरह के देवी-देवताओं की पूजा करती रहती हैं। मेरे डैड एक रिटायर्ड सिवल इंजीनियर हैं। वो भी अज्ञेयवादी हैं और पढ़ना पसंद करते हैं।"

पलभर रुक कर वो फिर बोला, "वैसे जब मैंने इंडिया में होता हूँ तो अपने माता-पिता के साथ मंदिरों में जाता हूँ और मन न होते हुए भी हिंदू धार्मिक अनुष्ठानों में भाग लेता हूँ। हम ब्राह्मण समुदाय से हैं, और हमारे यहाँ देवताओं की पूजा पूरी निष्ठा और रीति-रिवाज़ से की जाती है।"

"एक बात और," उसने मुस्कुराते हुए आगे कहा, "मैं किसी भी तरह के मेडिटेशन या ध्यान का अभ्यास नहीं करता। मुझे दौड़ने में मज़ा आता है, और हर दिन लगभग दस किलोमीटर दौड़ता हूँ। लेकिन दौड़ते समय मैं एक अलग ही मन:स्थित में होता हूँ। हालाँकि, एक गुरु ने मुझे ज़ेन बौद्ध धर्म से परिचित करवाया था और मैं उसकी विभिन्न अवधारणाओं के बारे में एक *पॉडकास्ट* सुन रहा था। दरअसल, मैं इस सिद्धांत का पालन करने की कोशिश कर रहा था - जब आप चल रहे हों, तब चलने पर ध्यान दीजिए। जब आप खा रहे हों, तब खाना खाने पर ध्यान दीजिए। जब आप बात कर रहे हों, तब आप बात पर ध्यान दीजिए," अनव ने जिओ मिंग को स्पष्ट किया।

"इधर कुछ समय से मैंने *पॉडकास्ट* सुनना, *यू ट्यूब वीडियो* देखना शुरू किया है और बुद्ध पर कुछ साहित्य पढ़ने की कोशिश भी कर रहा हूँ। यह सुनने में भले ही अजीब लग सकता है, क्योंकि मेरा बौद्ध धर्म की जन्मभूमि से नाता है, लेकिन बुद्ध से मेरा परिचय चीन जाकर हुआ," अनव ने टिप्पणी की।

"लेकिन मुझे तो लगा था कि बुद्ध का जन्म लुंबिनी में हुआ था जो नेपाल में है," जिओ मिंग ने संशय में कहा।

"हाँ, प्राचीन काल में नेपाल भारत का हिस्सा हुआ करता था। कुछ साल पहले तक नेपाल दुनिया का इकलौता हिंदू राज्य भी था। और अगर हम भू-राजनीति में उतरते हैं, तो नेपाल आपके देश के लिए अत्यधिक रणनीतिक हित का हो सकता है,"

अनव ने उत्तर दिया।

'रणनीति' शब्द जिओ मिंग के दिमाग में सुन त्ज़ु और शी जिनपिंग के पास ले गया। "हाँ, आप जो कह रहे हैं वह सही है। यह अत्यधिक रणनीतिक महत्व का है," जिओ मिंग ने स्वीकार किया। "क्या आपने सुनन त्ज़ु के बारे में सुना है?" उसने अनव से पूछा।

"*आर्ट ऑफ़ वॉर*! हाँ। हमारे यहाँ इसकी समानता चाणक्य में मिलती है, जिन्होंने *अर्थशास्त्र*, एक राजनीतिक और आर्थिक ग्रंथ लिखा था। उन्होंने चंद्रगुप्त मौर्य को शिक्षित किया, जो प्राचीन भारत के सबसे शक्तिशाली शासकों में से एक हुआ।"

दोनों ने एक-दूसरे को गौर से देख रहे थे। विडंबना यह थी कि दोनों युवा यात्रियों ने अपार धन-संपत्ति अर्जित की थी, लेकिन जीवन के उतार-चढ़ाव के कारण वे बौद्ध धर्म की ओर आकृष्ट हो रहे थे।

क्या यह जीवन में किसी कमी, चिंता, असुरक्षा, भय या कुछ अन्य, के कारण था?

दिल्ली के लिए ये फ़्लाइट दो एशियाई दिग्गज देशों के निवासियों के मिलने और बातचीत करने के लिए एक अनूठी जगह थी...

जब अनव जिओ मिंग के साथ बातचीत कर रहा था, तब उसने दीपक चोपड़ा के उपन्यास की प्रति उसकी गोद में पड़ी देखी। "ऐसा लगता है कि आपने बौद्ध धर्म को समझने की दिशा में कुछ प्रगति की है, जैसा कि मैं देख रहा हूँ कि आप बुद्ध के बारे में पढ़ रही हैं।"

जिओ मिंग कुछ पल रुकी और जवाब देने से पहले थोड़ा सोचने लगी। उसे उस भिक्षु की याद आई, जो बुद्ध में रूपांतरित हो गया था, और बुद्ध एक दाढ़ी वाले व्यक्ति में रूपांतरित हो गए थे। "यह इंडियन दिमाग पढ़ लेने में होशियार है। मेरे दिमाग में क्या चल रहा है इनसे पकड़ लिया है!"

"क्या मुझे खुलकर इससे बात करनी चाहिए? क्या मुझे इसको जुआन जांग और उनकी पश्चिम की ओर प्रवास के बारे में बताना चाहिए और किस तरह से मैं उस प्राचीन यात्री से प्रभावित होकर शांति और सत्य की तलाश में उसके मार्ग पर चल पड़ने के लिए प्रेरित हुई हूँ?" जिओ मिंग ने मन ही मन विचार किया।

"अरे!" अनव ने मुस्कुराते हुए उसे पुकारा और उसे उसकी तंद्रा से जगाया। "यदि

आप इसके बारे में बात नहीं करना चाहती हैं, तो कोई पहाड़ नहीं गिर पड़ेगा। मैंने तो बस यूँ ही पूछ लिया था।" तमिलियन ने उस युवती से कहा जो अचानक चुप हो गई थी।

जिओ मिंग, को लग रहा था कि मानो उसका दिमाग सुन्न हो गया है, और वो अचानक से चौंक उठी। "*सॉरी...एर...* मिस्टर अनव। मैं उन सभी चीज़ों के बारे में सोचने में लग गई थी जो मेरे दिमाग में चल रही थीं। एक सटीक जवाब तैयार करने की कोशिश कर रही थी," वो बोली।

"यदि संक्षेप में कहूँ, तो मेरा परिवार घोर गरीबी से निकलकर संपन्नता के शिखर तक पहुँच गया था। मैंने कंप्यूटर साइंस पढ़ी और एक *स्टार्ट अप* की स्थापना की जिसने बहुत अच्छा प्रदर्शन भी किया।"

अनव ने सिर हिलाया, और उसका अपनी बात जारी रखने का इंतज़ार करने लगा। "मैंने जो *ऐप* बनाया था, उसे मुझसे छीन लिया गया और अब मेरा *स्टार्ट अप* मेरी गायब हो चूक है... पुफ़फ़... ठीक इसी तरह से, बस हवा में गायब," जिओ मिंग ने किसी जादूगर की नकल उतारते हुए नाटकीय ढंग से कहा। "यकीनन, मुझे आर्थिक रूप से बहुत बढ़िया मुआवज़ा मिला था। अचानक, मेरे पास वह सब कुछ आ गया था जिसकी मैं हमेशा से कामना किया करती थी, लेकिन इसके साथ ही मेरे जीवन में एक बहुत बड़ा शून्य भी बन गया। ऐशो-आराम, संपन्नता के बीच होते हुए भी, मैं एक अजीब-सी कमी और असंतोष के भंवर में खुद को फँसा हुआ महसूस करती रहती हूँ।"

जिओ मिंग अपनी कहानी सुनाती रही। बगल में बैठ वो मलय यात्री कान लगाए उसकी बातें सुन रहा था और जैसे ही जिओ मिंग का ध्यान इस बात पर गया तो उसने उसे घूर कर देखा और वो हड़बड़ा कर अपने काम में जुट जाने का नाटक करने लगा।

"आगे बताओ, बड़ी ही दिलचस्प कहानी है। लेकिन बुद्ध और दीपक चोपड़ा का आपकी ज़िंदगी में कैसे आना हुआ?" अनव ने उत्सुकता से पूछा।

"आपको पता है जिओ मिंग, चीन में मैं पिछले दस सालों से रह रहा हूँ और मैंने कन्फ्यूशियस और सुन त्ज़ु को पढ़ा है। मैंने उनके कई कथनों पर गौर किया है। मैं आपके मन की वर्तमान स्थिति से मेल खाते उनके कहे किसी उचित वाक्य को ज़रूर खोज लूँगा," अनव ने जल्दी से अपने *टैबलेट* में *स्क्रॉल* करते हुए कहा, "अहा! यह उपयुक्त होगा।"

"... 'इसलिए, जब सक्षम हो, अक्षमता का दिखावा करो। जब सक्रिय हो, तो निष्क्रियता का। जब पास हो, तो यह दिखाओ कि तुम बहुत दूर हो। दूर होने पर, कि तुम उसे पास बुलाओ। बदहाली का दिखावा करो और फिर उस पर प्रहार करो। जब वह सब एकत्र हो जाए, तो उसके विरुद्ध तैयारी करो; जहाँ वह मज़बूत है, उससे वहाँ बच कर रहो'। यह आपके अपने सुन त्ज़ु ने कहा है।"

"मैं उनसे ही प्रेरणा लेती हूँ। सभी कॉरपोरेट दिग्गजों, तकनीकी विशेषज्ञों, सैन्य रणनीतिकारों और राजनीतिक नेताओं को *दी आर्ट ऑफ़ वॉर* पढ़नी चाहिए," जिओ मिंग ने पलट कर कहा।

जिओ मिंग आगे बोली, "हालाँकि यह सच है कि मेरा मन-मस्तिष्क बेहद व्याकुल था और मेरे अतीत की कटु यादों की वजह से ऐसा लगता था कि जैसे मेरी नसें फट जाएँगी, लेकिन फिर मैंने अपने आविष्कार के दम पर नाम और दौलत दोनों कमाई। लेकिन फिर मुझे सब कुछ छोड़ना पड़ना... हाँ, मैंने आत्मसमर्पण कर दिया। इस बीच, मुझे यथार्थ का अनुभव हुआ और मैं इस यात्रा पर निकल पड़ी। जहाँ तक इस उपन्यास का सवाल है, मैंने इस पर बुद्ध की छवि देखी इसलिए उसे उठा लिया और अभी तक तो यह पढ़ने में दिलचस्प ही लग रहा है।"

"लेकिन बौद्ध धर्म में आपकी अचानक रुचि का कारण? आपने तो बताया कि आप हिंदू हैं?" उसने अनव से सवाल किया।

"सच कहूँ तो मैं जीवन के गहन अर्थ की तलाश में हूँ। संपन्नता और दौलत की दिखावटी दुनिया के बीच, मुझे ऐसा लगता रहता है कि जैसे मेरा दिमाग दलदल में फंसा हुआ है," उस भारतीय ने उत्तर दिया।

"एक अजीब-सी बेचनी और अपर्याप्तता की भावना घेरे रहती है। मैं इसी का हल खोज रहा हूँ। हमारे यहाँ के मंदिरों में किए जाने वाले कोई भी अनुष्ठान, मेरे भीतर शान्ति और धैर्य पैदा नहीं कर सके हैं," अनव ने कहा।

विमान में शराब परोसी जा रही थी। मलय ने भी एक ले ली। अनव ने एक *कोल्ड-ड्रिंक* का ऑर्डर दिया और जिओ मिंग ने भी ऐसा ही किया।

"आप शराब से दूर रहती हैं?" अनव ने उससे पूछा।

"मैं *वाइन* पसंद करती हूँ। लेकिन कुछ समय से मैंने पीना काफ़ी कम कर दिया है," जिओ मिंग बोली।

थोड़ी देर बाद, अनव ने अपनी आँखें बंद कर आराम करने लगा और जिओ मिंग अपनी किताब पढ़ने में लग गई। अपने मस्तिष्क के प्रांगण में, वह अपने जीवन की पीड़ा, बुद्ध की पीड़ा और जुआन जांग द्वारा सामना की गई बाधाओं के बीच समानताएँ चित्रित कर रही थी।

धार्मिकता और आध्यात्मिकता के बारे में उसका ज्ञान सीमित था। कुछ अज्ञात शक्तियों, जैसे कि टूटते तारे जिनको देखकर उसकी माँ कुछ प्रार्थना किया करती थी, और बुद्ध तथा उनकी विभिन्न मूर्तियाँ जिनके सामने उसने प्रार्थना की थी, के अलावा उसके पास किसी तरह का कोई आश्रय नहीं था! उसका तार्किक मस्तिष्क हमेशा यह प्रश्न किया करता था कि आखिर ऐसा क्यों था कि बुद्ध या तो कमल की मुद्रा में बैठे रहते हैं, या खड़े रहते हैं, या फिर लेटे रहते हैं?

वह कुछ अचंभित सी सोच में डूबी हुई थी, कि देखो अब आगे उसे क्या देखने को मिलने वाला है!

जिओ मिंग, आत्मज्ञान की प्राप्ति जैसी अवधारणाओं के बारे में आश्वस्त नहीं थी। उसने ध्यान या *मेडिटेशन* के अनुभवों के बारे में पढ़ा ज़रूर था, लेकिन इसका कोई व्यावहारिक अनुभव उसे नहीं था। यही सब सोचते-सोचते जिओ मिंग ने एक गहरी साँस भरी।

मलय, कुछ ड्रिंक्स और भरपेट खा लेने के बाद अपनी आँखों को ढककर खर्राटे ले रहा था। थोड़ी देर बाद, अनव ने अपनी आँखें खोलीं, ज़ाहिर तौर पर वह झपकी ले चुका था।

अनव और जिओ मिंग एक दूसरे को देखकर मुस्कुरा दिए। "मैं, सिद्धार्थ के आत्मज्ञान प्राप्ति के ऊपर आधारित एक पॉडकास्ट सुन रहा था।"

"क्या इसका मतलब 'माइन्डफ़ुलनेस' है?" जिओ मिंग ने सवाल किया।

"मुझे डर है, मुझे इसकी कोई जानकारी नहीं है। लेकिन अब तक की हमारी बातचीत से, मुझे यह तो समझ आ गया है कि हमारे जीवन भिन्न हैं, उसकी गति अलग है। लेकिन एशवर्य और दौलत के इस नखलिस्तान में रहते हुए भी कुछ कमी का एहसास, यह हम दोनों में समानता है। यह विडंबना ही है कि हम, बुद्ध उनके जीवन के कष्टों और उसके बाद उनके द्वारा ज्ञानप्राप्ति पर यहाँ चर्चा कर रहे हैं। हालाँकि, मैं हमारी इस बातचीत को खत्म नहीं करना चाहता।"

“हम्म...” जिओ मिंग ने कुछ सोचते हुए अपनी प्रतिक्रिया दी।

“खैर उनकी कहानी पर हम वापस आते हैं। जब बुद्ध को ज्ञान प्राप्त हुआ, तो वह मई माह के चिलचिलाते मौसम में पूर्णिमा की रात थी। यह अजीब बात है कि बुद्ध का जन्म पूर्णिमा के दिन हुआ था, पूर्णिमा के दिन ज्ञान प्राप्त हुआ था और पूर्णिमा के दिन ही महापरिनिर्वाण प्राप्त हुआ था। यही वह दिन है जब उन्होंने अपने प्राण त्याग दिए थे,” जब अनव को बुद्ध के जीवन के ये तथ्य जब याद आए तो उसने जिओ मिंग से कहे।

“वाह क्या बात है! आप सुनते रहिए। वैसे मैं भी ये पॉडकास्ट सुनना चाहूँगी,” जिओ मिंग ने बीच में ही टोका।

उनकी इस सब बातचीत में मलय के खर्राटें की आवाज़ भी उसी में घुलीमिली जा रही थी।

“जब फ़रिशतों ने बुद्ध से अपना अनुभव बताने के लिए कहा, तो बुद्ध बोले, ‘जो जानते हैं, वे मेरे एक शब्द बोले

बिना भी जान जाएँगे और जो सर्वोत्कृष्ट सत्य को नहीं जानते हैं, वे मेरे कुछ भी कहने पर इसकी सराहना नहीं कर सकेंगे। जो व्यक्ति देख नहीं सकता उसके लिए प्रकाश का कैसा भी वर्णन किया जाए वो किसी काम का नहीं है। ऐसा मेरा मत है। जिस व्यक्ति ने जीवन-अमृत का स्वाद नहीं चखा है, उसे इतना गहरा और प्राचीन ज्ञान समझाना व्यर्थ है, और इसलिए मैं मौन रखता हूँ। कोई इतनी अंतरंग और व्यक्तिगत बात कैसे बता सकता है? अतीत में शास्त्रों ने दर्ज किया है कि जब शब्दों का मायाजाल नष्ट हो जाता है, तब फूलों के समान सत्य की सुगंध फैलनी शुरू हो जाती है”, अनव ने बुद्ध और फ़रिश्तों के बीच बातचीत का ज़िक्र करते हुए कहा।

“नि:संदेह यह अद्भुत है,” जिओ मिंग ने अपनी प्रतिक्रिया व्यक्त की। “मुझे और बताओ अनव, यह बहुत दिलचस्प है।” वह चीनी लड़की किसी बच्चे के तरह उत्साहित होकर इतनी ज़ोर से बोली कि न केवल वो मलय जग गाया बल्कि कई अन्य यात्रियों की नींद भी उचट गई।

दोपहर में भोजन और ड्रिंक्स परोसे गए, जिसके बाद सभी यात्रि तृप्त लग रहे थे। उनमें से कई लोग नींद के आगोश में चले गए, तो कुछ अपने मोबाईल पर गेम्स खेलने में लग गए, और कुछ अन्य, फिल्में देखने या पढ़ने में व्यस्त हो गए। कुछ ऐसे भी थे जो अपना लक्षित काम पूरा करने में पुन: जुट गए।

अचानक, विमान के कप्तान द्वारा एक अप्रत्याशित घोषणा की गई, "यात्रियों से अनुरोध किया जाता है कि वे अपनी सीट बेल्ट बांध लें। हमको *'टर्ब्युलन्स'* का अनुभव होगा क्योंकि हमारा विमान खराब मौसम में से गुज़र रहा है।" विमान के ज़ोर-ज़ोर से हिलने से, यात्रियों में दहशत फैल गई। *एयरहोस्टेस* व्याकुल यात्रियों को शांत करने की कोशिश करने लगीं।

तभी विमान बहुत तेज़ी से नीचे उतरने लगा और इसके साथ ही यात्रियों में और अधिक भय फैल गया। "अभी हम नई दिल्ली से करीब डेढ़ घंटे की दूरी पर हैं, यात्रियों से अनुरोध है कि आप भयभीत न हों," कप्तान ने सांत्वना देते हुए घोषणा करी। खराब मौसम के गुज़र जाने के पश्चात विमान फिर से ऊँचाई की ओर बढ़ चला।

"हे भगवान! ये तो बड़ा करीबी मामला था," अनव ने जिओ मिंग से कहा और उसने भी हाँ में हाँ मिलाते हुए अपना सिर हिलाया।

"अगर बुद्ध इस तरह के माहौल में फँसे होते तो उन्होंने क्या किया होता?" जिओ मिंग ने अनव से पूछा।

"बुद्ध और उनकी शिक्षाओं के बारे में अपने बहुत सीमित ज्ञान से मुझे ऐसा लगता है कि उन्होंने इसको चार भागों में बाँट दिया होता - एक, दु:ख, जो संसार में निहित कष्ट है। दो, कष्ट का सदा ही कुछ न कुछ कारण होता है। तीन, कष्ट का अंत अवश्य होता है। और आखिरी, उस कष्ट से बाहर आने का मार्ग होता ही है," उस भारतीय ने संक्षिप्त में समझाते हुए कहा। "उन्हें यह ज्ञान घोर तप, यानि की कठिन आध्यात्मिक तपस्या और अभ्यास जैसा कि हम इंडिया में कहते हैं, के बाद प्राप्त हुआ था।"

"वैसे सच कहूँ तो *'टर्ब्युलन्स'* में मैं भी आप सभी अन्य लोगों की तरह बेहद डरा हुआ था। बुद्ध और उनकी शिक्षाओं के बारे में मैंने बहुत हाल ही में जानना शुरू किया है। शायद, मैं भारतीय प्रौद्योगिकी संस्थान, चेन्नई में अपनी शिक्षा और अपने *डीएनए*, यानी अपनी ब्राह्मण-बुद्धि को श्रेय दूँगा। ब्राह्मण यानि की जिसका जन्म दो बार हुआ हो, और जो पवित्र जनेऊ पहनता हो," उसने थोड़ा मज़ाकिया अंदाज़ में कहा।

"ऐसा कहा जाता है कि हिंदू अपनी सोच में बेहद उदार होते हैं और इस तरह विभिन्न मुद्दों को बड़ी सहजता से समझ लेते हैं। मैं एक बहुत ही मज़ेदार कहानी सुनाता हूँ जो एक हिंदू सज्जन और एक ईसाई लड़की के बीच की बातचीत है, जो

अमेरिका से भारत की यात्रा कर रही थी। तो, कहानी इस तरह से है," अनव ने शुरू किया।

"आपकी पवित्र पुस्तक कौन सी है?" सुंदर अमेरिकी लड़की ने पूछा।

"हमारे पास एक पवित्र पुस्तक नहीं है, हमारे पास सैकड़ों-हजारों दार्शनिक पवित्र ग्रंथ हैं," सज्जन ने उत्तर दिया।

"अरे क्या बात करते हैं आप! कम से कम मुझे ये तो बताओ कि आपका भगवान कौन है?"

"क्या मतलब है?"

"जैसे हमारे पास यीशु है और मुसलमानों के पास अल्लाह है, क्या आपके पास भगवान नहीं है?"

उस सज्जन ने मन ही मन सोचा। मुसलमान और ईसाई एक ईश्वर (पुरुष स्वरूप) में विश्वास करते हैं जिसने दुनिया बनाई और जो उसमें रहने वाले मनुष्यों में रुचि लेता है। इस लड़की का मन उस तरह के विश्वास के साथ ही बड़ा हुआ है।

उसके अनुसार (या कोई भी जो हिंदू धर्म के बारे में नहीं जानता), एक धर्म में एक पैगंबर, एक पवित्र पुस्तक और एक भगवान होना चाहिए। उसका मन इतना बद्ध और कठोर रूप से इस धारणा तक सीमित है कि और कुछ भी उसको स्वीकार्य नहीं है। वो उस लड़की के धार्मिक-विश्वास की धारणा और अवधारणा को समझ गए; साथ ही यह भी महसूस किया कि आप हिंदू धर्म की तुलना वर्तमान युग के प्रमुख धर्मों में से किसी से नहीं कर सकते, जिनमें आपको एक ईश्वर की अवधारणा पर विश्वास करना है।

उस सज्जन ने उस लड़की को समझाने की कोशिश की, "आप एक ईश्वर में विश्वास कर सकते हैं और आप हिंदू हो सकते हैं। आप कई देवताओं में विश्वास कर सकते हैं और फिर भी आप हिंदू हो सकते हैं। और यह भी हो सकता है कि आप भगवान में बिल्कुल भी विश्वास न करते हों, फिर भी आप हिंदू हो सकते हैं। नास्तिक भी हिंदू हो सकता है।"

यह सब उस लड़की को बहुत पागलपन जैसा लग रहा था। वह एक ऐसे असंगठित धर्म की कल्पना नहीं कर सकती थी, जो अभी भी जीवित है।

"मुझे समझ में नहीं आया लेकिन यह बहुत दिलचस्प लग रहा है। क्या आप

धार्मिक हैं?"

वह इस अमरीकी लड़की को क्या बता सकता था?

उसने कहा, "मैं नियमित रूप से मंदिर नहीं जाता हूँ। मैं कोई नियमित अनुष्ठान नहीं करता हूँ। मैंने अपने बचपन में कुछ रस्में सीखी हैं। मुझे अब भी उन्हें कभी-कभी करने में मज़ा आता है।"

"मज़ा?? क्या आप ईश्वर से नहीं डरते?"

"नहीं! हम भगवान से नहीं डरते। इन अनुष्ठानों को नियमित रूप से करने के लिए किसी ने भी ऐसी कोई बाध्यता नहीं बनाई है।"

उस लड़की ने कुछ देर सोचा और फिर पूछा, "क्या आपने कभी किसी अन्य धर्म में परिवर्तित होने के बारे में सोचा है?"

"मैं ऐसा क्यों करूँगा? यहाँ तक कि अगर मैं हिंदू धर्म में कुछ अनुष्ठानों और आस्था को चुनौती देता भी हूँ, तो भी कोई मुझे हिंदू धर्म से बदल नहीं सकता है। क्योंकि, एक हिंदू होने के नाते मुझे बिना किसी शर्त के स्वतंत्र और निष्पक्ष रूप से सोचने-समझने की अनुमति है। मैं एक हिंदू के रूप में कभी भी बलात या भय से नहीं, बल्कि अपनी मर्ज़ी से रहता हूँ।"

उस सज्जन ने उसे बताया कि हिंदू धर्म कोई धर्म नहीं है, बल्कि मान्यताओं और प्रथाओं का एक समूह है। यह ईसाई धर्म या इस्लाम जैसा धर्म नहीं है क्योंकि यह किसी एक व्यक्ति द्वारा स्थापित नहीं है। यह किसी चर्च या किसी ऑर्डर की तरह कोई संगठित नियंत्रित निकाय नहीं है। उन्होंने आगे कहा, कि यह कोई संस्था या तंत्र नहीं है।

"तो फिर आपको ईश्वर में विश्वास नहीं है?" उसको सब कुछ श्वेत और श्याम में ही समझना था, क्योंकि उसके लिए यह सिद्धांत बहुत विरोधाभास से भरा हुआ था।

"मैंने ऐसा नहीं कहा। मैं दिव्य वास्तविकता को नहीं त्यागता। हमारे शास्त्र, या श्रुति या स्मृति - वेद और उपनिषद या गीता - कहते हैं कि ईश्वर हो भी सकता है या वह नहीं भी हो सकता है। लेकिन हम उस सर्वोच्च अमूर्त सत्ता (परब्रह्म) से प्रार्थना करते हैं जो इस ब्रह्मांड का निर्माता है।"

"आप अपने किसी एक व्यक्तिगत ईश्वर में विश्वास क्यों नहीं कर सकते हैं?"

"हमारा एक सिद्धांत है, निराकार ईश्वर का, ना कि एक व्यक्तिगत ईश्वर का।"

"एक व्यक्तिगत ईश्वर की अवधारणा या मत, गोपनीयता के बादलों के पीछे छिपकर, हमें कुछ लोगों के माध्यम से तर्कहीन कहानियाँ सुनाती है, जिसे ईश्वर किसी को दूत के रूप में भेजता है, और हमें उसकी पूजा करने वरना हमें दंडित करने की बात करता है; यह बात अर्थहीन है। मुझे नहीं लगता कि ईश्वर एक निरंकुश सम्राट की तरह मूर्ख है, जो चाहता है कि बस दूसरे उसका सम्मान करें या उससे डरें।"

उन्होंने उसे बताया कि इस तरह की धारणाएँ अल्प शिक्षित मानव सोच और भ्रम की कल्पना मात्र हैं, लेकिन इसमें यह भी जोड़ा कि हिंदू धर्म में अधिकतर जातीय-धार्मिक-प्रवर्तक व्यक्तिगत ईश्वर में विश्वास करते हैं। छिछले स्तर पर हिंदू धर्म में बहुत से अत्यधिक अंधविश्वास भी हैं। किन्तु जब हिंदू धर्म को गहनता से समझते हैं तो उसका दार्शनिक पक्ष सभी अंधविश्वासों को नकारता है।

"यह जान कर अच्छा लगा कि आप यह तो मानते हैं कि ईश्वर होता है। आपने कहा कि आप प्रार्थना करते हैं। तो आपकी प्रार्थन क्या होती है?"

"लोक: समस्थ:सुखिनोभवन्तु। ओम् शांति, शांति, शांति।"

वो हँसने लगी, "इसका क्या मतलब है?"

"संसार के सभी जीव खुश रहें। सभी ओर शांति हो, शांति हो, शांति हो।"

"हम्म... ये तो बड़ा रोचक है। मुझे इस धर्म के बारे में और समझना है। यह कितना लोकतंत्रवादी, विस्तरित सोच वाला और मुक्तिदायक है!" उसने आश्चर्य से कहा।

"तथ्य तो यह है कि, हिंदू धर्म व्यक्ति का धर्म है, व्यक्ति के लिए है और व्यक्ति द्वारा है। वेदों और भगवद्गीता में इसकी जड़ें हैं।"

"यह किसी व्यक्ति के अपने स्वभाव और आंतरिक विकास के अनुसार व्यक्तिगत रूप से व्यक्तिगत भगवान के निकट पहुँचने के बारे में है - यह बिल्कुल सीधा और सरल है।"

"कोई, हिंदू धर्म में कैसे परिवर्तित होता है?"

"कोई भी आपको हिन्दू धर्म में परिवर्तित नहीं कर सकता है, क्योंकि यह धर्म है ही नहीं, बल्कि यह एक संस्कृति है, जीवन पद्वति है, कुछ निश्चित रीति और रिवाज़ों का मेलजोल है। हिन्दू धर्म में सब कुछ समिलित है क्योंकि इसमें कोई एक अकेला संगठन या मत नहीं है, जो आपको हिन्दू धर्म के हेतु स्वीकृत करे या अस्वीकृत करे।"

उन्होंने आगे कहा, "यदि आप जीवन में अर्थ की तलाश करते हैं, तो इसे धर्मों में न खोजें; एक पंथ से दूसरे पंथ या एक गुरु से दूसरे पंथ में मत जाएँ।"

"एक सच्चे साधक के लिए, बाइबल स्वयं दिशा-निर्देश देती है जब वह कहती है कि 'परमेश्वर का राज्य तुम्हारे भीतर है'।" उस सज्जन ने उसे उस प्रेम के बारे में ईसा मसीह की शिक्षा की याद दिलाई जो एक दूसरे के लिए है। यहीं से आप जीवन का अर्थ पा सकते हैं। ईश्वर की प्रत्येक रचना से प्रेम करना ही सर्वोच्च है और वास्तविक है।"

"इसवासयां इदं सर्वं इसम (ईश्वर) सब जगह वर्तमान है, यहाँ भी और वहाँ भी – ईश्वर से विरक्त कुछ भी नहीं, क्योंकि ईश्वर सर्वव्यापी है। प्रत्येक सजीव और निर्जीव वस्तु का सम्मान ईश्वर के समान ही करिए। यही हिन्दू धर्म का यह मूल मंत्र है और यही यह सिखाता है।"

"हिन्दू धर्म को सनातन धर्म भी कहा जाता है, शाश्वत आस्था। इसका मुख्य आधार है 'धर्म का पालन', यही जीवन जीने का मूलमंत्र है। हिन्दू धर्म का प्रमुख पहलू है, स्वयं के प्रति ईमानदारी। हिन्दू धर्म का विचारों पर एकाधिकार नहीं है। यह सभी के लिए खुला है। हिंदू एक ईश्वर (व्यक्तिगत नहीं) में विश्वास करते हैं जिनको विभिन्न रूपों में व्यक्त किया जाता है। उनके लिए ईश्वर कालातीत और निराकार है।"

"आज के हिंदुओं के पूर्वज शाश्वत सत्य और ब्रह्मांडीय नियमों में विश्वास करते थे और ये सत्य उन सभी के लिए प्रस्तुत हैं जो उन्हें खोजने का प्रयास करते हैं। अंग्रेज़ों ने 'हिंदू' शब्द गढ़ा था और इसे एक धर्म का रूप दे दिया था," सज्जन ने अपनी बात जारी रखी।

उन्होंने कहा, "आज धर्म एक बहुस्तरीय उद्योग बन गया है जो धर्मांतरण के द्वारा बाज़ार में अपनी हिस्सेदारी का विस्तार करने की कोशिश कर रहा है। आज की दुनिया में सबसे बड़ा व्यवसाय अध्यात्म है। मैं एक हिंदू हूँ क्योंकि यह मेरे दिमाग को किसी भी आस्था प्रणाली के साथ बाँधकर नहीं रखता है। हिंदू धर्म में हमारे पास भगवान का कोई प्रबंधक नहीं है। कुछ लोग कहते हैं, 'मुसलमान बनो', तो कोई कहता है, 'ईसाई बनो'। वेद कहते हैं 'मानव बनो'। कुछ कहते हैं, 'पैगंबर का अनुसरण करो'। कुछ कहते हैं, 'यीशु का अनुसरण करो'। वेद कहते हैं, 'अपने विवेक का पालन करो'।"

"आपने कुछ लोगों को यह कहते सुना होगा कि ईश्वर सातवें आसमान के ऊपर

रहता है। कुछ लोग कहते हैं कि भगवान चौथे आकाश के ऊपर रहता है। वेद कहते हैं कि ईश्वर मेरे साथ है, मेरे भीतर है।"

"कुछ कहते हैं कि भगवान परीक्षा लेता है, अन्य का मानना है कि भगवान दंड देता है। जबकि कुछ का कहना है कि ईश्वर क्षमा करता है। लेकिन वेद कहते हैं कि ईश्वर सहारा देता है। हिंदू धर्म मौलिक है; यह प्राकृतिक होते हुए भी तार्किक है, और आध्यात्मिक, व्यक्तिगत और जीवन जीने का एक संतोषजनक वैज्ञानिक तरीका है। हिंदू धर्म कोई धर्म नहीं है, यह एक संस्कृति है, जीवन जीने का एक तरीका है," सज्जन ने यह कहते हुए अपनी बात पूरी करी।

जिओ मिंग चुपचाप बैठी हुई, अनव ने जो कुछ भी अभी-अभी सुनाया, उसे आत्मसात करने का प्रयास करने लगी। अनव ने स्पष्टीकरण देते हुए अपनी बात जारी रखी, "अब, न तो मैं एक पागल हूँ और न ही एक हिंदू, मैं एक अज्ञेयवादी हूँ, लेकिन इस बातचीत ने मुझे बहुत आकर्षित किया और मेरी आशंकाओं का कुछ हद तक निराकरण भी किया है और मेरे विश्वास को मज़बूत भी किया।"

जैसे-जैसे बातचीत आगे बढ़ी, जिओ मिंग और अनव के जीवन के कुछ अन्य रहस्यों का पिटारा भी खुलने लगा। अपने जीवन में मानसिक कष्टों का तो उन्होंने अनुभव किया ही था, उसके अलावा दोनों ने शारीरिक कष्ट भी सहे थे।

जिओ मिंग हमेशा से स्नेहिल स्वभाव वाली थी, लेकिन समय बीतने के साथ उसमें घमंड, अधीरता और तुनकमिज़ाजी ने घर कर लिया था। और फिर उसकी आरामदेह और लापरवाह जीवनशैली के साथ मिलकर इस सब ने उसको आंतरिक रूप में काफ़ी प्रभावित किया था। जबकि वो अपने स्वास्थ्य को लेकर बहुत सचेत रहती थी और नियमित व्यायाम आदि करती रहती थी, फिर भी उसका पेट उसको तकलीफ़ देने लगा था, और उसकी पाचनप्रणाली पर दुष्प्रभाव पड़ रहा था; शायद शराब के अधिक सेवन के कारण, जबकि ऐसा नहीं था कि वह इसकी आदी हो गई हो। चूंकि वो *वर्चुअल बडी ऐप* बनाने में इतनी व्यस्त हो गई थी, और फिर इस सिलसिले में उसको यात्रा भी बहुत करनी पड़ती थी, और मजबूरन बाहर का खाना खाना पड़ता था, जो मिलजुल कर उसके पाचनतंत्र को दुष्प्रभावित कर रहा था। वह इलाज की तलाश में थी क्योंकि पेट में बार-बार होने वाले दर्द और *इरिटेबल बाउल सिंड्रोम* के कारण उसकी मन:स्थिति में बार-बार बदलाव आता था और एकाग्रता में भी कमी आती थी। इसके अतिरिक्त, वह अपने मासिक धर्म के दौरान गंभीर ऐंठन से

भी परेशान रहती थी और इस समस्या से उबरने के लिए उसे कोई रास्ता नहीं मिल रहा था।

दस किलोमीटर दौड़ने वाला धावक अनव, जो कि वैसे बहुत चुस्त-दुरुस्त था, को *स्पोंडीलाइटिस* और गठिया ने गंभीर रूप से घेरना शुरू कर दिया था। उसकी गरदन, घुटनों और कंधों में लगातार रहने वाले तेज़ दर्द ने उसे चिड़चिड़ा बना दिया था और इसके नतीजतन उसकी दिनचर्या और काम पर भी बुरा असर पड़ने लगा था। यह सब शायद उसके काम के लिए लंबे-लंबे समय तक टेबल-चेयर पर एक ही मुद्रा में बैठने, कंप्युटर पर काम करने और इलेक्ट्रॉनिक यंत्रों और मोबाईल पर बढ़ती हुई निर्भरता के कारण था। उसने कहीं पढ़ा था कि आमतौर पर लोग कम से कम 80 से 180 बार *स्मार्टफ़ोन* का इस्तेमाल करते हैं और इसका, गरदन, कंधों और पीठ की मांसपेशियों पर बहुत बुरा असर पड़ता है, जिनमें अकसर गाँठे पड़ जाती हैं और जिसकी वजह से बहुत तेज़ दर्द होने लगता है।

तो इस तरह से दोनों, चीन की जिओ मिंग और भारतीय अनव स्वस्थ्य, चुस्त-दुरुस्त होने के बावजूद अपनी शारीरिक समस्याओं से परेशान थे और उनका हल तलाश रहे थे।

कुछ देर बाद विमान के कप्तान ने घोषणा करी कि उनका विमान नई दिल्ली के इंदिरा गाँधी अंतर्राष्ट्रीय हवाईअड्डे पर उतरने की तैयारी में है।

"तुम्हारे साथ बातचीत करना बहुत ही रोचक रहा अनव। तुम बहुत जानकार और ज्ञानी हो," दमकते हुए चहरे वाली जिओ मिंग बोली।

"बहुत-बहुत शुक्रिया। बुद्ध के टर्ब्युलन्स में फँस जाने और हिन्दू धर्म पर प्रवचन देने के बीच मैं आपको एक विशेष पॉडकास्ट के बारे में बताना तो भूल ही गया जो कि आपके भविष्य की योजनाओं को निर्धारित कर सकता है," अनव ने हँसते हुए कहा।

जैसे ही विमान नीचे उतरा, *टर्मक* को छुआ और टैक्सी करता हुआ रुकने लगा, तभी जिओ मिंग ने अनव से उसकी छुट्टियों की योजनाओं के बारे में पूछा, "तो, फिर तुम अब अपने माता-पिता के घर चेन्नई जाओगे?"

"नहीं, अभी नहीं। कुछ दिन मैं यहाँ दिल्ली में अपने एक दोस्त के घर रुकूँगा। वो एक कलाकार है, लेखक है और इस सब के ऊपर वो एक 'मेडिटेशन टीचर' भी है।"

जिओ मिंग यह सुनकर अवाक रह गई, "मैं तो समझ रही थी कि इस सारे ज्ञान का भंडार तुम्हार अपना है।"

"खैर, वो मेरा *वर्चुअल बडी एप* है, मेरा मेन्टर है। हम सब की ज़िंदगी में कोई एक तो होता ही है। वो सारे पॉडकास्ट, मेरे उसी दोस्त के हैं।"

"तुमने यह बात छिपाई," जिओ मिंग ने अपना गुस्सा ज़ाहिर करते हुए कहा।

"अपने स्वभाव को छिपाओ, और तुम्हारी स्थिति गुप्त रहेगी, और जो तुमको विजय की ओर ले जाएगी। अपना स्वभाव, और अपनी परिस्थिति जग-ज़ाहिर करो, वह तुमको हार की ओर ले जाएगी, सुनन त्ज़ु ने कहा है", और यह कहते हुए अनव ने अपनी बात को विराम दिया।

अध्याय 8

बुद्धिस्ट सर्किट ट्रेल

"भूतकाल को तुम्हें बेहतर बनाने दो, न कि कड़वाहट से भरा हुआ।"

—गौतम बुद्ध

विमान से उतरने के बाद, ये दोनों सहयात्री *इमिग्रेशन काउंटर* पर गए। अनव *बैगेज कैरसेल* पर अपने समान का इंतजार कर रहा था, तभी जिओ मिंग भी वहीं आ गई। वो अभी भी अनव से थोड़ी खफ़ा थी। उसको लग रहा था कि अनव ने उसको अपने ज्ञान और जानकारी के मूल स्त्रोत के बारे में न बता कर उसको धोखा देने की कोशिश करी थी।

उसके अनुसार, अनव ने जानबूझकर सुन त्ज़ु के कथन और वक्तव्यों को बुद्ध के बारे में पॉडकास्ट के साथ मिलाजुलाकर उसके सामने पेश किया था और यह भी तथ्य छिपाया था कि उसकी सारी जानकारी का स्त्रोत वो पॉडकास्ट था।

यह तो महज़ इत्तेफ़ाक़ ही था कि हाल ही में दोनों बौद्ध शिक्षाओं से अवगत हुए थे, और जो उनके अंतर्मन को छू गईं थीं। अनव ने बुद्ध की खोज अपने कुछ चीनी मित्रों और अपने गुरु या *मेन्टर* के पॉडकास्ट के माध्यम से करी थी, जबकि जिओ मिंग के जीवन की अजीब घटनाओं की श्रृंखला कुछ ऐसी थी जो उसे बुद्ध तक ले आई थी।

इस मामले पर थोड़ी देर सोचने के बाद, जिओ मिंग को यह समझ आया कि जब व्यक्ति शुद्ध सत्य की खोज में लगा हो, तब वो अपने साथ किसी तरह के छल या पीड़ित किये जाने की शिकायत या फिर अपराध बोध की शिकायत नहीं कर सकता है। अनव के साथ उसकी बहुत ही रोचक और उत्साहजनक बातचीत हुई थी; और उसके अनुसार उसे अपने चिड़चिड़ेपन और उतावलेपन पर काबूब करना ही चाहिए।

वे दोनों अपने सामान का इंतजार कर रहे थे, तभी अनव ने जल्दी से अपनी बात कही, "देखो जिओ मिंग, मेरा इरादा ऐसा कभी नहीं था कि मैं तुम्हें धोखा दूँ।"

"मेरा दोस्त लंबे समय से ज़ोर दे रहा है कि मैं 'विपश्यना' सीखूँ। उसका मानना है कि यह मेरे अत्यंत कठोर, तार्किक वाम-केन्द्रित मन को कुछ तृप्त करने में मदद करेगा। इस प्रक्रिया का सरल भाग यह है कि इससे कोई रस्म नहीं जुड़ी हुई हैं। वरना, मुझे संदेह है कि मैंने इस पर ध्यान भी दिया होता। शेनज़ेन वापस जाने से पहले मैं निश्चित रूप से इसका *कोर्स* करना चाहता हूँ। भारत की इस यात्रा के दौरान, मैं विपश्यना का एक कोर्स करने का इरादा रखता हूँ, चाहे वो जिस भी स्तर का हो। हो सकता है कि कोई दूसरी ध्यान तकनीक भी काम कर जाए," अनव ने कहा।

"तो, मैं चेन्नई जाने से पहले अपने पहले *पिट स्टॉप* की ओर चलता हूँ," अनव ने हवाई अड्डे की इमारत से बाहर कदम रखते ही खुशी ज़ाहिर करते हुए कहा।

"अरे अनव! इधर! इधर!" एक आवाज़ ने उसे बुलाया। यह रमेश था, जो अनव का दोस्त होने के साथ ही उसका गुरु भी बन चुका था।

"ओह, यह तो आश्चर्यजनक रूप से उस लंबे बालों वाले और दाढ़ी वाले व्यक्ति के समान दिखता है जिसकी छवि मैंने फ़ीनिक्स में देखी थी," अचरज से भरी जिओ मिंग ने मन ही मन खुद से बोली।

"यह कितना कान्ति युक्त दिखाई दे रहा है!" यह जिओ मिंग का उस वीकती के बारे में दूसरा विचार था। "क्या यह वही व्यक्ति है जिससे मेरा मिलना तय है?" जिओ मिंग ने अपने मन की इन बातों को तुरंत लू याओ को *टेक्स्ट* किया, हालाँकि वह जानती थी कि लू याओ अभी भी यात्रा में ही होगा। अनव ने जिओ मिंग को अपने दोस्त रमेश से मिलवाया। निर्भीक और सुंदर चीनी महिला रमेश के शांत व्यक्तित्व से निर्विवाद रूप से प्रभावित हुई थी।

दोपहर का समय था और जिओ मिंग को बेहद पसीना आ रहा था; उससे गर्मी सहन नहीं हो पा रही थी। वह अपने होटल के कमरे की ठंडक में जाने के लिए बेताब थी। आलीशान होटल *विवांता* में उसकी बुकिंग थी। होटल द्वारा व्यवस्थित एक कैब उसे लेने के लिए आई थी और ड्राइवर जिओ मिंगो को बार-बार संपर्क करने की कोशिश कर रहा था।

"चिंता मत कीजिए। ड्राइवर कुछ ही देर में आप तक पहुँच जाएगा। तो, आपका भारत आना कैसे हुआ?" रमेश ने उससे पूछा।

"लंबी कहानी है। उसका कुछ हिस्सा तो मैं आपके दोस्त को सुना चुकी हूँ," जिओ मिंग बोली। "और इसने मुझे लगभग यकीन दिला ही दिया था कि ये बौद्ध धर्म

के बारे में दक्ष है, जो कि ये नहीं है और मेरी ही तरह अनाड़ी है।"

अनव ने हँसकर बात को टाल दिया। "इसको लगता है कि मैंने कोई बहुत माहिर *मिलिटरी स्ट्रैटिजिस्ट* हूँ, सुन त्ज़ु की तरह और बुद्ध की तरह एक आध्यात्मिक गुरु हूँ... सब कुछ एक साथ!"

"अगर सच कहूँ तो इंडिया आने के इसके कारण बड़े ही नाटकीय हैं! जुआन जांग इसके प्रेरणा स्रोत हैं, लेकिन ये अपने सत्य की खोज खुद करना चाहती है।"

"अनव क्या तुम मेरा मज़ाक बना रहे हो?" जिओ मिंग ने विरोध जताया।

इससे पहले कि अनव कोई प्रतिक्रिया दे पाता, जिओ मिंग की कैब उसे ढूंढते हुए वहाँ पहुंच गई जहाँ वो तीनों खड़े थे।

"मैं, शमशेर सिंह गिल, आपका ड्राइवर मैडम जिओ मिंग," एक खुशमिज़ाज और उत्साही दिखने वाले उस सिख ने कहा की।

"ठीक है, अब विचारों के इस रोमांचक आदान-प्रदान को यही पर विश्राम देना होगा, लेकिन बिना किसी निष्कर्ष पर पहुँचे," जिओ मिंग ने टिप्पणी की।

"मुझे अपना रास्ता खुद ही तय करना होगा और, बुद्ध और जुआन जांग की तरह इस रास्ते पर अकेले ही यात्रा करनी होगी," उसने कहा, और इस बीच उसका सामान इंतजार करती उस कैब में लादा जा चुका था।

इस बीच अनव और रमेश आपस में हिंदी में कुछ बात करने लगे, और उतनी देर में तो पीछे कारों की कतार लगने लगी और सब हॉर्न पर हॉर्न बजाने लगे।

"सर जी, तुस्सी चेती करो..। गड्डीओं दी लाइन लग गई है। पुलिस आ गई तो पंगा हो जाएगा," बौखलाहट में ड्राइवर बोला।

"तो फिर, जिओ मिंग तुम्हारी यात्रा अब शुरू होती है," जब जिओ मिंग कार में बैठने लगी तो अनव बोला। चलते-चलते यह तय हुआ कि ये दोनों दोस्त शाम को जिओ मिंग को उसके होटल पर मिलने जाएँगे।

****

"क्या मैं इस बात से खुश हूँ कि अनव शाम को मिलने आने वाला है? क्या मैं उसकी बुद्धिमत्ता की ओर आकर्षित हूँ?" जिओ मिंग सोच रही थी, फिर दूसरे ही पल उसने इस खयाल को अपने दिमाग से झटक दिया। उसकी ज़िंदगी में लू याओ था और यह बौद्ध-यात्रा उसकी प्राथमिकता में सबसे ऊपर थी।

इस पूरी घटना को जिओ मिंग ने अपने फ़ोन पर लिखना शुरू कर दिया, ताकि वो लू याओ को सब कुछ बता सके।

"मैं अपने मन की बहुत सारी बातें उससे छिपा पाने में सफल रही, और अपने मन के भीतर छिपे दानव को भी। शायद उसके और उसके दोस्त के पास मेरे मानसिक तनाव का कोई हल हो," जिओ मिंग ने उम्मीद के साथ लिखा।

होटल में *चेक-इन* करने के बाद, जिओ मिंग *जिम* चली गई। वहाँ काफी देर *वर्कआउट* करने के बाद, वो *स्विमिंग पूल* में उतर गई। लंबी यात्रा से उसको शरीर में ऐंठन हो रही थी। सूरज डूबने की तैयारी में था, कि तभी एक *बेल-बॉय* उसके पास संदेश लेकर आया कि कोई उससे मिलने आया है। जिओ मिंग फटाफट *पूल* से बाहर निकली, और जब उसने घड़ी देखी तब उसे एहसास हुआ कि अनव और रमेश के आने का समय हो चुका था और उसने देर कर दी थी।

स्विमिंग करने से तरोताज़ा महसूस कर रही जिओ मिंग ने अनव को फ़ोन कर के देरी के लिए माफ़ी माँगी और जल्दी से तैयार होकर अपने आने की बात कही।

जिओ मिंग भागती हुई अपने कमरे तक गई। उसे अपने भीतर किसी बच्चे की सी उमंग महसूस हो रही थी और उसका दिल-ओ-दिमाग बेहद सुकून और खुशी महसूस कर रहा था। ऐसा क्यों हो रहा था, वो समझ नहीं पा रही थी।

अपने दोस्तों के पास जब वो पहुँची तो वो बहुत उत्साहित थी। "मुझे बहुत दुख है कि मैंने आपको इंतज़ार करवाया।"

कुछ देर बाद वे तीनों *टिपल* एक बढ़िया रेस्टोरेंट, जो कि लज़ीज़ *इंटरनेशनल क्विज़ीन* परोसने के लिए प्रसिद्ध है, में रात के भोजन के लिए पहुँचे। तीनों ने शाकाहारी भोजन ऑर्डर किया। रमेश मज़ाक करते हुए बोला कि शाकाहारी लोगों के पास खाने में बहुत विविधता नहीं होती है, हद से हद पनीर को ही तरह-तरह से बना लो, बस।

जिओ मिंग ने रमेश की खातिर अपनी कहानी दोबारा सुनाई।

"जब Xiōngdì technologies का अधिग्रहण हो गया तब मुझे पहली बार एहसास हुआ कि हक छीने जाने पर कैसा लगता है; बिल्कुल गुमनाम। उस भयानक एहसास ने मुझे जीवन के सच्चे अर्थ को समझने के लिए उकसाया, और निश्चित रूप से उस फ़िल्म ने मुझे बौद्ध धर्म की ओर भी धकेला," उसने निष्कर्ष निकालते हुए कहा।

जब जिओ मिंग जुआन जांग की यात्रा-वृतांत के बारे में मिली आकस्मिक जानकारी और बौद्ध मंदिरों के अपने अनुभवों का वर्णन कर रही थी तब रमेश सम्मोहित होकर उसकी बातें सुन रहा था।

"आर्थिक रूप से मुझे सरकार ने अच्छा मुआवज़ा दिया गया था। लेकिन पैसा किसी भी तरह से मेरी आंतरिक अपर्याप्तता और अंतर्निहित कमी को पूरा नहीं कर सका। मेरे अभावपूर्ण दिनों के *बाओ* और *बाई* की, किसी चट्टान की तरह सशक्त मौजूदगी की, कुछ धुंधली सी यादें रह गईं हैं। ये ही दो खिलौने थे, जिन्होंने *वर्चुअल बडी ऐप* विकसित करने के लिए मेरी कल्पना को उड़ान दी थी," वो बोली। "और हाल ही में लू याओ, मेरा बॉयफ्रेंड, से मेरी मुलाक़ात हुई जिसकी मौजूदगी मेरे लिए बहुत मायने रखती है।"

रमेश ने अनव और जिओ मिंग को देखा; वो शायद *बाओ* और *बाई* के बारे में स्पष्टीकरण की प्रतीक्षा कर रहा था।

"रमेश तुमको इस कहानी पर विश्वास नहीं हो रहा है न। *बाओ* और *बाई* जिओ मिंग को उसके माता-पिता द्वारा दिए गए दो खिलौने थे और कभी उसके *साउंडिंग बोर्ड* थे, उसके मन के प्रतिरूप थे, अगर मैं उन्हें ऐसा कह सकता हूँ तो," अनव बोला। "अगर मैं गलत हूँ तो मुझे बताओ," उसने जिओ मिंग की ओर देखते हुए बात आगे बढ़ाई, "लेकिन समय के साथ वे जिओ मिंग के *सोल-मेट* बन गए।"

"और विडंबना यह है कि यही दोनों उस *ऐप* को बनाने की विचार-शृंखला के कर्णधार थे।"

"आप जानते हैं न कि दुनिया के सबसे असाधारण लोगों का *करियर* नहीं होता है; वे दूरदर्शी होते हैं और उनके जीवन का एक उद्देश्य होता है। मैं *मेडिटेशन* या ध्यान तकनीकों का अभ्यास कर रहा हूँ और इसने मेरे जीवन को बदल दिया है," रमेश ने धीरे से कहा।

"सचमुच? कैसे? और वास्तव में ध्यान क्या है? मैं जानने के लिए सच में उत्सुक हूँ," जिओ मिंग ने पूछा।

"हम्म... मैं तुमको इसके बारे में कैसे बताऊँ? चलो इसको समझाने की कोशिश करता हूँ... जब मस्तिष्क में कोई हलचल न हो, वो ध्यान है। वर्तमान में जीना, ध्यान है। जिस मस्तिष्क में किसी तरह का संकोच, रुकावट और अपेक्षा नहीं होती, वो ध्यानवस्था में होता है। जब मस्तिष्क अपने मौलिक स्रोत की ओर वापस आ जाता

है, वो ध्यान होता है। जब मस्तिष्क, शून्यताहीन होता है, वो ध्यान होता है। मैं जानता हूँ कि एक ही साथ यह सब समझ पाना नामुमकिन है... लेकिन इस पर विचार करना नामुमकिन नहीं है।"

जिओ मिंग नि:संदेह रमेश से प्रभावित हो चुकी थी।

"जिओ मिंग, अब समझी न तुम, कि मैं क्यों कहता हूँ कि मेरा दोस्त मेरा सबसे बड़ा सहारा है, मेरी चट्टान है और जिसके सहारे मैं खड़ा हूँ। ये बहुत सफल *टेकनोक्रेट* था और इंडिया की *सिलिकॉन वैली* कहे जाने वाले बेंगालुरू में काम कर रहा था। बदकिस्मती से इसके जीवन में एक बहुत बड़ी दुर्घटना हो गई और ये सब कुछ छोड़कर दिल्ली आ गया। इसकि पत्नी भी सफल *टेकनोक्रेट* थी और दोनों की शादी-शुदा ज़िंदगी भी बढ़िया चल रही थी। लेकिन, फिर मानो मुसीबतों का पहाड़ ही टूट पड़ा इन पर। इसकी पत्नी को कैंसर हो गया और उसी वजह से उसकी मौत हो गई। रमेश बुरी तरह टूट गया। इस वजह से इसके काम पर भी खराब असर पड़ने लगा और वो अकसर ही छुट्टी पर रहने लगा। एक दिन इसने, वंदना, जो कि एक नर्तकी, *लाइफ़ कोच* और *मेडिटेशन टीचर* हैं, के प्रवचन को सुना। यह घटना रमेश के लिए इसकि ज़िंदगी बदल देने वाली सिद्ध हुई। वंदना की बातों से प्रभावित होकर इसने अपना घर दिल्ली शिफ़्ट कर लिया, इस उम्मीद में कि अपनी ज़िंदगी के टूटे-बिखरे टुकड़ों को इकट्ठा कर सकेगा और जोड़ने की कोशिश कर सकेगा। दिल्ली आ जाने के बाद इसने लिखने और नाटक करने के अपने शौक पूरे करने की ठानी। यह कुछ किताबें लिख चुका है, और *ओटीटी प्लेटफॉर्म* के लिए भी लिखता है।"

रमेश अब अपनी कहानी खुद आगे बढ़ाते हुए बोला, "वंदना, जो अब मेरी पत्नी है, ने मुझे योग और ध्यान के बारे में बताया। अब हम दोनों साथ मिलकर *सेल्फ़-मोटिवेशन* पर लिखते हैं।" रमेश की बातें सुनकर अनव की आँखें भर आईं।

"आज रमेश और वंदना साथ मिलकर योग और श्वास-प्रक्रिया और ध्यान प्रक्रिया सिखाते हैं। जो इनसे सीखने आते हैं उनमें कुछ साधक हैं, तो कुछ बेहद सफल हैं और कुछ ऐसे लोग हैं जो अपने तनावपूर्ण तंत्रिकातंत्र और दिमाग को शांत करना चाहते हैं। ये दोनों वास्तव में एक अच्छी *टीम* हैं, यह बात में निश्चित तौर से कह सकता हूँ," अनव ने जिओ मिंग की ओर मुड़कर देखते हुए कहा।

"बस इतना ही नहीं, ये अकसर नाटकों, नृत्य-नाटिकाओं का मंचन भी करते रहते हैं। वंदना बहुत ही हुनरमंद संपादक है जो इनके काम को तराशने और निखारने का

काम बखूबी करती है। सच कहूँ तो, *लूटीएन दिल्ली* में इनका खासा नाम है," अनव बोला।

रमेश की कहानी सुनते हुए जिओ मिंग अचरज में पड़ गई और सोचने लगी कि किस तरहग से किसी आदमी की ज़िंदगानी कितनी नाटकीय हो सकती है!

"आप अपनई ज़िंदगी में आए इस तूफ़ान में बर्बाद हो सकते थे, लेकिन आप इसे झेल गए। मैं आपकी मानसिक शक्ति को सलाम करती हूँ," खड़े होते हुए वो बोली।

"बेशक, *मेडिटेशन* से मुझे बहुत मदद मिली है। यह एक बहुत ही शक्तिशाली तरीका है। मैं तो अनव के पीछे पड़ा हुआ हूँ कि ये *विपश्यना* सीख ले, लेकिन यह है कि मेरी बात मानता ही नहीं। हाँ, पिछले कुछ समय से ये *विपश्यना* में निहित तंत्रिका-विज्ञान के पॉडकास्ट ज़रूर सुनने लगा है," रमेश बोला।

"विपासना, ये क्या है?" उत्सुकता से जिओ मिंग ने पूछा।

"तो, विपासना या *विपश्यना* Vipassana or *vipaśyanā* का मतलब होता है 'विशेष-दृष्टि'। यह ध्यान या *मेडिटेशन* की ऐसी विधा है जो इस बात पर ज़ोर देती है कि आप 'यथार्थ के सच्चे स्वरूप को समझ पाने की अंत:दृष्टि जागृत कर सकें'। यह तकनीक सभी की नश्वर्यता, पीड़ा और असंतोषी प्रवृति का विश्लेषण करती है," रमेश ने समझाया।

"जिओ मिंग ने प्रमुख बौद्ध तीर्थ स्थलों की यात्रा की योजना बना रखी है। वो इसीलिए तो भारत आई हुई है। वैसे तो कुछ महत्त्वपूर्ण जगह अब भारत में नहीं हैं, फिर भी ऐसी ढेरों जगह हैं जहाँ जाकर तुम बौद्ध धर्म के बारे में जान सकती हो, समझ सकती हो और उनमें डूब सकती हो," अनव रमेश और जिओ मिंग से बोला।

"क्या तुम मेरे साथ चलोगे?" जिओ मिंग ने अनव से कुछ अटपटे ढंग से सवाल किया।

"मैं तो रमेश के पॉडकास्ट बड़े ध्यान से सुनता आ रहा हूँ और मेरे अपने कुछ *प्लान* हैं। लेकिन फिलहाल तो मैं अपने दोस्त के साथ यहीं दिल्ली में कुछ समय बिताना चाहता हूँ।"

अनव की इस घोषणा के बाद एक लंबी चुप्पी छा गई जिसे रमेश ने तोड़ा।

"जिओ मिंग, विपश्यना संतुलन और समरूपता बनाए रखने की सर्वोत्कृष्ट गुणवत्ता प्रदान करता है। आपकी विचार प्रक्रिया में कोई गड़बड़ी नहीं होनी चाहिए,

ऐसा कुछ भी नहीं होना चाहिए जो कि आपको आपकी स्वयं की खोज से रोके। किसी भी साधक के लिए यह हमेशा एकाकी सफ़र होता है। इसलिए, चाहे अनव तुम्हारे साथ आए या नहीं, तुमको किसी भी तरह से नहीं रुकना चाहिए," रमेश ने कहा। "तुमको अपने अभियान पर आगे बढ़ना चाहिए।"

जिओ मिंग मन ही मन सोचने लगी... 'लू याओ उसको उसकी इस साहसिक यात्रा पर आगे बढ़ने के लिए हमेशा प्रोत्साहित करता है। वो अनव को अपने रास्ते की रुकावट नहीं बनने देगी। उसे लू याओ का साथ हासिल है, उसके साथ उन खूबसूरत पलों की यादें हैं और जुआन जांग की यात्रा कथाएँ हैं जो कि उसके रास्ते को रौशन रखेंगी। और मत भूलो उन पुच्छल तारों को और टूटते तारों को जो हमेशा अपने साथ उम्मीद और सकारात्मकता साथ ले कर आते हैं जो उसके हृदय को रौशन कर जाते रहे हैं'।

"ठीक है दोस्तों, मैं खुद ही अपनी इस यात्रा पर निकलती हूँ जिससे मैं बुद्ध के दिए हुए ज्ञान को खुद ही खोज सकूँ। वैसे भी मैंने अपने लिए *बुद्धिस्ट सर्किट ट्रेल* की *बुकिंग* तो तभी करवा ली थी, जब मैं कुआला लंपुर में थी," और यह कहते हुए जिओ मिंग अपनी आँखें आधी बंद किये हुए और अपना दाहिना हाथ ज्ञान-मुद्रा में और बायाँ हाथ चिन-मुद्रा में करते हुए ध्यानवस्था में बैठ गई। उसकी इस मज़ेदार हरकत को देखकर तीनों ज़ोरों से हँस पड़े।

"यह हुई न असली खोजी वाली बात!" रमेश ने जिओ मिंग से हाथ मिलाते हुए कहा।

अब अनव ने अपनी योजनाओं के बारे में बताना शुरू किया। "मैं अपने पत्ते अब खोलूँगा, वैसे कोई बहुत भारी रहस्य की बात नहीं है, फिर भी! चेन्नई में अपने माता-पिता से मिलने के बाद मैं रमेश की सलाह का पालन करूँगा। मुझे अपनी इस *स्पोंडीलाइटिस* की समस्या से छुटकारा पाना है। रमेश ने कोई विशेष बात तो नहीं बताई थी, लेकिन यह ज़रूर कहा था कि अमृतसर में 'गोल्डन टेम्पल' में दर्शन करना उसके लिए बहुत ही शानदार अनुभव रहा था। और हाँ, ऋषिकेश तो भारत की 'योग राजधानी' है, सही कहा जाए तो विश्व भर की, और वो बहुत समय से मुझसे कहता चला आ रहा है कि मुझे नासिक जाकर विपश्यना का कोर्स करना चाहिए। मैं उसे भी करने की योजना बना रहा हूँ। फिर मैं दक्षिण भारत की ओर कूच करूँगा और वहाँ के कुछ मंदिरों के दर्शन कर के आऊँगा। अगर कभी तुम मेरी इस यात्रा में मेरे साथ

चलना चाहो, तो तुम्हारा स्वागत है," रमेश के घर को चलने के लिए उठते हुए अनव ने अपनी बात पूरी करी।

अनव और रमेश के जाने के साथ ही जिओ मिंग अपने कमरे में लौट आई। कमरे में आकर उसने अपनी खिड़की का पर्दा हटाया ही था कि तभी उसको आसमान को चीरता हुआ एक टूटता तारा गुज़रता दिखाई पड़ा, जिसे देखकर वो आश्चर्य से भर उठी।

'यह खगोलीय घटना *बौद्ध सर्किट* के मेरे अभियान के लिए एक शुभ संकेत है! मुझे यह लू याओ को बताना चाहिए।'

"क्या आज रात मुझे आत्मज्ञान प्राप्त होने वाला है?" लू याओ के साथ लंबी बातचीत के दौरान उसने कुआलालंपुर से लू याओ के जाने के बाद से जो कुछ भी हुआ था, जिओ मिंग ने उस सब से उसे अवगत कराया। फिर जब जिओ मिंग सोने के लिए बिस्तर में लेटी तो खुद ही अपनी इस बात पर हँस पड़ी।

"चाँद की तरह, बादलों के पीछे से निकल आओ! चमको... ध्यान लगाओ। शुद्ध जीवन जियो। शांत रहो। अपना काम लगन से करो," शाक्यमुनि के यह ज्ञानवर्धक शब्द थे। जिओ मिंग इन खयालों में खोई हुई थी और कब नींद ने आकर उसे अपने आगोश में ले लिया उसे पता ही नहीं चला।

इस बीच शेनज़ेन में, लू याओ को अनव के बारे में जानकर और उसकी गर्लफ्रेंड और अनव के बीच हुई बातों को जानकर कुछ कुलबुलाहट होने लगी थी। जिओ मिंग का अपनी निजी ज़िंदगी के बारे में यूँ किसी अजनबी से खुलकर बातें करना उसको परेशान कर गया था। उसने तय किया कि वो जिओ मिंग को सचेत करेगा कि अब वो इसके आगे उस अजनबी को अपने बारे में और कोई जानकारी न दे।

****

बुद्ध से जिओ मिंग की भेंट

"गौतम बुद्ध 563 ईसा पूर्व से 480 ईसा पूर्व के बीच हुए थे। उनका जन्म शाक्य वंश के राजा शुद्धोदन और रानी मायादेवी के पुत्र सिद्धार्थ के रूप में हुआ था। सिद्धार्थ ने राजकुमारी यशोधरा से विवाह किया और उनका एक बेटा हुआ, राहुल।" जब पर्यटक *बौद्ध सर्किट ट्रेल* के पहले चरण की शुरुआत कर रहे थे तब उनके गाइड देव ने अपनी बात शुरू करते हुए उन्हें बताया। पिछली रात नई दिल्ली के *ताज विवांता* में *बौद्ध बैकपैकर* का एक समूह कोलंबो से आया था। भोर के समय, अगली सुबह वे

स्वर्ण शताब्दी एक्सप्रेस से लखनऊ के लिए रवाना हो लिए थे।

लखनऊ पहुँचने पर पर्यटकों के इस समूह का अतिथिसत्कार हुआ और फिर वे एक *एसयूवी* में सवार होकर श्रावस्ती की यात्रा पर निकल पड़े। श्रावस्ती पहुँचकर जब पर्यटक अपने गाड़ी से नीचे उतरे और उस ज़मीन पर खड़े हुए जहाँ कभी बुद्ध ने अपने जीवन के अंतिम चौबीस वर्षों के दौरान निवास किया था, वे एक अनोखी शांति में डूबे हुए थे, और उनके मन-मस्तिष्क में छाया अंधकार और रोष, सब कुछ जाता रहा।

श्रीलंका से आए उन लोगों ने उस स्थान के करीब एक 'थाई मंदिर' का दौरा भी किया। जिओ मिंग ने थाई मंदिर जाने के बजाय, उस पेड़ के नीचे बैठकर ध्यान करना बेहतर समझा, जिसके बारे में कहा जाता है कि वहाँ शाक्यमुनी ने कभी ध्यान किया था।

"यह उन अनुभवों में से था जो जीवन बदल देने की ताक़त रखते हैं। प्रारंभ में मेरा मन नकारात्मक विचारों से भरा हुआ था। अंधकार के राक्षसों, और डर ने मेरे दिमाग को जकड़ रखा था, लेकिन मैंने अपनी आँखें नहीं खोलने का तय किया और बस अपनी आँखें बंद रखते हुए ध्यान केंद्रित करने की कोशिश करी। धीरे-धीरे मेरा मन शांत हो गया। मैं अपने ऊपर बरसते सुगंधित फूलों की हल्की फ़ुहार महसूस कर रही थी। यह एक अद्भुत अनुभव था। खामोशी भरी एक विशाल खाली जगह! मुझे फिर से, एक भिक्षु का बुद्ध में रूपांतरित होना और बुद्ध का एक दाढ़ीवाले व्यक्ति में रूपांतरित होना दिखाई दिया और अचानक मैं जाग गई।"

जिओ मिंग अपने अनुभवों को लू याओ से साझा कर रही थी, जिसे उसकी ये बातें बिल्कुल भी समझ नहीं आ रहीं थीं।

"मेरी प्रिय, ज़मीनी तौर पर शेनज़ेन और श्रावस्ती के बीच बहुत कुछ बदल गया है। मैं तुम्हारी इस बौद्ध यात्रा के लिए तुम्हें शुभकामनाएँ देता हूँ। कृपया सावधान रहना और अपने समूह से अलग कहीं मत जाना।"

जिओ मिंग के लिए, श्रावस्ती में हुए उसके अनुभवों को एक छोटे से समीकरण के माध्यम से बयान किया जा सकता था :

शांति = ∞

गणित के इन समीकरणों से लगाव की वजह?

जिओ मिंग का दिमाग हमेशा ही तार्किक स्तर पर काम करता था। उसको कभी

भी अलौकिकता और अलौकिक शक्तियों में कोई खास दिलचस्पी नहीं थी; हो सकता है दिमाग के किसी कोने में वो छिपी रहीं हों। लेकिन उसके लिए उसी चीज़ का अस्तित्व था जिसको वो तार्किक रूप से देख और परख सकती थी। तर्क उसके लिए वैसे ही था जैसे मछली के लिए जल होता है और यही उसको सुकून भी देता था।

इस यात्रा के सभी पहलू सोच-समझकर योजनाबद्ध तरीके से तय किये गए थे। जल्द ही पर्यटक *पनवेल-गोरखपुर एक्सप्रेस* से श्रावस्ती से नौथनवा पहुँचे।

जिओ मिंग को ट्रेन *ब्रॉड-गेज* पटरियों पर रेंगती हुई-सी लग रही थी क्योंकि वो इसकी तुलना चीन की ट्रेनों से कर रही थी। ट्रेन के बाथरूम बेहद गंदे और बदबूदार थे। ट्रेन के गलियारों में खाना बिखरा पड़ा था, लेकिन ट्रेन में सफ़र कर रहे यात्रियों को ट्रेन में गंदगी की कोई परवाह नहीं थी। जिओ मिंग ने इसे भी अपनी सीखने की प्रक्रिया में एक सबक के रूप में लिया। चीन प्रगति की ओर छलांग लगा चुका था और भारत भी *बुलेट ट्रेन* चलाने की योजना बना रहा था। वह जब बच्ची हुआ करती थी तब उसके माता-पिता ऐसी ट्रेनों से यात्रा किया करते थे।

नौथनवा, नेपाल का प्रवेश द्वार है। अनिवार्य और ज़रूरी *कस्टम क्लीरन्स* और पुलिस-जांच के बाद, इन *ग्लोबट्रॉटर्स* पर्यटकों ने भोजन किया और इसके बाद वे सब 'साहेत और महेट' देखने के लिए रवाना हो गए।

इसके बाद पहाड़ियों में बसे लुंबिनी के लिए लुभावनी यात्रा की शुरुआत हुई। वहाँ पहुँचने पर मेहमानों को एक शानदार होटल में ठहराया गया।

लुंबिनी राजा शुद्धोदन के तत्कालीन राज्य कपिलवस्तु का एक हिस्सा हुआ करता था। उस स्थान पर पहुँचने से पहले पर्यटक रास्ते में पड़ने वाले विभिन्न बौद्ध तीर्थस्थलों पर घूमे। माना जाता है कि लुंबिनी में बुद्ध पूर्णिमा की रात को गौतम बुद्ध पृथ्वी पर आए थे। यहाँ के मंदिर में, श्रीलंकाई पर्यटक और यह इकलौती चीनी पर्यटक, वहाँ के अलौकिक वातावरण से एकीकृत होकर काफी समय तक ध्यानस्थ बैठे रहे।

इसके बाद पर्यटकों ने प्राचीन भव्य 'अशोक स्तंभ' देखा और 'माया देवी के मंदिर' में प्रार्थना करी। वहाँ से वे कुशीनगर पहुँचे, जहाँ पर उन्होंने एक साधारण किन्तु अच्छे होटल में रात बिताई।

अगली सुबह उठकर जिओ मिंग होटल से बाहर *वॉक* के लिए निकल गई। *वॉक* करते हुए उसे अपने जीवन की बीती घटनाएँ याद आने लगीं।

अचानक, एक होर्डिंग पर चित्रित बुद्ध के एक उद्धरण पर उसका ध्यान चला गया। उसमें लिखा था, *"अतीत में मत रहो, भविष्य के सपने मत देखो, वर्तमान क्षण में मन को एकाग्र करो।"*

इस वाक्य ने उसे अंदर तक झखझोर कर रख दिया क्योंकि उस पल वो तो अपने अतीत में ही डूबी हुई थी। मैं अपने अतीत में खामियाँ ढूँढते हुए ही जिये जा रही हूँ! वर्चुअल बडी ऐप, बाओ और बाई, अब कोई भी तो मौजूद नहीं है। मेरा मन कब तक अतीत को ही जीता रहेगा? अतीत पर ध्यान देते रहने से नकारात्मकता ही बढ़ती है। यह आवश्यक सत्य एक झटके में उसके सामने आ गया।

'क्या उसे अपना अतीत कुशीनगर की उन सड़कों पर बिसरा देना चाहिए, जहाँ बुद्ध ने महापरिनिर्वाण प्राप्त किया था? क्या वह अंतत: अपने अतीत को दफ़ना पाएगी? क्या उसे अपने भविष्य के बारे में बिल्कुल नहीं सोचना चाहिए, और सिर्फ़ वर्तमान के क्षणों में जीना चाहिए? क्या यह सच नहीं था कि वर्चुअल बडी ऐप उन भाई-बहनों का एक प्रतिरूप था जो उसके और उसकी पीढ़ी के अनेकों लोगों के पास कभी नहीं था?

उसका मन उस चमत्कारिक ध्यानावस्था की ओर चला गया जिसे उसने श्रावस्ती में अनुभव किया था। क्या वह वास्तविक सत्य की एक झलक थी? वही शांति जिसे बुद्ध ने कठिन अभ्यास के माध्यम से खोजी थी और जिसे जुआन जांग ने अपनी यात्राओं के माध्यम से खोजा था?'

जिओ मिंग से मिले इस टेक्स्ट मैसेज, जिसमें उसने अपनी मानसिक उथल-पुथल का ज़िक्र किया था, को पढ़कर लू याओ मुस्कुरा दिया। उसे उम्मीद हो चली कि अब कम से कम जब जिओ मिंग वापस शेनज़ेन आएगी तो वो वर्तमान में जीने वाली खुश और ताज़गी से भरी हुई जिओ मिंग में बदल चुकी होगी।

उसके दिमाग में न जाने कितने ही ऐसे ख्याल आ और जा रहे थे। जिओ मिंग ने इस पर कुछ और देर सोचा, तो उसे महसूस हुआ कि वह अभी भी इतनी मज़बूत नहीं थी कि वह अपनी मानसिक स्थिति से पीछा छुड़ा सके। और यह सोचते हुए उसकी आँखें फिर से नम हो उठीं और वो अपने कमरे में वापस लौट आई। जिओ मिंग को अभी भी अतीत की छाया से बाहर आने में समय लगने वाला था।

भोर होते ही, सभी पर्यटक 'रामभर स्तूप' और 'महापरिनिर्वाण मंदिर' के दर्शन के लिए रवाना हुए। भले ही सदियाँ बीत गई हों, लेकिन यात्रियों को इन बौद्ध

तीर्थस्थलों पर गहन मौन और अद्भुत स्पंदनों का अनुभव हो रहा था। पर्यटक रोमांचित थे और कुशीनगर में कुछ और समय बिताने के इच्छुक थे।

उसे रमेश की भी बात याद आई, "वह एक विनाशकारी क्षण था जब मेरी पहली पत्नी नंदिनी ने कैंसर से लड़ते हुए दम तोड़ दिया। हम बेहद खुश थे, और खूब मौज-मस्ती किया करते थे। हमने खूब काम भी किया और खूब छुट्टियाँ भी मनाईं। कभी भारत में तो कभी विदेशों में। लेकिन एक घटना ने मेरे जीवन में दु:ख ही दु:ख भर दिये, दर्द ही दर्द भर दिया। मेरी जीवन-नौका तो जैसे मँझधार में बिना पतवार के रह गई। मेरे माता-पिता और भाई-बहन ने मेरी मदद करने की पूरी कोशिश करी। मैं अवसाद-रोधी दवाओं पर था। लेकिन जब मैंने वंदना का *मोटिवेशनल टॉक* सुना और उसका 'डांस परफॉरमेंस' देखा तो मेरे जीवन ने एक नया मोड़ ले लिया, जिसने मुझे अवसाद और नकारात्मकता की दलदल से खींचकर बाहर निकाल लिया।"

"आखिरकार मैंने दर्द और दु:ख के बीच अंतर करना सीख लिया। इसके तुरंत बाद मैंने अपना 'स्टूडियो' स्थापित किया और स्वयं को फिर से खोजने की कोशिश करने लगा। आप देखिए, जैसा कि बुद्ध ने कहा, दर्द *निश्चित है, दु:ख वैकल्पिक है*।"

"मैं दिल्ली आ गया और यहाँ काम शुरू कर दिया, और फिर लिखने भी लगा। इसके साथ ही वैकल्पिक चिकित्सा पद्धिति से स्वयं को ठीक करने का प्रयास करने लगा। रेकी, *प्राणिक हीलिंग*, मैंने सब कुछ आज़माया। उस दौर में, मैंने विपश्यना में अपना पहला *कोर्स* किया था। इन सभी तकनीकों ने मेरी विचार प्रक्रिया के द्वार खोल दिए। मैं वंदना की *मोटिवेशनल टॉक्स* में अक्सर शामिल होता था। कहीं न कहीं वंदना और मैं एक दूसरे के प्रति आकर्षित थे। इस बीच मुझे उसके दर्दनाक अतीत के बारे में पता चला कि कैसे उसके शराबी पति ने उसे छोड़ दिया। फिर हम साथ रहने लगे और मैंने उसके नृत्य-नाटिका के लिए लिखना शुरू कर दिया। हमारा पहला *प्रोडक्शन*, 'शिव रंजनी', भारतीय शास्त्रीय संगीत के राग पर आधारित था। और इसके बाद कुछ वर्षों तक मैंने वंदना की नृत्य-नाटिकाओं के लिए लेखन का काफ़ी काम किया और उसकी नृत्य-नाटिकाओं में सहायता भी करता रहा। जब मैंने योग, श्वास और ध्यान सिखाना शुरू किया तो मेरे व्यक्तित्व में एक नया आयाम जुड़ गया। आज मैं खुश हूँ, ऊर्जावान हूँ, और जिसे मैं सकारात्मक जीवन कहता हूँ उसे जी रहा हूँ," रमेश की यह कहानी जिओ मिंग के दिमाग में गूंज गई।

श्रावस्ती, लुंबिनी और कुशीनगर में हुए अपने हाल के अनुभवों से, जिओ मिंग

पूरी तरह से आश्वस्त हो गई थी कि साँस लेने की तकनीक और ध्यान के अभ्यास के माध्यम से एक व्यक्ति आंतरिक शुद्धता का अनुभव कर सकता है जो बाहरी शुद्धता की ओर उसे अवश्य ले कर जाएगा।

अपने सामने रमेश का जीवंत उधारण देखकर उसे यकीन हो गया था कि किसी भी व्यक्ति को दु:ख से पीछा छुड़ाकर विजयी होने का निश्चय करना चाहिए। जिस तरह से रमेश अपने जीवन में बहादुरी से लड़ा था उसे जानकर जिओ मिंग बहुत प्रभावित थी। उसने इसी तरह से लड़ाई लड़कर अपनी ज़िंदगी की परेशानियों को दूर करने का फैसला किया।

उसे लू याओ के साथ आखिरी बार बात किए कुछ दिन बीत चुके थे। अचानक उसके फ़ोन की घंटी बजी, तो देखा लू याओ का कॉल था। दोनों के बीच लंबी बातचीत चलती रही, जिसमें अब तक की यात्रा की चर्चा के साथ रमेश और अनव का भी ज़िक्र था।

"वंदना के बारे में क्या... तुम उससे अभी तक मिली नहीं?" लू याओ ने जानना चाहा।

"नहीं अभी तक तो नहीं, लेकिन मिलूँगी एक बार ये *बुद्धिस्ट सर्किट* पूरा हो जाने के बाद। उससे बातचीत करना प्रेरणादायक साबित हो सकता है," उसने जवाब दिया।

कुशीनगर छोड़ने की इच्छा न होते हुए भी यह समेह गोरखपुर के लिए रवाना हुआ, और वहाँ से बिहार की राजधानी पटना के 255 किमी की यात्रा के लिए ट्रेन में सवार हो लिया।

पटना पहुँचने पर उनको वहाँ के एक आरामदायक और आलीशान होटल में ठहराया गया। वहाँ से तीर्थयात्रियों ने बोधगया की ओर रुख किया और पवित्र बोधि वृक्ष जिसके नीचे बुद्ध को ज्ञान प्राप्त हुआ था, के पूर्व में बने महाबोधि मंदिर के दर्शन किए। मंदिर की संरचना भव्य थी। सत्रह फ़ीट ऊँचा और पांच सौ वर्ग फ़ीट के आधार वाले एक स्तूप के ऊपर एक विशाल पिरामिडनुमा मीनार थी। बोधि वृक्ष और मंदिर के बीच स्थित 'वज्रासन या *डायमंड थ्रोन*' उस वास्तविक स्थान को चिह्नित करता है जहाँ बुद्ध को सर्वोच्च ज्ञान की प्राप्ति हुई थी।

मंदिर के एक कोने में, सोने का पानी चढ़ी बुद्ध की मूर्ति आगंतुकों का मुस्कुरा कर स्वागत कर रही थी, और उस पत्थर की मूर्ति के चरणों पर भक्तों ने पुष्प चढ़ा रखे थे। जिओ मिंग को वहाँ के वातावरण में फैली आश्चर्यजनक शांति का अनुभव हुआ।

किंवदंति है कि इसी स्थान पर बुद्ध को अंत:दृष्टि प्राप्त हुई थी। यहाँ आकर जिओ मिंग को अपने शरीर के रोम-रोम में एक विचित्र-सी शांति महसूस होने लगी थी।

"आज बौद्ध धर्म विश्व प्रसिद्ध धर्म बन चुका है। दलाई लामा, रिचर्ड गेरे एक प्रसिद्ध हॉलीवुड स्टार, सभी बौद्ध हैं," देव, टूर *गाइड* ने पर्यटकों को बताया। "हर कोई यहाँ विपश्यना सीखने आता है, जो कि बौद्ध धर्म का बहुत महत्त्वपूर्ण अंश है।"

"मैडम, आप दिल्ली लौटने के बाद विपश्यना सीखना चाहती हैं?" उसने जिओ मिंग से पूछा; वह जिओ मिंग के दिल्ली में रुकने के प्रोग्राम के बारे में जानता था। "मैं आपको दिल्ली के विपश्यना केंद्र ले जा सकता हूँ।"

जिओ मिंग उसे देखकर हल्के से मुस्कुरा दी।

"क्या मझे रमेश या अनव से बात करनी चाहिए?" जिओ मिंग ने खुद से ही सवाल किया।

"शायद यह विवेकपूर्ण नहीं होगा," उसने अपने ही विचार का विरोध किया। उसे रमेश की वह टिप्पणी याद आ गई कि बुद्ध और जुआन जांग की तरह यह उसकी एकाकी यात्रा थी।

जिओ मिंग इन तथ्यों से अवगत थी। लेकिन उसके इस अभियान में और जुआन जांग की पश्चिम की ओर करी गई यात्रा के बीच एक बुनियादी अंतर था।

जुआन जांग बुद्ध की मूल, प्रामाणिक शिक्षाओं की तलाश में एक बौद्ध भिक्षु थे। वह एक मसीहा की खोज में, उनके मुक्तिदायक वचनों की तलाश में निकले सैलानी की तरह थे। दूसरी ओर जिओ मिंग खुद की तलाश में निकली हुई थी, जो अपने आंतरिक स्व: की खोज में थी। वह बुद्ध की खोज में अधिक थी, न कि बौद्ध धर्म की। वह जानती थी कि उसकी यह यात्रा उसके जीवन के रुख को बदलने के लिए और उसके जीवन में अज्ञात कारकों के उत्तर खोजने के लिए अधिक थी।

मूल रूप से, यह स्वीकार करके कि उसे अपने मस्तिष्क के बाएँ भाग और दाहिने भाग की कार्यप्रणाली में एक सामंजस्य स्थापित करना है, वह अपने जीवन में विवर्तनिक बदलावों को आमंत्रित कर रही थी।

उस शाम इन तीर्थयात्रियों का समूह बनारस के प्राचीन शहर पहुँचा और वहाँ के शानदार *रैडिसन होटल* में *चेक-इन* किया। उस समय सभी का मन शांति और निर्मलता से भरा हुआ था।

तीर्थयात्रियों ने 'काशी विश्वनाथ मंदिर' में दर्शन किए, इसके बाद 'काल भैरव' और 'संकट मोचन हनुमान मंदिर' के दर्शन किए। हालाँकि इन दोनों मंदिरों में प्रचलित नियमों के कारण उन्हें बाहरी गलियारों से दर्शन करके ही संतुष्ट होना पड़ा। फिर भी, उन सब के लिए यह एक अद्भुत अनुभव था।

इसके बाद वे सारनाथ चले गए।

सारनाथ में ही शाक्यमुनि ने परम-सत्य का अनुभव करने के बाद अपना पहला उपदेश दिया था। सारनाथ बनारस से लगभग दस किलोमीटर दूर है और यहाँ कई बौद्ध मंदिर हैं जिनमें प्रसिद्ध 'धमेख स्तूप', 'बुद्ध की पवित्र गद्दी' शामिल है। उन्होंने 'धर्मराजिका स्तूप' और 'मूलगंधकुटी मंदिर' के खंडहर भी देखे, जिनके लिए कहा जाता है कि यहीं पर भगवान बुद्ध ने सारनाथ में विश्राम और ध्यान किया था।

सारा दिन घूमने के बाद, शाम को गंगा के तट पर 'अस्सी घाट' पर गंगा आरती के भव्य आयोजन को देखने के साथ इन यात्रियों का दिन पूरा हुआ।

अगली सुबह, उनके गाइड देव ने बताया, "महिलाओं को बनारसी रेशम की साड़ियाँ बहुत पसंद आती हैं।" समूह के कुछ पुरुषों ने खरीदारी करने के बजाय अपने टूरिस्ट वैन में आराम करने की इच्छा व्यक्त करी। जिओ मिंग ने खरीदारी करने का विकल्प चुना।

युगों पहले और यहाँ तक कि कुछ दशक पहले तक, हिन्दू वानप्रस्थ आश्रम (हिंदू धर्म के अनुसार जीवन को चार आश्रमों में विभाजित किया जा सकता है और वानप्रस्थ उनमें से तीसरा चरण है) में प्रवेश करने पर इस नगरी में आकर अपना शेष हुआ जीवन बिताना पसंद करते थे, और इस दौरान वे अपने नश्वर्य स्वयं को त्यागने और जन्म-मरण के चक्र से मुक्ति पाने की इच्छा करते थे।

विपरीत लेकिन पूरक मूल्यों का सूत्र, वाराणसी के घाटों पर अंकित है। एक तरफ़ मणकर्णिका घाट पर मृतकों का दाह-संस्कार हो रहा होता है, और दूसरी ओर वाराणसी के प्रगाढ़ पंडितों और पुरोहितों द्वारा भगवान शिव और माँ गंगा से आशीर्वाद प्राप्ति के लिए मंत्रों का जाप कर उनका आह्वान किया जा रहा होता है।

यह गतिशील समीकरण मानव जीवन के सृजन और विनाश का प्रतिनिधित्व करता है। नदी में अधजली लाशों को देखकर जिओ मिंग दंग रह गई और उसके शरीर में कंपन होने लगा। यह वह देखकर हथप्रभ थी एक तरफ़ किस तरह से अंतिम संस्कार किया जा रहा है और दूसरी तरफ़ लोग किस प्रकार श्रद्धा व्यक्त कर रहे हैं और उत्सव

मना रहे हैं!

वाराणसी, काशी या बनारस, विरोधाभास से परिपूर्ण एक ऐसा शहर है यहाँ के वातावरण में स्वरमाधुरी भी व्याप्त है और स्वर-कर्कशता भी व्याप्त है। यहाँ के माहौल में मानव मन को निरंतर सृजन, विनाश और मौन का अनुभव होता है, और वह आधुनिक जीवन के शोरगुल से दूर उदात्त शांति तक पहुँच जाता है।

बनारस की भीड़-भाड़ वाली तंग गलियों में से गुज़रते हुए जिओ मिंग इस प्राचीन शहर का वर्णन करने वाले पॉडकास्ट को सुन रही थी और यहाँ के वातावरण को आत्मसात कर रही थी।

उस दोपहर, यात्री वंदे *भारत एक्सप्रेस* में सवार हुए, जो भारत की सबसे तेज़ ट्रेनों में से एक है, और रात 11 बजे तक नई दिल्ली पहुँच गए। अगले दिन श्रीलंका से आए पर्यटक कोलंबो के लिए रवाना हो गए, जबकि जिओ मिंग दिल्ली में ही होटल में रुकी रही।

"हैलो! लू याओ मैं भारत की सबसे तेज़ ट्रेनों में से एक से यात्रा कर रही हूँ और मुझे हमारी पहली ट्रेन यात्रा की याद आ रही है। क्या तुमको वह याद है? उसने मेरी ज़िंदगी बदल दी थी, और शायद तुम्हारी भी। क्या सभी रेल यात्राएँ जीवन बदल देती हैं?" जिओ मिंग ने मजाक में पूछा।

कुछ पल खामोश रहने के बाद लू याओ ने उत्तर दिया, *"उस दिन मेरी निगाहों ने तुम्हारे आकर्षक चेहरे को मेरे मन में उतार दिया था, और तुम्हारी घनेरी पलकों में मैं उलझकर रह गया था। तुम्हारे बगलवाली सीट मैंने बड़ी कोशिश करके हासिल करी थी। हाँ, प्रिये, मुझे हमारी पहली मुलाकात याद है, और यकीनन बाओ और बाई भी। तुम खुश लग रही हो। जिओ मिंग, मैं तुमसे मिलने के लिए उत्सुक हूँ।"*

"ये तो बहुत ही रोमांटिक था। तुम तो कवि बनते जा रहे हो!" जिओ मिंग ने मुसकुराते हुए कहा।

"हो सकता है! क्या तुम आगरा जाने का भी सोच रही हो? अपना ध्यान रखना, खासकर अजनबियों से बातचीत करते समय," लू याओ ने सहेजते हुए कहा।

कुछ देर और बात करने के बाद लू याओ और जिओ मिंग ने एक दूसरे से अलविदा कहा।

जिओ मिंग को पता ही नहीं चला कि कैसे एक हफ़्ता बीत गया। चीन से चले

उसे काफ़ी समय हो चुका था, लेकिन इस एक हफ़्ते जैसा पहले उसे कुछ भी अनुभव नहीं हुआ था! उसकी योजना थी कि वो कुछ दिन दिल्ली में बिताने के बाद विश्व-प्रसिद्ध 'ताज महल' देखने जाएगी। जिओ मिंग ने एक नंबर *डायल* किया और उम्मीद करने लगी कि वो व्यक्ति फ़ोन उठा ले। उसने कई बार *कॉल* किया, लेकिन कोई उत्तर नहीं मिला।

जिओ मिंग अपने स्वास्थ्य का बहुत ध्यान रखती थी। चुस्ती-फुर्ती बनाए रखने के लिए वो नियमीय रूप से *जॉगिंग* करती और *ताई ची* का अभ्यास भी करती थी। उस दिन पहले वो *जिम* गई और फिर कुछ देर उसने *स्विमिंग* भी करी। अपने कमरे में वापस लौटने के बाद, जैसे ही उसने उस दिन का अखबार उठाया उसमें से एक पत्रक उड़कर नीचे गिरा जिस पर बुद्ध का एक कथन छपा हुआ था -

"स्वास्थ्य सबसे बड़ी देन है, संतोष सबसे बड़ी दौलत, वफ़ादारी सबसे बड़ा रिश्ता।"

जिओ मिंग को यह महसूस करके अचरज हो रहा था कि अब उसका हर एक विचार, उसका हर एक कर्म इन शब्दों के अनुरूप ही हो रहा था। क्या यह कोई नई प्रक्रिया थी या फिर वो इन संकेतों के प्रति पहली बार जागरूक हो गई थी?

वो इन विचारों में खोई हुई थी कि तभी उसके फ़ोन की घंटी ने उसकी विचारशृंखला को अवरुद्ध कर दिया।

"हैलो! जिओ मिंग, तुम्हारी *ट्रिप* कैसी रही?" उधर से आती अनव की आवाज़ पूछ रही थी।

"ओह! हैलो! तुम कैसे हो?" जिओ मिंग ने पलटकर पूछा।

"एकदम बढ़िया।"

"हम आज ही *बुद्धिस्ट सर्किट* टूर से लौटे हैं। वाकई, यह यात्रा अद्भुत थी। मैं बता नहीं सकती कि हर कदम पर मुझे कितने अनोखे अनुभव हुए!"

"अब आगे क्या? तो अब स्वयं की खोज में तुम्हारा अगला पड़ाव कहाँ होने वाला है?" अनव ने पूछा।

"तुम अपनी योजना के बारे में बताओ। मुझे तो लगा था कि तुम मेरे साथ आने वाले हो," जिओ मिंग ने कुछ उम्मीद जताते हुए कहा।

अध्याय 9

दी गोल्डन ट्राइऐंगल टूर

"यात्रा – पहले तो आपको नि:शब्द कर देती है, और फिर आपको एक कथाकार बना देती है।"

—इब्न बतूता

कुछ दिनों के बाद की बात है जब एक दिन जिओ मिंग होटल में *बफ़ै टेबल* पर थी कि उसका ध्यान *डाईनिंग रूम* में प्रवेश कर रहे पर्यटकों के एक नए समूह पर गया। उनको देखकर ऐसा लग रहा था कि वे अमरीकी थे। उसका अनुमान तब सही साबित हुआ जब वे बिल्कुल उसकी बगल वाली टेबल पर आ कर बैठ गए, और जहाँ से उसके न चाहते हुए भी उसको उनकी बातें सुनाई दे रही थीं। वे सब दिल्ली घूमने की योजना बना रहे थे।

जिओ मिंग को ऐसा महसूस हो रहा था कि बौद्ध धर्मस्थलों की यात्रा के बाद वह कुछ असाधारण हासिल करने की कगार पर थी। ऐसा नहीं था कि उसने ज्ञान प्राप्त कर लिया था - इस मार्ग पर कोई त्वरित समाधान नहीं होता है, जब तक कि कोई व्यक्ति दैवीय गुणों से युक्त ही पैदा न हो; लेकिन कुछ ऐसी बात थी जिस पर जिओ मिंग पहले विश्वास नहीं करती थी। वह हमेशा तर्क के आधार पर काम करती थी और हर चीज़ के लिए सबूत चाहती थी। उसके जीवन में एकमात्र अपवाद, उसकी माँ के प्रति उसका लगाव था। एक कट्टर नास्तिक होने के बावजूद, उसकी माँ खगोलीय पिंडों से बहुत ही श्रद्धा के साथ प्रार्थना किया करती थी; खासकर जब जिओ मिंग बचपन में बीमार पड़ गई थी या जब उसके पिता *सीओपीडी* से गंभीर रूप से पीड़ित हो गए थे।

जिओ मिंग उम्मीद कर रही थी कि आगे का उसका मार्गदर्शन करने के लिए अनव दिल्ली में ही होगा। लेकिन दुर्भाग्यवश उस चेन्नई निवासी की ओर से अप्रत्याशित खामोशी छाई हुई थी और इस बात से जिओ मिंग बहुत निराश थी। वो अपनी इस यात्रा में अकेलापन महसूस करने लगी थी।

होटल *लॉबी* में बैठे-बैठे वो वहाँ पर, बुद्ध के ऊपर कुछ किताबों के पन्ने पलट रही थी, कि तभी बुद्ध का एक कथन उसके सामने आया –

"अगर तुम सशक्त बनना चाहते हो, तो फिर अकेले खुश रहने का अभ्यास करो!"

वह इस कथन का मानसिक स्तर पर आँकलन कर ही रही थी कि तभी किसी ने उसके कंधे पर हल्के से थपकी दी। जिओ मिंग ने चौंकते हुए पलटकर देखा। जो उसके सामने खड़ा था उसको देखकर जिओ मिंग भौंचक्की रह गई और उसकी खुशी के मारे चीख ही निकल पड़ी।

"अरे जेन तुम! सच में तुम ही हो? कितना सुखद आश्चर्य है!" खुशी के मारे जिओ मिंग मुश्किल से खुद को नियंत्रित कर पा रही थी।

जेन भी जिओ मिंग से मिलकर बेहद खुश हुई और दोनों ने एक दूसरे को गले लगा लिया। जेन, विश्वविद्यालय में जिओ मिंग की *रूममेट* हुआ करती थी। अपने छात्र-दिनों के दौरान दोनों के बीच बढ़िया तालमेल था। पढ़ाई पूरी हो जाने के बाद दोनों ने कुछ दिनों तक संपर्क बनाए भी रखा था, लेकिन हाथों से फिसलती रेत की तरह बहते समय में धीरे-धीरे संपर्क कम होता गया।

दोनों एक साथ बोल पड़ीं, "तुम यहाँ इंडिया में क्या कर रही हो?" जेन हँसी, "हमारी रणनीतिक साझेदार और तुम्हारी विरोधी।"

"हा... हा! तुम उसका उपयोग करती हो, जिससे हमने बहुत पहले संपर्क बनाया था," जिओ मिंग ने हँसते हुए उत्तर दिया।

जिओ मिंग को पता चला कि जेन और उसके तीन दोस्त भारत की यात्रा कर रहे थे और अपनी यात्रा के अंतिम चरण में दिल्ली, जयपुर और आगरा - जिसे लोकप्रिय रूप से *गोल्डन ट्राएंगल सर्किट* कहा जाता है, की यात्रा की योजना बना रहे थे।

जेन ने जिओ मिंग को अपने अमरीकी साथी माइकल और एक अन्य जोड़े से मिलवाया। जल्द ही ये अमरीकी और चीनी पर्यटक एक दूसरे का हाल-चाल जानने में व्यस्त हो गए।

जिओ मिंग की शुरुआती ज़िंदगी की परेशानियों और उसके बाद आए नाटकीय बदलावों के बारे में सुनकर अमेरिकी माइकल स्तब्ध रह गया। जब तक जिओ मिंग ने अपनी आत्मकथा पूरी की, तब तक काफ़ी देर हो चुकी थी। बातचीत करते-करते, इस

बीच जेन के दोस्त और उसके साथी रेस्तरां तक आ पहुँचे थे।

"जेन मुझे ठगा हुआ-सा महसूस होता है," जिओ मिंग ने अपनी बात पूरी करते हुए कहा।

"माइकल, ये भई हमारे साथ चलेगी और प्लीज़ मना मत करनों," जेन ने माइकल से अनुरोध करते हुए कहा।

जेन की इस बात ने जिओ मिंग को भी हैरान कर दिया।

इससे पहले कि वह कोई प्रतिक्रिया दे पाती, जेन ने घूरकर उसे चुप करा दिया। माइकल थोड़ी देर के लिए रुका और फिर उसका अनुरोध उसने स्वीकार कर लिया।

****

अगली सुबह वे चारों अमरीकी और यह चीनी लड़की खूबसूरत मौसम का मज़ा लेते हुए राजधानी घूमने निकल पड़े।

"यह शहर उतना ही पुराना है जितना कि *महाकाव्य महाभारत* है, जिसके दौर में इस शहर को 'इंद्रप्रस्थ' के नाम से जाना जाता था। ऐसा माना जाता है कि पांडवों ने भगवान श्री कृष्ण के काल में यहाँ अपना राज्य स्थापित किया था," गाइड ने पर्यटकों को अवगत कराया।

"ओह, तुम्हारा मतलब चेतना के प्रभु श्री कृष्ण – *इस्कॉन*," अमरीकी *बैकपैकर* की बात ने जिओ मिंग को अचंभे में डाल दिया। वो तो एक ऐसी इंसान थी जिसे भगवान में ज़रा भी विश्वास नहीं था। और उसके दिमाग में अमरीकियों को लेकर जो छवि बनी हुई थी उसके अनुसार तो वे इन सब चीज़ों से अनभिज्ञ रहते हैं और उन्हें किसी भी चीज़ के से कोई मतलब नहीं रहता है, सिवाय खुद के।

"मेरे दादा जी जो कि बहुत सालों तक इंडिया में रहे थे, वे हिन्दू देवी-देवताओं की कहानियाँ सुनाया करते थे, खासकर अयोध्या के राजकुमार राम की, और कृष्ण, जिन्होंने पांडवों और कौरवों के बीच मध्यस्थता का प्रयास किया था की कहानियाँ," जेन ने बताया।

जेन की बात सुनकर गाइड बहुत प्रभावित हुआ। "इंडियंस के लिए उनका धर्म उसी तरह पूजनीय है जिस तरह से हमारे लिए हमारा प्रजातन्त्र है," जेन ने आगे कहा।

"तुमको तो अलौकिक शक्ति में कोई विश्वास नहीं है न जिओ मिंग, ठीक कहा न मैं?" जेन ने अपनी दोस्त से पूछा।

"अब मैं इस बात को यकीन के साथ नहीं कह सकती। शायद मैं एक की खोज में हूँ। हो सकता है कि अपनी इस यात्रा के अंत तक मैं एक को खोज भी लूँ," चीनी ने अपनी बात में आगे जोड़ा।

"मेरे दादा जी हमेशा कहते थे कि हिंदू धर्म का एक बहुत ही समृद्ध तानाबाना है। भारत में अपने राजनायिक और पत्रकारिता से संबंधित प्रवास के दौरान उन्होंने भारत में कई महत्त्वपूर्ण घटनाओं को *कवर* किया था। वो हमेशा भारत की बहुल्यवादी संस्कृति के बारे में आश्चर्य से बताया करते थे। वो कहते थे कि यह एक ऐसी संस्कृति है जो विभिन्न विचारों और धर्मों को गले लगाती है। यह एक ऐसा देश है जहाँ असंख्य धर्म पनपते हैं। भारत में समाजवाद की विफलता, और चरम पंथियों के उदय के बारे में उनका एक अलग ही नज़रिया था। वो हमेशा कहा करते थे कि भारत में धर्मनिरपेक्षता और छद्म धर्मनिरपेक्षता जैसे शब्दों को बार-बार साधा जाता है," जेन ने बताया, और उसे एहसास होने लगा कि शायद वो मुद्दे से भटक गई थी।

भारत के बारे में जेन की जानकारी को देखकर उसके समूह के सभी सदस्य तथा उसके गाइड, ड्राइवर और परिचारक, सभी बहुत प्रभावित हुए। उनके गाइड ने फ़टाफ़ट अपनी एक छोटी नोटबुक खोली और उसमें जेन से सुनी बातों को लिखने लगा, ताकि जब वो पर्यटकों के अगले समूह के साथ हो तब उनसे ये जानकारी साझा कर के उन पर अपना रुआब डाल सके।

जिओ मिंग ने बातचीत के रुख को बौद्ध धर्म और बुद्ध की ओर मोड़ने का प्रयास किया। "आपके दादाजी बुद्ध और बौद्ध धर्म के बारे में क्या सोचते थे, जेन?"

"खैर... मेरे दादाजी की पुस्तक *इंडिया अनरैवेल्ड* के अनुसार, अपने ज़माने में बौद्ध धर्म सभी धर्मों के बीच एक चमकते सितारे की तरह था। लेकिन कालांतर में वो ब्राह्मणवाद के बढ़ते प्रभाव, और अपनी खुद की विफलताओं की दलदल में खो गया और अपनी जन्मभूमि को छोड़कर सुदूर देशों में जा बसा," जेन ने यह तथ्य सबके साथ साझा करते हुए बताया।

"बीती सदियों में, इंद्रप्रस्थ से सटे हुए आठ अन्य शहर पनप गए थे। ये थे लाल कोट, सिरी, दीनपनाह, किला राय पिथौरा, फिरोज़ाबाद, जहानपनाह, तुगलक़ाबाद और शाहजहानाबाद," गाइड ने अमरीकी महिला के हाथ से बागडोर अपने हाथ में लेने का प्रयास करते हुए कहा।

पर्यटक, राजधानी और इसके गौरवमयी अतीत का लुत्फ़ उठा रहे थे। जिन

राजवंशों ने दिल्ली को अपनी राजधानी बनाया वे थे तुगलक, खिलजी और मुग़ल। प्रत्येक ने अपने शासनकाल में यहाँ की संस्कृति और विरासत में आपना-अपना योगदान दिया औए इसे विविधता प्रदान करी।

"इस बात को समझिए कि यह शहर भारत की विरासत का एक झरोखा है, जिसमें से गुज़रना आपको पूरे देश की विरासत को जान पाने में मदद करता है, जो कि जादुई कहानियों और चमत्कारिक अनुभवों से भरा हुआ है," गाइड ने उत्साह के साथ कहा। वह जेन के भारत-ज्ञान के आगे अपने ऐतिहासिक ज्ञान को जताने के लिए उत्सुक हो रहा था और बाध्य भी महसूस कर रहा था।

"और आदरणीय अतिथियों, आज आप मंत्रमुग्ध कर देने वाले मुग़लई व्यंजनों के स्वाद का भरपूर आनंद भी ले सकेंगे। मुग़लई भोजन स्वाद में तीखा और गर्म होता है, और इसके व्यंजनों का मांस रसीला व स्वादिष्ट होता है," उसने कहा।

यूँ तो वर्तमान में अमरीका और चीन के बीच व्यापारिक युद्ध छिड़ा हुआ है, लेकिन यहाँ इन मित्रों के बीच *टिपल्स* में, रात के खाने पर विभिन्न विषयों पर एक रोचक चर्चा चलती रही।

चर्चा का विषय अन्य बातों से लेकर प्राचीन चीन, विशेष रूप से ताओवाद, दाओवाद, सैन्य रणनीतिकार सुन त्ज़ु, साम्यवाद और उसके बाद बाज़ार साम्यवाद, बौद्ध धर्म, से लेकर अमरीकी पूंजीवाद व अमरीका की विराट संपत्ति था। *वर्चुअल बडी ऐप* और *चीनी कम्युनिस्ट पार्टी* द्वारा अपनाई गई *ग्रेट फ़ायर वॉल पॉलिसी* के तहत हुई जब्ती के बारे में सुनकर ये अमरीकी स्तब्ध रह गए।

जिओ मिंग को, दो हफ़्ते पहले उसी टेबल पर रात के खाने के समय अनव और रमेश के साथ बुद्ध, *ऐप* और जुआन जांग पर हुई चर्चाएँ याद आ रही थीं।

"जिओ मिंग, तुम अपने इन समृद्ध अमरीकी दोस्तों के साथ 'खुश' और अपने नए इंडियन दोस्तों के साथ 'मेडिटटिव' लगती हो। मुझे नींद आ रही है और मैं अब सोने जा रहा हूँ," लू याओ ने उसे *टेक्स्ट मैसेज* भेजा।

शेनज़ेन में देर रात हो चुकी थी।

****

अगली सुबह, शहरभर में कई पर्यटकस्थलों पर जाने की उनकी योजना थी। जब भी गाइड ज़रा भी कुछ गलत जानकारी देता, जेन उसको *इंडिया अनरैवेल्ड* का

हवाला देकर ठीक करती। जब वो शांति के देवदूत महात्मा गाँधी की समाधि 'राजघाट' पर पहुँचे शाम हो रही थी। शाम ढलने के साथ परछाइयाँ लंबी होने लगीं और ठंड भी बढ़ने लगी। भीड़ होने के बावजूद, 'राजघाट' पर शांति थी। जिओ मिंग के लिए यह कुशीनगर जैसा अनुभव था, जबकि अमरीकी 'मार्टिन लूथर किंग जूनियर' और 'जॉन एफ़ कैनेडी' को याद कर रहे थे।

होटल लौटने से पहले वे सब दिल्ली का 'लाल किला' घूमने गए और वहाँ पर *लाइट एण्ड साउन्ड शो* देखा। यह शो बड़ा ही दिलचस्प था। इसमें दिल्ली के सदियों पुराने उथल-पुथल से भरे इतिहास का चित्रण था। इस भव्य ऐतिहासिक *शो* को देखते हुए, जिओ मिंग ने अनव से बात करने का एक और प्रयास किया। आखिर अनव ने वादा किया था... आखिर कब तक उसका इंतज़ार करना था?

जिओ मिंग, दिल्ली के आसमान की ओर कोई टूटता तारा देखने की उम्मीद में ताक रही थी और मन ही मन यह भी सोच रही थी कि शेनज़ेन में उसका प्रेमी उस समय क्या कर रहा होगा!

इन पाँचों को शो में यह देख कर बड़ा ताजुब हुआ कि किस तरह से आखिरी मुग़ल शासक बहादुर शाह ज़फ़र को बर्मा में कैद कर दिया गया था। जिओ मिंग भी खुद को अपने विचारों में कैद महसूस कर रही थी। वह अभी भी अनव के झूठे वादे से उबरने की कोशिश कर रही थी।

"यदि आप दुश्मन को जानते हैं और आप खुद को जानते हैं, तो आपको सैकड़ों लड़ाइयों के परिणाम से डरने की ज़रूरत नहीं है" - जिओ मिंग ने सुन त्ज़ु के उद्धरण को पढ़ते हुए खुद को सांत्वना दी।

होटल पहुँचकर जिओ मिंग ने अपना फ़ोन चेक किया और उसे यह देखकर सुखद आश्चर्य हुआ कि अनव की कई *मिस्ड कॉल* पड़ीं थी। चूँकि आधी रात बीत चुकी थी, इसलिए जिओ मिंग ने सुबह होने पर ही अनव कोपलटकर *कॉल* करना ठीक जाना।

****

पौ फटते ही, अगली सुबह अमरीकी और जिओ मिंग *शताब्दी एक्स्प्रेस* पकड़कर गुलाबी नगरी, जयपुर के लिए रवाना हो लिए। जिओ मिंग अब भारतीय ट्रेनों से परिचित होती जा रही थी। कुछ बेहद धीमी तो कुछ बहुत तेज़ गति वाली थीं। उसके अपने देश में चलने वाली ट्रेनों से इनका कोई मुक़ाबला ही नहीं था। बदबूदार और गंदे

बाथरूम ने उसे परेशान कर दिया था। लेकिन उसको भारत के अंदरूनी इलाकों को देखने में मज़ा आ रहा था। यहाँ भी अब ऊँची इमारतें और औद्योगिक इकाइयाँ बन रहीं थीं।

जयपुर भारत के उन शहरों की सूची में शामिल है जो कि नियोजित ढंग से बसाए गए हैं। यह शहर राजस्थान प्रांत के अर्ध-रेगिस्तानी इलाके में स्थित है। जयपुर की इमारत राजपूतों और शाही परिवारों के वैभव और उनकी पसंद की याद दिलाती हैं।

पर्यटकों ने 'आमेर किले' से जयपुर की अपनी यात्रा की शुरुआत करी। 'आमेर का किला' जयपुर से ग्यारह किलोमीटर की दूरी पर चार वर्ग किलोमीटर के क्षेत्रफल में फैला हुआ है और एक छोटा से कस्बे आमेर में स्थित है। यह किला एक पहाड़ी पर बना हुआ है, और जयपुर का प्रमुख आकर्षण है।

अगले दिन मेहमानों ने आगरा में 'ताजमहल' की सैर करी। 'महाकाव्य महाभारत' में आगरा का स्पष्ट उल्लेख किया गया है; जहाँ इसे 'अग्रेवन' कहा गया है, जिसका अर्थ होता है 'जंगल की सीमा'।

पर्यटकों की इस टोली ने आगरा पहुँचकर 'ताजमहल' पर अपना लंगर डाल दिया। इसे मुग़ल शासक शाहजहाँ ने अपनी सबसे खास बेगम – मुमताज़ महल की याद में बनवाया था और यह दुनिया के सात अजूबों में शामिल है।

"यात्रा – पहले तो आपको नि:शब्द करती है, और फिर आपको एक कथाकार बना देती है। इब्न बतूता ने ऐसा लिखा है," जेन ने अपने दादा की किताब से पढ़कर सुनाया।

जिओ मिंग हमेशा की तरह पॉडकास्ट पर चलने वाली कमेंट्री को सुन रही थी।

रहस्यवाद और ध्यान

राजपूतों का इतिहास वीरता और बलिदान की कहानियों से भरा हुआ है। लेकिन उनमें से कुछ ने मुग़लों के साथ वैवाहिक संबंध भी स्थापित किये और कई तो मुग़ल शासन में प्रमुख मंत्री पदों पर भी रहे थे।

ज़मीनी तौर पर, 'भक्ति और सूफ़ी' आंदोलनों ने इस उपमहाद्वीप में एक बाँध के रूप में काम किया। तत्कालिक भारतीय समाज घातक जाति-व्यवस्था और धार्मिक रूढ़िवादिता के प्रभुत्व से दबा हुआ था।

लोगों को लगने लगा था कि उनके देवता उसने दूर होते जा रहे थे। इस दौर में,

लोककथाओं, भक्ति और संगीत के माध्यम से सामान्यजन ईश्वरीय-शक्ति तक वापस पहुँचने की कोशिश करने लगे थे। सामाज ने योग, रहस्यवाद और ध्यान की अंतर्निहित शक्ति को फिर से खोजने का प्रयास किया। इसी प्रक्रिया में 'भक्ति और सूफ़ी' आंदोलनों ने बड़ी संख्या में लोगों को अपनी ओर आकर्षित किया।

यह सब जानकारी जिओ मिंग को हैरान कर गई।

अकबर का 'दर्शन और दीन-ए-इलाही' का नया धर्म जिसमें इस्लाम, हिंदू धर्म, बौद्ध धर्म, जैन धर्म, ईसाई धर्म और यहाँ तक कि पारसी धर्म के सिद्धांत शामिल थे, एक स्वागत योग्य समावेश था। अकबर का सूफ़ी आंदोलन से जुड़ाव सलीम शेख चिश्ती के माध्यम से हुआ था, जिनके नाम पर उसने अपने बेटे का नाम सलीम रखा। अपने राज्य को मज़बूत करने के लिए राजपूत शासकों के साथ वैवाहिक गठबंधन की उसकी नीति एक और सफल रणनीति साबित हुई। इसमें कोई संशय नहीं कि अकबर का सूफ़ीवाद की ओर सकारात्मक झुकाव था। उसने तानसेन के संगीत को संरक्षण दिया, जिसके बारे में कहा जाता है कि उसके संगीत ने अकबर को परमानंद की अनुभूति करवाई थी।

जिओ मिंग अकबर के रहस्यवाद और अपने बुद्ध और बौद्ध धर्म के अनुभवों के बीच कुछ समानता देख पा रही थी।

चित्तौड़गढ़ के राणा प्रताप, जिनका साम्राज्य उदयपुर में फल-फूल रहा था, योग के प्रति आकर्षित थे। मानसिक एकाग्रता और बलिष्ठ व चुस्त शरीर बनाए रखने के लिए वे नियमितरूप से प्रतिदिन सौ बार 'सूर्य नमस्कार' किया करते थे। राणा प्रताप के युद्ध-कवच बेहद भारी था। उसका वजन लगभग चालीस किलोग्राम था। इसका निष्कर्ष यह है कि उनकी शारीरिक संरचना कितनी मज़बूत रही होगी।

राणा प्रताप बहुत शूरवीर थे। वे तुलसी दास के अनुयायी थे, जोकि भगवान श्री राम के भक्त थे। तुलसी दास को स्वयं हनुमानजी और भगवान राम, देवी सीता और लक्ष्मण जी के दर्शन हुए थे। उन्होंने महाकाव्य 'रामचरितमानस' की रचना की, जिसे इसकी सरल भाषा के लिए आम लोगों द्वारा बहुत सराहा गया। मुग़ल आक्रमण के खिलाफ़ राजपूताना राज्यों की रक्षा करने की ज़िम्मेदारी को पूरा करने के लिए तुलसीदास ने राणा प्रताप को प्रोत्साहित किया।

चित्तौड़गढ़ की संरचना और इसके निर्माण के तरीके को देखकर राजपूत राजाओं की दूरदर्शिता को सराहा जा सकता है; जिन्होंने बार-बार होने वाले हमलों के

खिलाफ़ अपने राज्य को सुरक्षित करने का प्रयास किया था। राणा प्रताप ने मुग़लों से डटकर, बहुत वीरता के साथ मुकाबला किया।

जिज्ञासु जिओ मिंग इस विचार में डूब गई कि वो तो समझती थी कि युद्ध की कला में केवल सुन त्ज़ु और चीनी ही निपुण होते हैं।

जब अलाउद्दीन खिलजी ने, चित्तौड़ की महारानी पद्मावती के प्रति वासना से ग्रस्त होकर राज्य पर हमला किया, तब वहाँ की राजपूत महिलाओं ने जौहर कर लिया था। राजपूत महिलाएँ दैवीय शक्ति के प्रति बेहद समर्पित होती थीं। वो या तो दुश्मन को मार देतीं थीं और या फिर अपनी जान दे देती थीं। जौहर, न तो 'कायरपन' था और न ही आत्महत्या। यह बात थी स्वाभिमान की!

मेड़ता की मीरा बाई की कहानी

मीरा बाई भगवान कृष्ण की अनन्य भक्त थीं। वो तन-मन से राणाजी के प्रति नहीं बल्कि विश्व के पालनहार भगवान कृष्ण के प्रति समर्पित थीं...

तुलसीदास ने उल्लेख किया है कि राणा प्रताप और अकबर दोनों एक दूसरे के घोर विरोधी थे लेकिन दोनों ही मीरा बाई से मिले थे और दोनों को उनकी आध्यात्मिक शक्ति का आभास था।

पौराणिक कथाओं के साथ मिश्रित भारतीय इतिहास की इन कथाओं ने जिओ मिंग के लिए भारत की समृद्ध सांस्कृतिक विरासत को समझने के लिए एक नया द्वार खोल दिया था।

तभी, अमरीकियों में से एक ने टिप्पणी की, "जब मैं बच्चा था, मैं खूब पढ़ता था और सुदूर देशों पर लिखे गए लेखों और कहानियों को खूब चाव से पढ़ा करता था। और जब मैंने यात्राएँ करनी शुरू करीं, तो मुझे एहसास हुआ कि *'किसी चीज़ के बारे में चाहे हज़ार बार सुन लो, लेकिन उससे बेहतर होता है उसे एक बार भी देख पाना'* उद्धरण कितना सटीक है।"

जिओ मिंग अभी भी अनव के फ़ोन के इंतजार में थी। दोनों ही एक दूसरे की *कॉल मिस* कर गए थे। शायद उसका कार्यक्रम बहुत व्यस्त रहा होगा, क्योंकि उसके *टेक्स्ट मैसेज* भी बस कुछ शब्दों में ही बँधे हुए आ रहे थे – 'मैं तुमको कॉल करूँगा', 'परिवार के साथ हूँ' और कुछ इसी तरह के।

वैसे तो अनव ने जिओ मिंग को उसके साथ अमृतसर चलने का न्योता दिया था,

लेकिन जिओ मिंग के पास उस यात्रा से संबंधित कोई भी ठोस जानकारी अभी तक अनव की ओर से नहीं आई थी। चेन्नई से अनव की ओर से बेचैन कर देने वाली खामोशी छाई हुई थी, और जिओ मिंग को अपने आगे की यात्राओं के बारे में कुछ समझ नहीं आ रहा था। वो एक पिपासु की तरह अपने अभियान को जारी रखने के लिए आकुल थी। उसने अपने मस्तिष्क को खंगाला? क्या वो अपने रास्ते से बार-बार भटक नहीं रही थी?

"अध्यात्म की खोज में निरंतर लगे रहना या केवल साधक होना एक कठिन कार्य है। मानव मन एक बंदर की तरह चंचल होता है, जो हमेशा भौतिकवादी सुखों की ओर बहुत आसानी से फिसल जाता है," वो मन ही मन विचार कर रही थी।

जिओ मिंग अपने दिमाग के कक्षों में भरे हुए जटिल सवालों के लिए, सरल उत्तरों की तलाश में थी। अतीत में उसे गहरा आघात लगा था और वह अधीरता और जलन के चक्रव्यूह में फँसी हुई थी।

"आध्यात्म के पथ पर एक साधक जिस चीज़ की परिकल्पना करता है वह है, अतीत की, और यहाँ तक कि दिन-प्रतिदिन में अर्जित भार या परछाइयों को छोड़ पाने की। हालाँकि, ध्यान के सतत अभ्यास के माध्यम से, अर्थात ध्यान और श्वास पर नियंत्रण से, मन एकदम निर्मल और शुद्ध हो जाता है। मनुष्य वर्तमान क्षण में जीना शुरू कर देता है और एक पंख की तरह हल्का महसूस करने लगता है," रमेश ने दो हफ़्ते पहले यह सब कहा था, और तब अनव और जिओ मिंग दोनों को इस बात में संदेह था।

हालाँकि, जुआन जांग के साहस, दीपक चोपड़ा के बुद्ध और कुछ ऐसा साहित्य जो कि समय के उस पल में जीने की बातें समझाता है के अलावा जिओ मिंग के स्वयं के श्रावस्ती और कुशीनगर के क्षणों ने उसे रमेश के तर्कों के महत्त्व का एहसास कराया था। फिर भी अभी उसे यह स्पष्ट नहीं था कि क्या वह बौद्ध धर्म, शांति, सर्वोत्कृष्ट सत्य की तलाश में थी या फिर आत्म-खोज की यात्रा पर थी?

लेकिन चाहे कुछ भी हो एक बात तो तय थी, *एयर इंडिया* की *फ़्लाइट* पर अनव से उसकी मुलाक़ात उसकी खुशकिस्मती थी। एक ऐसी घटना जिसने अनजाने में उसे सही दिशा की ओर धकेल दिया था।

उसने खुद को याद दिलाया कि अनव और रमेश इस यात्रा में उसकी बैसाखी नहीं बन सकते। अनव उसके जैसा ही था; वह उसी की तरह सोचता था। वो भी एक

नास्तिक था; जीवन में काफ़ी उपलब्धियाँ हासिल कर चुका था; लेकिन उसके ही जैसे वो भी अपने अस्तित्व से संबंधित प्रश्नों से झूझ रहा था।

'जब मैं आईने में देखती हूँ, तो मुझे अपने इन भारतीय दोस्तों की छवियाँ दिखाई दे सकती हैं, लेकिन वे मेरे इस ऐतिहासिक अभियान के आधार नहीं हो सकते हैं। लेकिन मुझे अभी भी *गॉर्डियन* गाँठों को खोलना है और अपने भीतर की कमी को दूर करने के लिए मुक्त होना है,' वो खुद से ही बात करते हुए कह रही थी।

"मैंने सबूत माँगा था। क्या मैं प्रामाणिक रूप से एक बौद्ध होने का लक्ष्य बना रही हूँ, या अपने आप में एक बुद्ध की खोज कर रही हूँ या एक साधक बनने का प्रयास कर रही हूँ? क्या मैं अपने मानसिक दैत्यों के लिए आध्यात्मिक उत्तर की तलाश में हूँ या अंततः आडंबरपूर्ण जीवन की ओर लौट रही हूँ?" जिओ मिंग ने लू याओ को *मैसेज* किया।

"विजयी योद्धा युद्ध को पहले अपने दिमाग में जीतते हैं और फिर युद्ध पर जाते हैं; जबकि पराजित योद्धा पहले युद्ध में जाते हैं और फिर जीत की तलाश करते हैं," लू याओ ने सुन त्ज़ु के कथन का उद्धृत करते हुए तुरंत जवाब दिया।

लू याओ की इस बात ने इस सुंदर चीनी महिला को अपने मन-मस्तिष्क में समाए संशय और डरपोकपने के दैत्यों का सफाया कर देने के लिए प्रेरित किया, और इसके साथ ही भारत में एक और जगह जाने के उसके निर्णय को अपनी सहमति देकर सील कर दिया।

जिओ मिंग ने लू याओ को अपने एक और संदेश में बुद्ध को उद्धृत करते हुए लिखा –

"अनुशासनहीन मन के जितना अवज्ञाकारी कुछ भी नहीं, और अनुशासित मन के जितना आज्ञाकारी कुछ भी नहीं।"

अपनी यात्रा के अगले चरण की योजना बनाते हुए ये शब्द उसके दिमाग की कन्दराओं में गूँज गए। आखिरकार, एक अच्छी उद्यमी के रूप में, उसने कॉर्पोरेट जगत में अपना स्थान बनाया ही था, और साथ ही उसने दुनिया के कई हिस्सों की सैर भी करी थी।

जिओ मिंग जब *स्विमिंग* करके लौटी और इस विचार में डूबी हुई थी कि रात के खाने के बारे में क्या किया जाए, कि तभी उसे याद आया कि उसके अमरीकी दोस्त

हवाई अड्डे के लिए रवाना होने वाले होंगे। उसने जल्दी से कपड़े पहने और भागती हुई होटल *रिसेप्शन* पर पहुँची; उसके दोस्त चेक-*आउट* ही कर रहे थे।

"हैलो जिओ मिंग, तुम्हारे साथ समय बिताना अच्छा लगा," जेन ने जिओ मिंग को गले लगाते हुए अलविदा कहा।

जेन के जाने से जिओ मिंग को बहुत खालीपन का एहसास हो रहा था। दोनों महिलाओं ने अपने विश्वविद्यालय के दिनों के उस दोस्ती के रिश्ते को फिर से गर्मजोशी से भर लिया था। भारत के बारे में जेन के ज्ञान ने जिओ मिंग को इस प्राचीन भूमि को बेहतर ढंग से समझ पाने और सराहने में बहुत मदद करी थी।

अध्याय 10

ध्यान : महत्त्व और लाभ

"ध्यान आपको वर्तमान क्षण में बहुत जीवंत महसूस कराता है। यह आपको उन सभी घटनाओं से विलग करता है जो अतीत में घटी थीं।"

—गुरुदेव श्री श्री रवि शंकर

उधर अमरीकी जा रहे थे और इधर जिओ मिंग का मोबाईल लगातार घंटियाँ बजा रहा था। उसे अपने फ़ोन पर ढेरों *मिसड कॉल* दिख रही थीं; कुछ उसके अविभावकों की थीं और कुछ Xiōngdì Technologies के उसके सहकर्मियों की। अनव की भी तीन *कॉल* थीं और एक *कॉल* रमेश की भी थी।

'जब यहाँ रात के 9:30 बज रहे हैं, तो वहाँ घर पर तो आधी रात हो रही होगी। मुझे इन सभी को कल सुबह फ़ोन करना होगा।' उसने तय किया।

"हैलो, लू! अमरीकी जा चुके हैं। तुमसे कल बात करती हूँ," जिओ मिंग ने लू याओ को मैसेज किया।

सोने जाने से पहले उसने अनव को *कॉल* किया। एक बार फिर चेन्नई से कोई उत्तर नहीं आया। उसके सभी प्रयास विफल रहे। उसको यह बड़ा ही अजीब लग रहा था कि भारत में रहते हुए भी उनकी बात नहीं हो पा रही थी। उसको जब अपनी भावी योजना बनाने के लिए अनव की सबसे ज़्यादा ज़रूरत थी, तो उसकी ओर से उसे बस *मिसड कॉल* मिल रही थी।

क्या यह भविष्य की ओर कोई इशारा था?

अगली सुबह, जल्दी उठकर जब जिओ मिंग एक लम्बी सैर पर निकली, तो रास्ते भर उसे अपनी सहेली जेन, जो विश्वविद्यालय में उसकी पूर्व *रूममेट* थी, के साथ गुज़ारे पलों की याद आती रही। जैसा कि उसने लू याओ से वादा किया था, जिओ मिंग ने उसे *कॉल* किया। उस समय वो *जिम* में था। उसने कुछ बेपरवाही से उससे

उसके अगले क़दम के बारे में और शेनज़ेन वापस लौटने के उसकी योजना के बारे में पूछा।

"लू याओ मुझे अभी मेडिटेशन सीखना बाकी है," जिओ मिंग ने जवाब दिया। ज़ाहीर ही था उसके इस जवाब से लू याओ को बहुत अच्छा तो नहीं लगा होगा।

अनार का रस, मक्खन लगा टोस्ट और दही का हल्का-फुल्का नाश्ता करते हुए, जिओ मिंग बीते कुछ दिनों की घटनाओं के बारे में सोचने लगी। बीते कुछ समय से, अपने कमज़ोर पाचन तंत्र और ढेरों यात्राओं के चलते, वो बहुत हल्का नाश्ता करने लगी थी।

उसने एक आखिरी कोशिश की और अनव को *कॉल* किया, लेकिन कोई जवाब नहीं मिला।

"क्यों न रमेश से बात की जाए?" उसे अपने अंदर से आती आवाज़ सुनाई दे रही थी।

"हैलो, रमेश?"

"ओह, हैलो, जिओ मिंग!" उधर से रमेश की आवाज़ आई, "तुम कैसी हो?"

"मैं बहुत जगह घूमकर आई हूँ। यह तो बड़ा ही अनोखा देश है। यहाँ के अतीत और वर्तमान का ताना-बाना बहुत ही समृद्ध है। लेकिन मैं यह कहते हुए झिझक रही हूँ कि यहाँ गरीबी और गंदगी बहुत है जिसे दूर किये जाने की सख्त ज़रूरत है," जिओ मिंग ने जवाब दिया।

"सभी ऐतिहासिक स्थल और स्मारकों पर ठगों और भिखारियों का साम्राज्य है," बात करते हुए उसने यह टिप्पणी उसने कर तो दी लेकिन फिर अपनी बात पर उसे पछतावा भी होने लगा।

उसकी इस टिप्पणी को नज़रअंदाज़ करते हुए रमेश बोला, "खैर मैं किसी भी तरह की बहस में नहीं पड़ना चाहता हूँ। तुम तो यह बताओ कि अब तुम्हारी दिमागी हालत कैसी है?"

"क्या मतलब है तुम्हारा?" यह सुनकर उस चीनी महिला को मानो धक्का लगा हो और ऐसा लगा मानो वो खुद की मन:स्थिति का आत्म-सर्वेक्षण करने के बाद बहस को अलगे स्तर पर ले जाने की तैयारी कर रही हो।

"आराम से रहो जिओ मिंग! गहरी साँस लो और छोड़ो। बौद्ध स्मारकों को देखने

की अपनी होड़ में तुम शायद यह भूल गई हो कि मैं तुमको *मेडिटेशन* की तकनीक सिखानेवाला था," रमेश ने अपनी बात में जोड़ा।

"बिल्कुल भी नहीं," उसने विरोध जताते हुए कहा। "मैं कैसे भूल सकती हूँ? तो हम कब शुरू कर रहे हैं?"

"बिल्कुल अभी से, अगर तुम किसी और काम में व्यस्त न हो तो? मैं तुम्हारे लिए होटल पर कार भेज देता हूँ। तुम उससे आ जाना" रमेश ने कहा।

घंटे भर के अंदर जिओ मिंग रमेश के आलीशान घर पर थी। उसकी पत्नी, वंदना ने जिओ मिंग का स्वागत किया। घर के भीतर एक कमरे में ध्यान या *मेडिटेशन* सीखने वालों का एक समूह सुनियोजित तरीके से अपनी-अपनी चटाइयों पर, बुद्ध की शांत-मुद्रा में मुस्कुराती हुई मूर्ति की ओर मुँह करके बैठ हुआ था। भगवान बुद्ध की मूर्ति के पास एक जलता हुआ दीपक रखा हुआ था। माहौल बेहद खुशनुमा था और कमरे में सकारात्मक ऊर्जा का प्रवाह महसूस किया जा सकता था। जिओ मिंग को पलभर में ही सुकून का एहसास होने लगा।

ढीला-ढाला कुर्ता-पजामा पहने हुए रमेश, समाने बने मंच पर एक मूढ़ी पर बैठ हुआ था। वो बड़ा ही तेजस्वी दिख रहा था; वो इस समूह का ध्यान-चक्र में नेतृत्व और मार्गदर्शन कर रहा था। उसके बोलने का तरीका शिष्टतापूर्ण, आदेशात्मक और करुणामयी था।

"सुखासन में बैठीये और धीरे-धीरे आहिस्ता से आँखें बंद कर लीजिए। अपनी रीढ़ बिल्कुल सीधी रखिए। पूरी प्रक्रिया के दौरान इन दोनों बातों का पूरा ध्यान रखिए। हमारी बाह्य दुनिया में और हमारे भीतर की दुनिया में ऊर्जा का असीम भंडार छिपा हुआ है, लेकिन हम उस पर बहुत कम ध्यान देते हैं। जिस तरह से आप संसार, आकाश, चंद्रमा, सूर्य, तारे और पूरी आकाशगंगा को देखते हैं, बस उसी तरह से अपनी साँसों को भी देखें। बस अपनी आने वाली साँस और बाहर जाने वाली साँस पर गौर करें। बिना ज़्यादा मेहनत किए या बहुत ज़ोर लगाए हुए, आराम से साँस अंदर खींचते रहें और छोड़ते रहें। लेकिन अपनी साँसों पर ध्यान केंद्रित रखें। आपकी साँस शरीर और मन को आपकी चेतना से जोड़ती है। समय के साथ, आप महसूस करेंगे कि अंदर आने वाली साँस ठंडी है, जबकि बाहर निकलने वाली साँस गर्म है।"

"आपकी जो भी भावनाएँ हों, उन्हें बस स्वीकार कर लीजिए। आप अपने अंदर आने वाली साँस और बाहर जाने वाली साँस पर से ध्यान मत हटने दीजिए। साँस

ऊर्जा का एक महत्त्वपूर्ण स्रोत है, हमारी जीवनशक्ति है। हमारा अस्तित्व साँस पर आश्रित है। आने वाली और बाहर जाने वाली साँसों के प्रति अपना सारा आभार व्यक्त करें। अपने भीतर संचित सभी तनाव, सारी व्यग्रता को दूर होने दें।"

"अपनी साँसों को एक दर्शक की तरह देखते रहें और हर पल का आनंद लें। बीच-बीच में घंटी बजाई जाएगी। उससे अपना ध्यान भंग मत होने दीजिएगा। उसका उद्देश्य केवल श्वास लेने और छोड़ने की प्रक्रिया पर आपका ध्यान बनाए रखने के लिए आपके दिमाग को जागृत रखना है।"

जिओ मिंग भी ध्यान करने वालों के इस समूह में शामिल हो गई। वह कुछ लोगों को हँसते हुए सुन सकती थी, कुछ के आँसू बह रहे थे, कुछ अपनी आँखें बंद रखने या रीढ़ की हड्डी को सीधा रखने के लिए संघर्ष कर रहे थे। जिओ मिंग, जिसमें किसी खिलाड़ी जैसे कुछ गुण तो थे ही, आसानी से सही मुद्रा में बैठ गई और अपनी साँस पर ध्यान देना शुरू कर पाई।

एक बार फिर, जैसे ही उसने अपने भीतर ध्यान केंद्रित करना शुरू किया, फ़ीनिक्स मंदिर के अनुभव, मलेशिया में थाई भिक्षु से वार्तालाप, श्रावस्ती, लुंबिनी और अंत में कुशीनगर के अनुभव, उसके दिमाग में कोमलता से तैरती हुई किसी छवि की तरह गतिशील हो गए। प्रारंभ में यह सभी एक के बाद एक किसी छवि के रूप में उभरते रहे, लेकिन कुछ समय बाद ये सब छवियाँ *कोलाज* सा बनाकर एक दूसरे में बहुत तेज़ी से विलीन होनी शुरू हो गई।

अचानक, जिओ मिंग के शरीर में गंभीर ऐंठन होने लगी और उसकी चीख निकल पड़ी। यह तड़प रही थी और असह्य पीड़ा के कारण वो वहीं फर्श पर लेट गई; उसको बहुत पसीना आने लगा और साँस लेते हुए वो हाँफ़ने लगी।

कुछ अन्य साधक भी संघर्ष कर रहे थे क्योंकि *मेडिटेशन* की प्रक्रिया चल रही थी; नियमित अंतराल पर घंटी बजती रही और कुछ अनुभवी साधकों ने अपना मेडिटेशन जारी रखा।

जब जिओ मिंग ने सहायता के लिए अनुरोध किया, तो वंदना उसके पास आई और उसे थोड़ा पानी दिया। उसका गला सूख रहा था और वह तकलीफ़ में थी। पानी पीकर जिओ मिंग को आराम मिला और वो धीरे-धीरे सामान्य हो गई और उसने फिर से ध्यान करना जारी कर दिया।

पूरा सत्र लगभग दो घंटे तक चला, जिसके बाद रमेश ने प्रतिभागियों को धीरे से

अपनी आँखें खोलने का निर्देश दिया।

जब उसके सभी छात्र वापस अपने परिवेश से जुड़े, तो सभी साधकों को यह देखकर सुखद आश्चर्य हुआ कि ध्यान की प्रभावशीलता पर एक वीडियो चल रहा था। रमेश ने लाइट बंद कर दी थी और ऐसा यह सुनिश्चित करने के लिए किया गया था ताकि सभी प्रतिभागी उस ध्यान की स्थिति में बने रहें, जहाँ से वे अभी-अभी निकले थे।

वैराग्य ध्यान की कुंजी है। ऐसी अवस्था में मन भौतिकवादी लक्ष्यों या उद्देश्यों के लिए लालायित नहीं रहता है। जब मानव-मन सभी इच्छाओं को छोड़ देता है, तो वह सच्चे सुख की स्थिति में पहुँच जाता है; वह प्रफुल्लित और शांत हो जाता है। शांति और स्थिरता की इस स्थिति में मन अब कोई जोड़-तोड़ या रणनीति नहीं बना रहा होता है। बेचैनी की कोई भावना नहीं रहती है। जैसा कि भगवान कृष्ण ने कहा था, "एक सिद्ध योगी वह है जो सभी इच्छाओं और लालसाओं का त्याग कर देता है और स्वयं में आश्रय ले लेता है।"

यही ध्यान है।

प्रश्न-उत्तर सत्र

एक गहन प्रवचन के बाद प्रश्न-उत्तर काल के दौरान एक साधक ने टिप्पणी की, "ओ, ज़ेन मास्टर! मुझे कई वर्षों से आपके युगांतकारी व्याख्यान सुनने का सौभाग्य मिला है। हालाँकि आपने अब तक जो ज्ञान प्रदान किया है मैं उस ज्ञान को आत्मसात करने के लिए अभी भी तैयार नहीं हूँ। इसलिए, यदि आप बौद्ध धर्म के सार को एक वाक्य में समाहित कर सकते हैं, तो मैं आपका बहुत आभारी होऊँगा।"

इस निर्दोष सी टिप्पणी ने ज्ञान के उस मंदिर में अन्य भिक्षुओं और नौसिखियों के बीच कोहराम मचा दिया। ज़ेन मास्टर इस टिप्पणी पर विचार करने लगे। हालाँकि हंगामा तो खूब हुआ लेकिन फिर कुछ देर बाद मठ में फिर से शांति छा गई। फिर, बड़े ही धीर-गंभीर स्वर में ज़ेन मास्टर ने कहा कि जीवन का सर्वोत्कृष्ट सत्य यह है कि सब कुछ निरंतर परिवर्तनशील है और सब कुछ इस परिवर्तन के दौर से गुज़र रहा है और इसलिए जीवन में सब कुछ अस्थिर है, अनिश्चित है। इसके बाद उन्होंने संकेत किया कि वह वहाँ एकत्रित सभा में से अन्य प्रश्न पूछे जाने के लिए तैयार हैं।

अनिश्चितता जीवन का अभिन्न अंग है।

बौद्ध धर्म के विभिन्न सूत्रों में यह विलक्षण परिकल्पना है कि जीवन में सब कुछ

नश्वर्य है। ज़ेन मास्टर ने बुद्धिमत्ता और समझदारी से नश्वर्यता की अवधारणा को यह कहते हुए समझाया कि जीवन में सब कुछ हमेशा बदल रहा है। यह संदेश शाक्यमुनि बुद्ध की शिक्षाओं का आधारित है और ध्यान के रहस्यों को उजागर करने के लिए प्रेरित करता है।

कोई व्यक्ति इस सत्य पर घंटों एक साथ चिंतन-मनन कर सकता है और फिर भी नश्वर्यता के प्रमुख सिद्धांतों को समझने में असमर्थ हो सकता है। यह किसी के भी जीवन के सभी पहलुओं की एक महत्त्वपूर्ण विशेषता है। व्यक्ति नश्वर्य है, उसकी मनोकामनाएँ और भावनाएँ क्षणिक हैं; वह जिस परिवार से संबंधित है वह विलुप्त हो जाना है, उसका निवास स्थान क्षणिक है, यहाँ तक कि यह विराट ब्रह्मांड भी स्थायी नहीं है।

यह जीवन का एक औपचारिक पहलू है क्योंकि यह हमें वैराग्य की कला सिखाता है। ऐसी अवस्था में व्यक्ति भावनात्मक रूप से जुड़े बिना अपने आसपास घटित होने वाली घटनाओं का साक्षी या दर्शक बनना सीखता है। मन गहरे विश्राम की अवस्था में होता है और ध्यान करने के लिए परिपक्व होता है। हालाँकि, यदि कोई व्यक्ति स्थायित्व की परिकल्पना को जकड़े बैठा रहता है तो उसका जीवन निर्जीव तुल्य बन जाता है; जहाँ किसी भी प्रकार से उसका कोई विकास नहीं हो सकता है और इसके परिणामस्वरूप उसके भीतर अवसाद और उदासी का वास हो जाता है।

इस प्रकार, एक सिद्ध साधक इस अनुकरणीय ज्ञान को आत्मसात कर लेता है और नश्वर्यता के मूल्य को संजोने के लिए पर्याप्त समझदार बन जाता है। 'माइंडफुलनेस' और जागरूकता का अभ्यास घटनाओं, लोगों, स्थितियों, संपत्ति और भावनाओं से अनासक्त रहने की दोहरी तकनीक है। जागरूकता, 'माइंडफुलनेस' और वैराग्य की यह ऐसी धुरी है जिनसे किसी व्यक्ति में ध्यान की उत्पत्ति होती है।

इसके बाद वीडियो में बोलने वाली आवाज़ और सेटिंग में बदलाव आया। अब उसमें एक शांत और खुशमिज़ाज दाढ़ी वाले सज्जन, रंगीन लंबा चोगा पहने हुए, बोल रहे थे।

तो फिर आखिर ध्यान क्या है?

जिओ मिंग उस दाढ़ी वाले व्यक्ति को देखकर चौंक उठी, और उतावली हुई सोच ने लगी कि क्या यही वो जगह थी जहाँ पर उसे अपने प्रश्नों के उत्तर मिलने वाले थे?

प्राचीन ओरिएंटल आचार्यों ने ध्यान पर महारत हासिल कर उसकी बारीकियों को समझ लिया था। उनका कहना था कि श्रम शरीर का एक कार्य है, जबकि ध्यान अनिवार्य रूप से शून्यता की स्थिति है, एक ऐसी स्थिति जहाँ किसी व्यक्ति द्वारा कोई प्रयास या परख नहीं करी जा रही होती है। उनका मानना था कि गहन ध्यान के माध्यम से मानव अपने आप में गहरे विश्राम की स्थिति में पहुँच जाता है। यह मुख्य रूप से कुछ न करने की क्रिया है।

विपश्यना की अनूठी लयबद्ध श्वास तकनीक के निरंतर अभ्यास से सचेत रूप से आराम करने में सक्षम होने का कौशल व्यक्ति को गहरे ध्यान में जाने में मदद करता है। आनंद की ऐसी अवस्था में भगवान के साथ एक अप्रच्छन-डोर बँधी हुई सी प्रतीत होने लगती है। ऐसा मिलन ध्यान का एकमात्र उद्देश्य है। इसे वास्तव में गंगोत्री कहा जा सकता है जहाँ से आत्म-साक्षात्कार की गंगा बहती है।

नियमित ध्यान विभिन्न विषयों में महारत हासिल करने में मदद करता है क्योंकि यह ध्यान करने वालों की एकाग्रता के स्तर में सुधार ले आता है। इस बात को समझना होगा कि ध्यान एकाग्रता नहीं है, बल्कि वह मुख्यत: अन-एकाग्रता का एक कार्य है। जैसे-जैसे आसुरी विचार और मानसिक मायाजाल टूटते जाते हैं, मन निर्मल और निष्कलंक होता जाता है।

यह समझना दिलचस्प है कि जागरूकता और 'माइंडफ़ुलनेस' ध्यान की गुणवत्ता को बढ़ाने में मदद करते हैं, और विडंबना यह है कि इसका उल्टा भी सच है। ध्यान के निरंतर अभ्यास से व्यक्ति को अधिक जागरूकता और 'माइंडफ़ुलनेस' विकसित करने में मदद मिलती है। बढ़ी हुई जागरूकता के साथ स्वयं को खोजने और पारस्परिक संबंधों को बेहतर बनाने की क्षमता आती है।

हम हमारे साथी मनुष्यों में स्वयं की एक दर्पण-छवि देखने लगते हैं। यह हमें पशुप्रवृत्ति से उबरकर सभ्यता विकसित करने में सक्षम बनाता है। प्रामाणिक ध्यान हमें करुणा सिखाता है। यह वैज्ञानिक रूप से सिद्ध हो चुका है कि ध्यान तनावग्रस्त नसों को शांत करने में मदद करता है और व्यक्ति के शारीरिक और मानसिक स्वास्थ्य को बढ़ाता है। अध्ययनों से पता चला है कि ध्यान एलडीएल के स्तर *(LDL levels)* को कम करके और एचडीएल के स्तर *(HDL levels)* को बढ़ाकर कोलेस्ट्रॉल के स्तर को काबू में करने में भी मदद करता है। नियमित ध्यान रक्तचाप और विभिन्न कोरोनरी बीमारियों को भी कम करने में मदद करता है।

समय के साथ, ध्यान के निरंतर अभ्यास के माध्यम से, व्यक्ति विचारों और अनुभवों को स्पष्टता से महसूस कर पाता है। मानव-मन संतुलन, समरूपता और समता के 'उस' को प्राप्त करता है। ऐसी अवस्था में वह उत्तेजित नहीं होता और सदैव प्रफुल्लित रहता है। प्रभावशाली विचार मन में उमड़ते हैं। हमारी शारीरिक प्रणाली में उच्च स्तर के अंतर्ज्ञान, खुले दिमाग और स्पष्ट विचार-प्रक्रिया के साथ हम अपने ओज की आभा को बढ़ाने में सक्षम बनते हैं।

यह अभूतपूर्व घटनाओं में वृद्धि करता है। यह अनिवार्य रूप से दैवीय ब्रह्मांडीय ऊर्जा द्वारा हमें प्रदान किया गया अनुग्रह है।

बुद्ध से एक बार प्रश्न किया गया कि उन्हें ध्यान से किस प्रकार से लाभ हुआ? उन्होंने उत्तर दिया था, "मुझे कुछ नहीं मिला है!" फिर, बुद्ध ने आगे कहा, "लेकिन मैं आपको बता सकता हूँ कि मैंने क्या खोया है। मैंने क्रोध, चिंता, अवसाद, असुरक्षा, बुढ़ापे और मृत्यु के भय को खो दिया है।"

रमेश ने फ़िल्म को बंद कर दिया, एक आह भरी और वहाँ उपस्थित कुछ बीस प्रतिभागियों पर नज़र दौड़ाई। कार्यक्रम में भाग लेने वालों के दीप्तिमान चेहरों को देखकर वह अब तक हुई प्रगति से खुश लग रहा था। "ठीक है, आज यहाँ उपस्थित बीस प्रतिभागियों में से हमारे पास लगभग दस शुरुआती छात्र हैं। मैं अभी आपसे अपने अनुभव साझा करने के लिए नहीं कहूँगा। बस अपने अनुभव के साथ रहिए, इसके बारे में सोचिए और बाकी के छह सत्रों में भाग लीजिए।"

जिओ मिंग, ऐंठन से ग्रस्त होने के बावजूद बहुत ऊर्जावान महसूस कर रही थी, और इसके लिए उसने रमेश को दिल से धन्यवाद दिया।

अन्य लोग तो रमेश के घर से चले गए लेकिन जिओ मिंग वहीं रुकी रही।

"मैंने अब तक यह तो थोड़ा-थोड़ा समझने लगी थी कि आखिर बुद्ध ने ज्ञान कैसे प्राप्त किया होगा। लेकिन, यकीनन यह सत्र तो पूरी तरह से अलग था। मैं तो बेहद तनाव में रहती हूँ, लेकिन आज तो बहुत हल्का महसूस कर रही हूँ। ज़िंदगी में पहली बार ऐसा हुआ, कि मुझे ज़िंदगी में कुछ भी नहीं चाहिए था और मेरा मस्तिष्क मुझे दुख देने वालों के प्रति भी सिर्फ़ करुणा से भरा हुआ महसूस कर रहा था," जिओ मिंग ने वंदना और रमेश से अपने मन की बात साझा करते हुए कहा।

"तो, तुम ही ज़िंदगी बदलने वाली रमेश की 'लाइफ़ कोच' हो। तुम ही दमकती हुई वो लौ हो जो शांति से भरी हुई है," जिओ मिंग अब वंदना को संबोधित करते

बोली।

"जिओ मिंग, अगले छह दिनों तक तुम हमारे साथ ही दोपहर का खाना खाओगी और बिना चूके सभी सत्रों में उपस्थित रहोगी। जुआन जांग और बुद्ध के लिए तुमको यह करना ही होगा," वंदना ने प्रतिक्रिया देते हुए कहा।

"तुम्हारी ज़िंदगी के बारे में मैं अनव और रमेश से बहुत कुछ जान चुकी हूँ और उसे फिर से दोहराने के लिए मैं तुम पर दबाव नहीं डालूँगी। बस तुम उपस्थित ज़रूर रहना," वंदना ने अपनी बात में आगे जोड़ते हुए कहा।

"ताज्जुब नहीं कि तुम्हारी त्वचा चमकदार है और चेहरे पर झुर्रियों का नामोनिशान तक नहीं है," जिओ मिंग वंदना से बोली।

वंदना ने आहिस्ता से मुस्कुराते हुए तारीफ़ के इन शब्दों को स्वीकार किया।

पहला दिन तो पलक झपकते ही बीत गया था और जिओ मिंग को यकीन हो चला था कि अगले छह दिन भी इसी तरह से बीत जाने वाले हैं।

जिओ मिंग ने अपने सुबह के व्यायाम, उसके बाद हल्का नाश्ता और फिर अन्य प्रतिभागियों के साथ ध्यान और श्वास सत्र में भाग लेना, शाम को होटल परिसर के चारों ओर लंबी सैर के अपने दैनिक-क्रम को जारी रखा। रात को वो लगभग रोज़ ही जुआन जांग की फ़िल्म देख रही थी।

लू याओ ने *टेक्स्ट मैसेज* में लिखा, *"लंबे समय के बाद, जिओ मिंग तुम शांत दिख रही हो। मैं महसूस कर सकता हूँ कि अब तुम्हारे विचारों में कोई उलझन नहीं है।"*

जिओ मिंग को अचानक यह एहसास हुआ कि उसने अनव को फ़ोन करने की कोशिश ही नहीं की और न ही रमेश ने अपने दोस्त के बारे में कुछ भी बताया।

वो कार्यक्रम का आखिरी दिन था, और यह सत्र लंबा होने वाला था जो कि सारा दिन ही ले लेगा। जिओ मिंग थोड़ी देर हल्का व्यायाम करने और खुली हवा में घूमने के इरादे से बाहर आ गई। तभी उसका ध्यान दूर पर एक आकृति पर गया, जो कि शाम के धुंधलके में स्याह-सा दिख रहा था। पलभर को वो चौंक उठी; लेकिन फिर उस पर से उसका ध्यान तुरंत ही हट गया। उसका दिमाग तो सत्र में लगा हुआ था और वो उस आखिरी सत्र में शामिल होने घर के भीतर की ओर चल दी।

अध्याय 11

ध्यान की कुंजी

"ध्यानस्थ हो जाओ, देर मत करो, वरना बाद में पछताओगे।"

—गौतम बुद्ध

जैसे ही जिओ मिंग भीतर आने के लिए मुड़ी, वो अचानक अपनी जगह पर ठिटक कर खड़ी की खड़ी रह गई जब उसे एहसास हुआ कि यह व्यक्ति कौन था! सच कहा जाए, तो दूर से देखने पर वो फ़ीनिक्स मंदिर में देखी हुई छवि की तरह दिख रहा था।

उसकी पलकें स्वत: ही झप गईं, क्या यह मतिभ्रम था या फिर ध्यान की अधिकता थी?

वह दंग रह गई! क्योंकि वह व्यक्ति कोई और नहीं बल्कि अनव था।

"ओह! तो यह *'मिस्ड कॉल पर्सन'* है। तुम तो काफ़ी समय के लिए गायब ही हो गए!" उसने खुशी से उसे पुकारते हुए कहा।

अनव ने उसे कसकर गले लगाया। जिओ मिंग के मस्तिष्क का एक हिस्सा इस अप्रत्याशित स्नेह को जारी रखने के लिए उत्सुक था, जबकि उसकी बुद्धि और मन श्वास और ध्यान सत्र की ओर किसी चुंबकीय शक्ति के आकर्षण से खिंचा हुआ था।

"मैं भीतर से बहुत शुद्ध और किसी भी तरह की भावनात्मकता से भार-मुक्त महसूस कर रही हूँ। मैं किसी भी भावना, किसी भी ऐसे विचार को अभी अपने भीतर दाखिल नहीं होने देना चाहती जो ध्यान प्रक्रिया को बाधित करे। अनव, हम सत्र पूरा होने के बाद मिलते हैं," यह कहते हुए वो उस बड़े कमरे की ओर चल दी।

अंदर, एक *डॉक्यूमेंट्री फ़िल्म* चल रही थी, जिसमें एक भिक्षु ध्यान करना सिखा रहे थे।

पिछले एक सप्ताह में हमने श्वास का निरीक्षण करते हुए ध्यान का अभ्यास किया

है। आपके दिमाग ने निश्चित रूप से लाखों विद्रोहों का सामना किया होगा। पूरी संभावना है कि आप में से कई लोगों ने इस तरह से कभी भी एहसास नहीं किया होगा; निश्चित रूप से इतने लंबे समय तक नहीं, वो भी हर समय अपनी रीढ़ को सीधा रखते हुए।

मनुष्य के रूप में हम रीढ़ की हड्डी पर बहुत कम ध्यान देते हैं। हमारी रीढ़ या मेरुदंड हमें निचले सत्र के जानवरों से अलग करती है। हम सीधे बैठने और खड़े होने में सक्षम हैं। भगवान बुद्ध ने अपने बैठने, खड़े होने और लेटने की मुद्राओं में रीढ़ की प्रभावकारिता का प्रदर्शन किया था। उनकी रीढ़ हमेशा सीधी रहती थी। सीधी रीढ़ के साथ, एक व्यक्ति उदर क्षेत्र के भीतर गहराई से, ठीक से श्वास ले और छोड़ सकता है। फेफड़े ताज़ा ऑक्सीजन से भरे होते हैं, जो हमारे शरीर में प्राण ऊर्जा को बढ़ाते हैं।

सीधे शब्दों में कहें तो प्राण ऊर्जा का स्तर हमारी शारीरिक प्रणाली और हमारे ऊर्जा स्तरों में ताज़ा ऑक्सीजन का योग होता है।

प्राण (या सूक्ष्म जीवन शक्ति) = ऑक्सीजन + ऊर्जा

यदि आप झुके रहते हैं या ठीक से नहीं बैठते हैं या खड़े नहीं होते हैं, तो रीढ़ की हड्डी का आकार बिगड़ जाता है और हम शारीरिक और मानसिक दोनों तरह की कई बीमारियों से पीड़ित हो जाते हैं। इनमें से कुछ नीचे सूचीबद्ध हैं:-

- शरीर में ऑक्सीजन की मात्रा कम होना
- उपचार पर प्रभाव
- तंत्रिका तंत्र पर प्रभाव
- स्वास्थ्य में गिरावट
- बीमारियों के प्रति संवेदनशीलता

अपनी रीढ़ की हड्डी सीधी रखते हुए बैठी मुद्रा में बुद्ध अपनी सारी ऊर्जा खींच सकते थे और ऊर्जा पर तैर सकते थे। उन्हें किसी प्रकार की कोई परेशानी नहीं होती थी। सीधा खड़ा होना भी मज़बूत स्वास्थ्य को दर्शाता है; और अपनी दृष्टिभर से वह सम्मान अर्जित कर लेते थे। सीधे खड़े होने से न तो उनको कूबड़ हुआ और न ही उनकी गरदन और कंधों में दर्द हुआ।

अपने जीवन के आखिरी दिनों में, जब बुद्ध बीमार हो गए थे, तब वो लेटे रहते थे, लेकिन तब भी उनका चहरा दीप्तिमान था।

ये तीन मुद्राएँ जीवन की प्रगति का संकेत देते हैं।

एक पल में, जिओ मिंग को जवाब मिल चुका था कि आखिर बुद्ध ने तीन अलग-अलग प्रकार की मुद्राओं को क्यों अपनाया था!

उसे याद आया कि एक बार अनव के साथ बातचीत में, उसने उससे पूछा था कि हिंदू देवता भगवान विष्णु ने लेटे हुए होने की मुद्रा क्यों अपनाई थी और क्या बुद्ध ने भी इसी मुद्रा को अपनाया था?

अनव ने स्वीकार किया था कि उसके हिंदू धर्म के अपने सीमित ज्ञान को देखते हुए, वह उस प्रश्न का कोई उत्तर नहीं दे सकता था, सिवाय यह कहने के कि भगवान शिव और भगवान ब्रह्मा हमेशा बैठे रहते हैं। उसने यह भी बताया था कि भगवान ब्रह्मा का उदय भगवान विष्णु की नाभि से हुआ था या फिर शायद यह किसी कलाकार की कल्पना थी?

खैर इन सब विचारों के बीच जिओ मिंग ने अपने बैठने की मुद्रा और साँस पर ध्यान केंद्रित रखा।

हम मनुष्य शायद ही कभी साँस लेने और छोड़ने की प्रक्रिया पर ध्यान देते हैं। प्रत्येक आने वाली श्वास और बाहर जाने वाली श्वास का मन से गहरा संबंध होता है। जैसा कि सम्मानित बौद्ध भिक्षु थिच नट हान हमें याद दिलाते हैं, "भावनाएँ आती हैं और आकाश में बादलों की तरह हवा हो जाती हैं। चेतन श्वास मेरा संबल है।" जब हम एक ध्यान से साँस लेते हैं, तो यह हमें वर्तमान क्षण में ले आती है जहाँ हम अपने आंतरिक जीवन का निरीक्षण कर सकते हैं।

वीडियो को रोक दिया गया और रमेश ने साधकों से कहा कि वे अपना ध्यान श्वास लेने और छोड़ने की प्रक्रिया पर केंद्रित रखें। साधकों के उस समूह पर शांति छाई हुई थी; वे सब साँस लेने और ध्यान-चक्र के चमत्कारिक प्रभाव को महसूस कर अचंभित थे।

$\sum$M = साँस लेना + साँस छोड़ना + दिव्य विचार => मौन,

जहाँ $\sum$M ध्यान के दौरान सभी अनुभवों का योग है, जिसे जिओ मिंग ने अनुभवों के सार के रूप में प्रस्तुत किया।

"आगे बढ़ने से पहले, क्या किसी को कुछ पूछना है?" रमेश ने सभा से पूछा। दरअसल बहुत दिनों से जिओ मिंग के दिमाग में एक बात चल रही थी, इसलिए वो

तुरंत पूछ बैठी, "क्या ध्यान की गुणवत्ता में इस बात से अंतर पड़ता है कि कोई एकांत में इसे करता है या फिर समूह में? मैंने देखा है कि बनारस और जिन अन्य स्थानों पर मैं गई वहाँ भी, लोग समूह में बैठे हुए ध्यान या जप कर रहे होते हैं। यहाँ तक कि मेरे घर पर भी लोग सार्वजनिक पार्कों में छोटे समूहों में एकत्र होकर और *ताई-ची* का अभ्यास करते हैं।"

मुस्कराते हुए रमेश की आँखों में चमक उभर आई, और् वो बोला, "जिओ मिंग तुम्हारे इस सवाल से मैं खुश हूँ। तुम्हारे ज्ञान के द्वार अब खुलने लगे हैं। यह अजीब बात है कि तुमने यह प्रश्न पूछा, जबकि इसका जवाब सामने स्क्रीन पर ही है!"

अब हम एक और वीडियो देखते हैं जिसका नाम है *'कीप द फ़ायर बर्निंग'*। ध्यान से देखिए।

एक व्यक्ति, जो नियमित रूप से ध्यान सत्र में भाग लिया करता था ने बिना किसी सूचना के अचानक आना बंद कर दिया। कुछ हफ़्तों के बाद, एक बहुत ही सर्द रात को उस समूह के मुखिया ने उनसे मिलने जाने का निर्णय किया।

जब वो उसके घर पहुँचा तो वहाँ उसने देखा कि वो आदमी घर में अकेला चिमनी के सामने बैठा हुआ था जिसमें आग धधक रही थी। उसको आया देख उस आदमी ने उसका स्वागत किया और घर में अंदर बुलाया। कमरे में सन्नाटा था। दोनों लोग आग के सामने बैठ गए और चुपचाप उन जलती लकड़ियों में से निकल रही चिंगारी और उससे उठ रही नाचती हुई लपटों को देखने लगे।

कुछ मिनटों के बाद, मुखिया ने, बिना एक शब्द कहे, उन जलती हुई लकड़ी के टुकड़ों को उलट-पलट पर जाँचने लगा और फिर उनमें से एक जो सबसे ज़्यादा धधक रहा को चुनते हुए उसने उसे चिमटे से किनारे हटाकर रख दिया। और फिर खुद वापस आकर बैठ गया।

मेज़बान, जो कुछ भी हो रहा था उस सब को ध्यान से देख रहा था। वो सुलगता हुआ लकड़ी का टुकड़ा जिसे अगल रख दिया गया था, थोड़ी देर में बुझ गया; लेकिन बुझने के पहले एक बार बड़ी ज़ोर से धधका। कुछ ही समय में, उस टुकड़े में जो तेज़ रोशनी और गर्माहट थी, वह ठंडी पड़ गई थी और वो राख में बदल गया। और अब वो लकड़ी के काले और मृत टुकड़े से ज़्यादा कुछ नहीं रह गया।

उन दोनों व्यक्तियों के बीच प्रारंभिक अभिवादन के बाद से बहुत कम शब्द बोले गए थे।

जाने से पहले, मुखिया ने चिमटे के साथ लकड़ी के उस मृत बेकार टुकड़े को उठाया और फिर से आग के बीच में रख दिया। ऐसा करते ही वो लकड़ी का टुकड़ा, चारों ओर जलते अंगारों से घिरते ही रोशनी और गर्मी से दहक उठा।

जब मुखिया जाने के लिए दरवाज़े तक पहुँचा, तो मेज़बान ने कहा, "यहाँ आने के लिए और आपके इस सुंदर पाठ के लिए बहुत-बहुत धन्यवाद। मैं जल्द ही समूह में वापस लौटूँगा।"

समूह साधना करना या समूह में ध्यान करना क्यों महत्त्वपूर्ण है?

उत्तर बहुत सरल है : क्योंकि प्रत्येक सदस्य जो पीछे हटता है, वो समूह के अन्य सदस्यों से आग और गर्मी प्राप्त कर रहा होता है। समूह के सदस्यों को यह याद दिलाना सर्वोपरि है कि वे उस धधकती ज्वाला का अभिन्न अंग हैं। समूह में भागीदारी के साथ गर्मजोशी, सहानुभूति और अनुभव विकसित होते हैं।

इसके अलावा यह बात भी याद दिलाने लायक है कि हम सभी एक-दूसरे की लौ को जलाए रखने के लिए ज़िम्मेदार हैं और हमें अपने बीच एकता और सद्भाव को बढ़ावा देते रहना चाहिए ताकि हमारे भीतर की आग मज़बूत, प्रभावी और स्थायी बनी रह सके।

समूह भी एक परिवार है।

इससे कोई फ़र्क नहीं पड़ता कि कभी-कभी हम इतने सारे संदेशों, झगड़ों और गलतफ़हमियों से परेशान रहते हैं। ध्यान अकेले किया जा सकता है, लेकिन जब समूह में किया जाता है तो यह उसकी गुणवत्ता को बढ़ाता है, अधिक तेज उत्पन्न करता है और हमारे प्राण स्तर को बढ़ाता है।

जो बात अधिक मायने रखती है वह आपस में जुड़ा होना है। हम यहाँ आते हैं मिलने, सीखने, ध्यान करने, साँस लेने, विचारों का आदान-प्रदान करने और यह समझने कि हम अकेले नहीं हैं।

इसलिए, आइए हम एकता की लौ को जला कर रखें। दोस्तों और परिवार के साथ जीवन सुंदर है।

साधकों, हमारी इस पारिवारिक अग्नि का हिस्सा बनने के लिए आपका धन्यवाद।

रमेश ने धीरे से कहा, "आप धीरे-धीरे आहिस्ता से अपनी आँखें खोल सकते

हैं।" कुछ मिनटों के बाद उन्होंने समूह को धीरे-धीरे अपनी आँखें खोलने के लिए निर्देश देते हुए कहा।

बहुत बेमन से सब ने अपनी आँखें खोलीं। लेकिन कमरे में फिर भी शांति ही छाई रही। समूह का प्रत्येक सदस्य ऐसा महसूस कर रहा था कि जैसे वो मौन के ब्रह्मांड में डूबा हुआ हो - पर्वतों की चोटियों का मौन, सरोवरों का मौन, रेगिस्तानों का मौन, समुद्र की गहराइयों का मौन, घाटियों का मौन, ये सभी मौन घर में गूँज रहे थे।

साधकों का यह समूह ये दोनों वीडियो देखकर चकित रह गया और उनमें से कइयों की आँखें नम हो आईं। उन्होंने खुद से और समूह के अन्य लोगों से वादा किया कि वे अपनी दोस्ती बनाए रखेंगे और साधना और ध्यान जारी रखेंगे। वे निश्चित तौर पर अपने घरों के आस-पास इसी तरह के समूह को खोजने की कोशिश करेंगे और दूसरों को भी ध्यान व चिंतन करने के लिए प्रेरित करेंगे।

समूह ने शांति से बैठकर भोजन का आनंद लिया और फिर एक-एक कर के बड़े ही बेमन से एक दूसरे से विदा ली।

जिओ मिंग वहीं रुकी रही। उसकी आँखों से आँसुओं की निर्झर धारा बह निकली थी।

"धन्यवाद, रमेश। धन्यवाद, वंदना। यह शायद मेरे जीवन के सबसे निर्णायक क्षणों में से एक रहा है। बिल्कुल उस पल के जैसा जब XiŌngdì Technologies ने ऐप लॉन्च किया था। दोनों मेरे जीवन की बेहद महत्त्वपूर्ण घटनाएँ रही हैं। एक ने मुझे धन, प्रसिद्धि और फिर अपमान दिया, जबकि दूसरे ने मुझे शांति, स्थिरता, खुशी, करुणा और अतुलनीय ऊर्जा दी।"

"मैं वादा करती हूँ कि मैं अपने भीतर इस आग को जलाकर रखूँगी," जिओ मिंग ने पूरे उत्साह के साथ कहा।

रमेश, वंदना, अनव और जिओ मिंग सभी शांत थे; सभी अपने-अपने विचारों में खोए हुए थे और कोई भी बातचीत करने की स्थिति में नहीं था।

आखिर में अनव ने ही जिओ मिंग को संबोधित करते हुए कहा, "तुमने निश्चित रूप से बहुत लंबा रास्ता तय कर लिया है। ध्यान और साँस लेने की तकनीक सीख ली है... बहुत बढ़िया जिओ मिंग।"

"मैं हमेशा ध्यान करने की संरचनाबद्ध तकनीक को सीखने के लिए उत्सुक थी।

मेरे पिछले सभी प्रयास इस दिशा में छोटे-छोटे क़दम ही थे। हालाँकि, इन सात दिनों ने मेरे दिमाग और विचार प्रक्रिया को बदल दिया।" दमकती हुई मुस्कान वाली जिओ मिंग ने अपने विचारों को साझा करना जारी रखा, "नि:संदेह, मैं किसी पंख की तरह हल्का महसूस कर रही हूँ, और श्वास और ध्यान प्रक्रिया के दौरान, मैं अपने मन के सारे बोझ को अपने ऊपर से गिरा देने में कामयाब रही हूँ जो वर्षों से मेरे भीतर जमा हुआ था। मैं अपने दिमाग में चलते अंतहीन अनर्गल कोलाहल को दूर कर सकने में सफल रही, और इस चीज को शेनज़ेन में मेरे दोस्त ने भी महसूस किया है और उसने यह बात मैसेज में भी लिखी है। सबसे महत्वपूर्ण बात यह है कि मेरे भीतर दबा हुआ सारा गुस्सा और हताशा दूर हो गई है।"

"तुमने ध्यान के एक पहलू में सफलतापूर्वक खुद को डुबो लिया है। मुझे खुशी है कि तुम सामूहिक साधना के सार को समझ सकी हो," वंदना ने कहा।

"एक पहलू? आपका क्या मतलब है? यहाँ मैं सोच रही थी कि मैंने पूरी महारत हासिल कर ली है!" जिओ मिंग ने मुस्कुराते हुए उससे पूछा।

"जिओ मिंग, तुमको *मेडिटेशन* या ध्यान की प्रक्रिया को मज़बूत करने की ज़रूरत है। यह तुम्हारा स्वाभाविक हिस्सा तभी बनेगा जब तुम अधिक करुणा विकसित कर लोगी, लोगों को क्षमा कर सकोगी और अपने अतीत को भूल जाओगी। ऐसा करने के दो तरीके हैं - नियमित *सेवा* के माध्यम से जैसा कि हम इसे भारत में कहते हैं," वंदना ने समझाया।

"दूसरा, आपके जीवन में अस्वास्थ्यकर और अशुद्ध पहलुओं की शुद्धि और उनको जबरन दूर करने के माध्यम से। तभी तुम आग को जलाए रखने में सफल होओगी," रमेश बोला। "एक स्वच्छ और शुद्ध मन, जो भक्ति से अलंकृत है और नि:स्वार्थ सेवा करता है, ध्यान की प्रक्रिया में गहराई तक जाने के लिए एक आदर्श उम्मीदवार होता है। इससे ध्यान की गुणवत्ता अपने आप बढ़ जाती है।"

मोबाइल के बार-बार फ्लैश होने से अनव का ध्यान उनकी इस बातचीत से हट गया। उसने फ़ोन पर *स्क्रॉल* किया, और फिर जिओ मिंग की तरफ़ किसी विजयी की तरह से देखने लगा।

"अमृतसर-स्वर्ण मंदिर यात्रा...! चलो, सब तय हो गया है! साधकों चलो फटाफट अपना बैग पैक करो..." उसने जिओ मिंग को संबोधित करते हुए कहा। सात दिनों से अपनी रीढ़ को सीधा रखने के बाद, वह आरामदायक सोफ़े में लुढ़की पड़ी

हुई थी। उसकी बात सुनकर वो उझल पड़ी, "वाह! आगे बढ़ने का समय आ गया है।"

"यह तो बढ़िया है! वंदना और मैंने कई मौकों पर मंदिर में माथा टेका है। स्वर्ण मंदिर का दर्शन करना वास्तव में विनम्रता का एक सबक है," रमेश ने कहा, जिस पर वंदना ने अपनी सहमति व्यक्त की।

जिओ मिंग रमेश से पूछने ही वाली थी कि *'विनम्रता के पाठ'* से उसका क्या मतलब है, लेकिन इससे पहले कि वह कुछ समझ पाती, रमेश ने उसके मन को पढ़ लिया था। "तुम बहुत जल्द देखोगी कि मेरा क्या मतलब है!"

जिओ मिंग ने रमेश और अन्य लोगों से विदा लेने से पहले रमेश से कहा, "मुझे तुम्हारे उस विलक्षण कौशल की सराहना करनी होगी जो तुम्हारे पास, और जिससे तुम बहुत गूढ़ बातों को बहुत सरल शब्दों में समझा देते हो। मैं यह देखने के लिए अब और इंतजार नहीं कर सकती कि स्वर्ण मंदिर में मुझे क्या सीखने को मिलने वाला है।"

एक लंबे दिन का अंत हुआ। जिओ मिंग होटल *ताज विवांता* के लिए रवाना हुई। *वर्चुअल बडी ऐप* के मानसिक कचरे के अवशेष अब उसके दिमाग में ज़रा भी नहीं बचे थे।

आजकल इस होटल का अपना कमरा जिओ मिंग को अपने घर जैसा लगने लगा था।

"मेरे इस पूरे प्रोग्राम में सीखने के लिए बहुत कुछ था। लेकिन जो बेहद महत्त्वपूर्ण था, वह था धैर्य और घटनाओं की अनिश्चितता को स्वीकारते हुए अपनी मानसिक स्थिति को स्थिर बनाए रखना," उसने लू याओ के साथ विस्तार से बात करते हुए कहा।

"जिओ मिंग, अब यह सब मुझे उलझन में डाल रहा है, मुझे पागल बना रहा है। मैं तुम्हारे लिए खुश हूँ लेकिन... इसे तो बौद्ध सर्किट ट्रेल होना था, जो आगे आगरा और ध्यान सत्र तक जारी रहा, लेकिन अब तुम एक अजनबी के साथ स्वर्ण मंदिर नाम की जगह सह-यात्री की तरह जा रही हो। यह यात्रा कहाँ और कब समाप्त होगी? मुझे आशा है इसमें सत्रह साल नहीं लगेंगे!" लू याओ ने उनकी बातचीत पूरी हो जाने के बाद जिओ मिंग को मैसेज किया।

अध्याय 12

स्वच्छता और सेवा

"सेवा करने से तुमको शांति हासिल होगी।"

—गुरुबानी

शताब्दी एक्स्प्रेस से अमृतसर

नई दिल्ली रेलवे स्टेशन यात्रियों के जमघट से फटा पड़ रहा था। उनमें से कई लोग पगड़ी पहने हुए थे। वो काफ़ी हल्ला-गुल्ला कर रहे थे और ऊँची आवाज़ में बोल रहे थे। कुछ गोलमटोल, तो कई चुस्त-दुरुस्त फुर्तीले थे। उन्होंने नीले रंग के कुर्ते पहने हुए थे, और तलवार या फिर छोटी कटार लिए हुए थे जिन्हें कृपाण भी कहा जाता है।

जैसे ही ट्रेन स्टेशन में दाखिल हुई, प्लेटफॉर्म पर हलचल एकदम से बढ़ गई। लाल अंगरखा पहने कुलियों, अपनी माताओं की गोद में रोते-बिखते बच्चों, रेलवे अधिकारियों और भिखारियों की 'रेलमपेल' को देखकर जिओ मिंग अचंभित रह गई। वो मन ही मन हँसते हुए सोचने लगी कि चीन में तो स्टेशन इस तरह से गलफड़ों तक भरे नहीं होते हैं।

'हालाँकि मुझे स्वीकार करना होगा, मुझे स्टेशनों पर, ट्रेनों में होने वाली ये चटरपटर बातें मज़ेदार लगती हैं, लेकिन गंदगी बहुत दिमाग खराब करने वाली होती है,' जिओ मिंग खुद से बोल रही थी।

ट्रेन की खिड़की से बाहर झाँकते हुए, दूर तक फैले हरे-भरे खेतों, बिजली घरों, स्टील मिलों और फाउंड्री आदि को देखकर, ये युवा महिला काफ़ी प्रभावित थी।

"हम हरियाणा और पंजाब से गुज़र रहे हैं, भारत के अन्न भंडार या 'खाद्यान्न का कटोरा' है ये इलाका," अनव ने बताया।

ट्रेन में चढ़ने के छह घंटे पंद्रह मिनट के बाद वे शाम ढलते-ढलते अमृतसर पहुँच

गए।

मंदिर के दर्शन

जिओ मिंग, एक कट्टर नाआस्तिक, ने हाल ही में कुछ हिंदू मंदिरों के अलावा कई बौद्ध मंदिरों के दर्शन किए थे, जिनमें मलेशिया और वाराणसी के भी शामिल थे। एक पल के लिए उनका मन भगवान शिव को समर्पित काशी विश्वनाथ मंदिर की ओर चल दिया, जहाँ किसी भी समय जाओ, हज़ारों लोग एकत्रित मिलते हैं। हर आकार और प्रकार के लोगों ने अपने प्यारे भगवान को देखने के लिए कतारें लगाईं होती हैं। लोग वहाँ भजन गा रहे होते हैं; भक्तजन विभिन्न देवी-देवताओं को प्रसाद चढ़ा रहे होते हैं। लेकिन जिओ मिंग को वो जगह काफ़ी गंदी लगी थी और फ़ीनिक्स मंदिर के स्वच्छ वातावरण से इसकी तुलना नहीं करी जा सकती थी। मंदिर के बगल में विशाल 'ज्ञान वापी मस्जिद' को देखकर वह अचंभित रह गई थी। अयोध्या के ही समान, यह हिंदुओं और मुसलमानों, दोनों संप्रदायों के बीच एक विवादित स्थल था, ऐसा उसे बताया गया था।

"लोग भगवान के नाम पर झगड़ा क्यों करते हैं? इसमें कोई शक नहीं कि शायद इसी लिए मेरी मातृभूमि ने *कम्युनिस्ट मॉडल* अपना लिया... जिसमें लोगों पर धर्म का आवेग और नशा नहीं चढ़ने दिया जाता है।"

अनव और जिओ मिंग ने स्वर्ण मंदिर परिसर में प्रवेश किया। भारत में जिओ मिंग अभी तक जितने भी मंदिर देखे थे यह उनसे भिन्न प्रतीत हो रहा था। सोने के वर्क से ढके 'हरमंदिर साहब' की भव्यता और विशालता देखकर वह चकित थी। बेदाग साफ़-सुथरा परिसर; और जिस अनुशासन के साथ भारी संख्या में भक्त आ रहे थे, उस बात ने तुरंत उनका ध्यान खींचा। उसने यह भी देखा कि कई लोग फ़र्श की सफ़ाई, जूते की रैक और जूतों को करीने से रखने की व्यवस्था में लगे हुए हैं। उसे यह समझते देर नहीं लगी कि वे लोग मंदिर के कर्मचारी नहीं थे। उसे यह जानकर आश्चर्य हुआ कि वे भक्तगण थे जो गुरुद्वारे के रखरखाव में मदद कर के अपना योगदान दे रहे थे।

जिओ मिंग ने कई दिनों पहले से ही, अपनी इस यात्रा की उम्मीद में, इसके बारे में पढ़ना शुरू कर दिया था। उसे ऐसा याद आया कि, 'एक गुरुद्वारा सामुदायिक संपत्ति होता है, यह सभी का होता है। इसलिए इसके रखरखाव में मदद करना सभी की ज़िम्मेदारी होती है।'

विश्वास करने वाले, चाहे अमीर हों और चाहे गरीब, सभी फ़र्श साफ कर रहे थे,

दीवारें साफ़ कर रहे थे। कई लोग मंदिर में आ रहे भक्तों के जूते ऐसे साफ़ कर रहे थे जैसे वे उनके अपने जूते हों। इस बीच अनव और जिओ मिंग को 'गुरबानी' के सुखदायक और सम्मोहित कर देने वाले स्वर सुनाई दिए।

जब वे मंदिर परिसर में चारों ओर घूम रहे थे, वहाँ उन्हें एक विशाल रसोई दिखाई पड़ी; ऐसा लग रहा था कि जैसे एक पूरी सेना को खिलाने के लिए तैयारी चल रही हो। जिओ मिंग को याद आया कि हर गुरुद्वारा एक सामुदायिक रसोई भी चलाता है, जहाँ कोई भी आकर शुद्ध शाकाहारी भोजन करने के लिए स्वतंत्र होता है, जिसे स्वयंसेवकों द्वारा तैयार किया जाता है और परोसा जाता था। वहाँ उन्होंने यह भी देखा कि कई तीर्थयात्री वहाँ के पवित्र सरोवर के जल में डुबकी लगा रहे थे।

"*मैं जो विस्मय में देख रही हूँ, वह किसी कविता से कम नहीं है। मैं जो कुछ देख रही हूँ और सुन रही हूँ, उसके साथ क़दम से क़दम मिलाकर चलने की कोशिश कर रही हूँ। वास्तव में यहाँ का सुखदायक संगीत, फ़ीनिक्स मंदिर में मंत्रों की तरह, मन की कर्कशता को तोड़ देता है,*" उसने लू याओ को लिखा।

परिसर में घूमते हुए, उसने महसूस किया कि स्वर्ण मंदिर के द्वार समाज के सभी वर्गों के पुरुषों और महिलाओं के लिए खुला है। उसने पाया कि यहाँ का परिसर गर्भगृह और कुंड के आसपास की इमारतों का एक संग्रह था। इनमें से एक 'अकाल तख्त' है, जो सिख धर्म की धार्मिक आस्था का केंद्र है।

"*यह जान कर सुखद आश्चर्य हुआ कि लगभग एक लाख श्रद्धालु इस पवित्र मंदिर में प्रतिदिन अपने श्रद्धासुमन अर्पित करते हैं,*" जिओ मिंग ने अपने प्रेमी को संदेश में लिखा।

एक और बात जिसने जिओ मिंग को प्रभावित किया, वह थी उस जगह की साफ़-सफ़ाई।

अपने विश्वविद्यालय के दिनों में, जेन की मेज़ पर एक पोस्टर लटका रहता था, जिसमें कहा गया था, "स्वच्छता एक बीमार दिमाग की निशानी है।" उसका कमरा किताबों, सिगरेट के टुकड़ों और शराब की बोतलों से बिखरा रहता था; और इस सबको याद करते हुए जिओ मिंग हँस पड़ी।

"*वो भी क्या दिन थे! हम बस खुशनुमा मौज-मस्ती के माहौल में जिया करते थे। आज ज़िंदगी में इतनी उथल-पुथल देख लेने के बाद, मैं स्वच्छता और भक्ति के माध्यम से अध्यात्म में गोता लगा रही हूँ। कुछ ऐसा, जो कि मैंने कभी अपने सबसे*

बेढंगे सपने में भी नहीं सोचा था कि मैं ऐसा भी करूँगी। इसके अलावा मेरा मन है कि इंडियन रेलवे अपनी ट्रेनों में साफ़-सफ़ाई के स्तर के लिए कुछ सबक ले।" अमृतसर से शेनज़ेन जाने वाला यह एक और संदेश था।

वो खुद से ही सोच रही थी कि क्या सच में स्वच्छता और आध्यात्म में किसी तरह का कोई संबंध होता है? उसका अपना अनुभव तो यह कहता था कि इंसानी मस्तिष्क साफ़ जगह पर बड़ी सरलता से ध्यान मग्न हो सकता है। उसे 'राजघाट; का अपना अनुभव याद आया जब वो वहाँ अमरीकियों के साथ गई थी।

वो अनव के साथ इस सब पर चर्चा कर ही रही थी कि तभी अनव ने अमृतसर के रक्तरंजित इतिहास के बारे में उसे बताया।

इस परिसर ने उसी तरह से हिंसा का सामना किया था जिस तरह से 'राजघाट' के महापुरुष ने किया था जब वो गोलियों का शिकार हो गए थे। शांतिप्रिय, अहिंसावादी महात्मा की हत्या हुई थी, जबकि स्वर्ण मंदिर पर आतंकवादियों ने कब्ज़ा कर लिया था।

अनव बुद्ध के जीवन पर भी विचार करता रहा, कि किस तरह से वे ज्ञान-मार्ग पर चलने से पहले युद्ध से उक्ता गए थे। महान सम्राट अशोक ने बौद्ध धर्म अपनाने से पूर्व किस तरह से कलिंग में रक्तपात मचाया था।

"मानव इतिहास में क़दम-क़दम पर आध्यात्मिकता के उदय से पहले हिंसा के ज्वार आते रहे हैं। शायद ब्रह्मांड इसी तरह चलता है।"

"यह मंदिर दो बार अपवित्र ओ चुका है और जिसकी बहुत ही दर्दनाक यादें सिखों के मन पर उकरी हुईं हैं। एक बार अफ़गानी आतताई व आक्रमणकारी अहमद शाह आबदाली द्वारा और दूसरी बार भिंडरवाला के नेतृत्व में यहाँ कब्ज़ा किए बैठे आतंकवादियों को खदेड़ने के लिए इंडियन आर्मी द्वारा," अनव ने बताया।

"यही सब तथ्य तो इतिहास को इतना रोचक बनाते हैं। इसमें कोई शक नहीं कि तुमने यह ठीक ही कहा था कि राजनीति और धर्म को एक दूसरे से जुदा नहीं किया जा सकता," जिओ मिंग बोली।

अनव ने अपनी इस चीनी दोस्त को बताया कि सिखों के ऐतिहासिक लेखों के अनुसार, वो ज़मीन जहाँ अमृतसर बना और जहाँ 'हरमंदिर साहिब' स्थापित हैं, का चयन गुरु अमर दास – सिख परंपरा में तीसरे गुरु ने किया था।

सन् 1574 में गुरु राम दास, गुरु अमर दास के बाद गद्दी पर बैठे और उनको अपने गुरु के बेटों से घोर विरोध का सामना करना पड़ा था।

"देखा तुमने, राजनीति और धर्म को कभी अलग-अलग नहीं किया जा सकता। प्रभु श्री कृष्ण, जीजस और बुद्ध के समय में भी यही सब हुआ था और यहाँ भी यही हुआ," अनव बोला।

"गुरु राम दास ने जो शहर बसाया वो रामदासपुर के नाम से जाना गया। उन्होंने वहाँ, बुद्ध की मदद से पहले एक सरोवर बनवाया।"

"क्या? बुद्ध वापस आ गए थे क्या?" हैरान जिओ मिंग ने अनव से पूछा जो उसकी बात सुनकर ज़ोरों से हँसने लगा।

"अरे नहीं, भई नहीं। बुद्ध का पुनर्जन्म नहीं हो गया था। यह सज्जन कोई दूसरे थे जिनका नाम भी बुद्ध था," अनव ने बताया।

इसके बाद जिओ मिंग ने भी वहाँ मंदिर में फ़र्श साफ़ करने का काम किया जिसे देखकर अनव को बहुत अचरज हुआ।

"मुझे तो भूख लग रही है," अनव बोला।

"चलो हम लोग लंगर में चलते हैं और वहाँ मैं तुमको खाना परोसूँगी," जिओ मिंग बोली और वहाँ जाकर उसने सच में खाना परोसा।

"प्राजी, त्वाड़े नाल ये चीनी कुड़ी कौन है?" एक बुज़ुर्ग सिख सज्जन ने अनव से जानना चाहा, *"बड़ी सेवा भाव है इस चीनी विच।"*

जिओ मिंग निश्चित रूप से सभी के लिए आकर्षण का केंद्र बनी हुई थी। दोपहर में उसने बहुत कम खाया, और उसके बाद उसने सरोवर के पास ध्यान करने का फैसला किया।

थोड़ी देर बाद अनव उसे याद दिलाने के लिए आया कि अगर वे अपनी योजना के अनुसार अन्य जगहों पर जाना चाहते हैं तो उन्हें निकलना चाहिए।

"आज नहीं दोस्त। मैं यहाँ ध्यान और अपनी साँसों का निरीक्षण करने के एकमात्र उद्देश्य से आई हूँ। और तुम्हारे दोस्त ने स्पष्ट रूप से मुझे ध्यान को अधिक सार्थक और मज़बूत बनाने के लिए स्वच्छता और *सेवा* पर ध्यान केंद्रित करने के लिए कहा था," जिओ मिंग ने उत्तर दिया।

"लेकिन हमें दिल्ली वापस जाने के लिए अपनी ट्रेन भी पकड़नी है," अनव

बोला।

"आज नहीं... क्यों न हम दिल्ली की यात्रा स्थगित कर देते हैं। मैं ध्यान कर रही हूँ," जिओ मिंग ने जवाब दिया और उसने अपनी आँखें बंद करते हुए साँसों पर अपना ध्यान केंद्रित करना शुरू कर दिया। मंदिर परिसर में गूँज रहे गुरुबानी के स्वर और श्वास प्रक्रिया ने उसे थोड़ी देर में ही शांति प्रदान कर दी।

प्रत्येक साँस उसकी इस आकर्षक यात्रा के एक-एक अंश को जीवंत करती हुई सी प्रतीत हो रही थी; उसने जो कहानियाँ सुनी थीं, जो चित्र उसने देखे थे, विचार जो उसके दिमाग में घूम रहे थे। वह सोच रही थी कि, 'क्या यह सब उसकी कल्पना है या यह सब उसके अब तक के अनुभव का स्मरण मात्र है? क्या वह वास्तव में ऊर्जा के एक आंतरिक स्रोत तक पहुँच रही है या फिर यह सब बस पिछले हफ़्तों की घटनाओं की एक सुकून भरी याद मात्र है? क्या उसकी अंतरात्मा उसे कुछ बता रही है, क्या उसके लिए कोई संदेश छिपा हुआ है इसमें?'

अमृतसर में चौबीस घंटे का नियोजित प्रवास एक सप्ताह में बदल गया, क्योंकि जिओ मिंग स्वर्ण मंदिर परिसर और उस जगह के वातावरण से बेहद प्रभावित हो गई थी।

अनव और जिओ मिंग हर सुबह *जॉगिंग* करते, पसीना बहाते और फिर पवित्र परिसर की ओर बढ़ जाते। इस चीनी लड़की ने वहाँ सेवा करने और गुरबानी को सुनकर ध्यान लगाने में घंटों बिताए।

"रमेश अपनी भविष्यवाणी में बिल्कुल ठीक निकला कि कोई व्यक्ति, गहराई से ध्यान में तथा अंतर्मुखी होकर स्वयं के सर्वेक्षण कर पाने में, सेवा की गुणवत्ता के आधार पर सफल हो पाता है," जिओ मिंग ने लू याओ को लिखा।

एक बात जो जिओ मिंग को थोड़ा विचलित किए हुए थी वह यह थी कि लू याओ उसके संदेशों का यदाकदा और बहुत कम शब्दों में उत्तर दे रहा था। उसके *टेक्स्ट मैसेज* में या तो *'गुड़ मॉर्निंग'* या *'गुड नाइट'* ही लिखा होता था, और वो जल्दी सो जाया करता था। लू याओ जिओ मिंग के लंबे होते इस भारत-प्रवास से ऊब चुका था।

अनव ने भी लंगर में सेवा करी, जूते साफ़ किए, फ़र्श रगड़े और ध्यान किया; लेकिन वो अमृतसर शहर घूमने भी गया और ऐतिहासिक स्थल देखने भी गया। उसकी मनपसंद जगह थी 'वाघ बॉर्डर'। भारतीय और पाकिस्तानी सेना के लंबे-तगड़े

जवानों को 'बीटिङ रिट्रीट' पर परेड करते देखना उसको मुग्ध कर गया था।

जिओ मिंग के लिए इस तरह के कोई प्रलोभन नहीं थे और न ही कोई उसके मन-मस्तिष्क के उसे निजी स्थान में घुसपैठ कर सकता था। वो ध्यान करने के अपने निर्णय पर अडिग थी।

जिओ मिंग पवित्र सरोवर के किनारे ध्यान में लीन हो गई और अनव स्वर्ण मंदिर परिसर से निकलकर मशहूर 'जलियाँवाला बाग' देखने चल दिया, जो कि 13 अप्रैल, 1919 में अहिंसा और हिंसा के ताण्डव का साक्षी बना था। जिओ मिंग, धर्म और आध्यात्म के आँचल की छाँव में बैठी, अब धीरे-धीरे अहिंसा के मार्ग पर बढ़ चली थी।

अध्याय 13

फूलों की घाटी और उसके आगे

"हिमालय की तरह अडिग रहो और गंगा की तरह बहो।"

—अज्ञात

अमृतसर में हफ़्ते भर खिंचा हुआ प्रवास अब पूरा हो चुका था। अनव और जिओ मिंग *शताब्दी एक्सप्रेस* में सवार हुए और वापस दिल्ली वापस चल पड़े। दिल्ली पहुँचकर अनव अपने दोस्त के घर चला गया, और जिओ मिंग *ताज विवांता* की ओर बढ़ गई।

अगली सुबह उठकर जिओ मिंग पहले तो *जिम* गई और फिर स्विमिंग; अपनी सुबह की दैनिक चर्या को पूरा करके जब वो लौटी तो उसने कॉर्नफ्लेक्स और ब्लैक कॉफ़ी का हल्का नाश्ता किया। अपने कमरे में वापस आ कर, वह ध्यान करने बैठ गई। उस समय घड़ी सुबह के 9:20 दिखा रही थी। उसने सोचा कि वह एक घंटे के बाद लू याओ से बात करेगी।

साँस लेने और छोड़ने के दौरान, जिओ मिंग ने भव्य स्वर्ण मंदिर में बिताए पलों को फिर से याद किया। अपने ध्यान के दौरान, वह सिख गुरुओं की छवियों को देख सकती थी। उसके मानसपटल पर सभी दस गुरु प्रकट हुए। वह जोश, करुणा, वीरता और बहादुरी से भर उठी।

अचानक, फ़ोन की घंटी बजने की आवाज़ ने शांति भंग कर दी। उस आवाज़ ने जिओ मिंग को झकझोर कर झटके के साथ ध्यान से बाहर निकाल दिया; सचमुच वह गहरी नींद से खींचकर निकाली गई थी। फ़ोन तक पहुँचने के लिए उसने हाथ बढ़ाया और घड़ी देखकर दंग रह गई; दोपहर के दो बजे थे!

"हैलो, अरे जिओ मिंग, मैं रमेश," फ़ोन पर उधर से आवाज आई।

"हाँ... बोलो," वह धीरे से बोली।

"कहाँ हो इतने दिनों से? मेरे पास तुम्हारे लिए एक रोमांचित कर देने वाली खबर है। दोपहर के भोजन के लिए आओ यदि तुमने कुछ और तय न कर लिया हो," वो बोला।

फटाफट तैयार होकर, थोड़ी देर में ही जिओ मिंग रमेश के घर पहुँच गई और अनव को वहाँ पहले से ही देखकर हैरान रह गई। उन्होंने सांभर और रसम के साथ स्वादिष्ट डोसा, इडली और उपमा खाया। सोने पे सुहाग तो तब हुआ जब वंदना ने सबको खाने के बाद गर्मागर्म *फ़िल्टर कॉफ़ी* परोसी।

इसके लिए वंदना को धन्यवाद देते हुए जिओ मिंग ने अपनी अमृतसर यात्रा के बारे में बताना शुरू किया। "शुरू में तो मेरे दिमाग में सैकड़ों विचार घूम रहे थे, लेकिन स्वर्ण मंदिर में सेवा करने के कुछ ही दिनों में, मैं अपनी साँसों को नियंत्रित करके बहुत सहजता से ध्यान करने में सफल रही।" जिओ मिंग ने आत्मविश्वास और संकल्प के साथ रमेश को बताया।

"सचमुच? मैं तुम्हारी समझ और पकड़ की गतिशीलता से चकित हूँ," वंदना बोली।

इसके बाद वह अपनी अगली यात्रा की योजनाएँ बनाने में जुट गए। उनकी इस यात्रा में रमेश और वंदना ने भी साथ चलने का निर्णय किया।

एसयूवी चलाने का जिम्मा अनव ने उठाया और कुछ ही दिनों में वे सड़क-मार्ग से दिल्ली से हिमालय की गोद में फैली फूलों की घाटी के लिए निकल पड़े।

झगड़ा

प्रोग्राम के बारे में सुनते ही झगड़ा हो गया। लु याओ को जिओ मिंग का हिमालय की यात्रा करने का निर्णय तनिक भी रास नहीं आया। "तुम्हारी यात्राएँ तो अनंत लगने गई हैं। मैं तुम्हारे इस तरह के आवेगपूर्ण फ़ैसलों से परेशान हो चुका हूँ। मुझे बहुत गुस्सा आ रहा है," लु याओ ने उसे डाँटते हुए कहा।

"मुझे साफ़-साफ़ बताओ कि इंडिया में कब तक रहने का इरादा है तुम्हारा?" उसने सख्ती के साथ सवाल किया।

"मुझे नहीं पता," जिओ मिंग ने ईमानदारी से जवाब दिया।

"तुम जानते हो कि मैं स्वयं को खोजने और समझ पाने की ओर जाते रास्ते की दहलीज़ पर खड़ी हूँ। क्या तुम मेरे लिए खुश नहीं हो? तुम तो जानते ही हो कि मेरे

साथ क्या हुआ था और उसने मुझे किस तरह से प्रभावित किया है। मेरी मदद करने के बजाय तुम चिड़-चिड़ करती बूढ़ी दादी की तरह व्यवहार कर रहे हो," जिओ मिंग ने आक्रोश से जवाब देते हुए फ़ोन काट दिया। और इस बात ने लू याओ के गुस्से और हताशा को बढ़ाने में आग में घी का काम किया।

"अब हम फूलों की घाटी की ओर बढ़ रहे हैं। यह हिमालय की खूबसूरत घाटियों में स्थित एक बहुत ही आकर्षक स्थल है। मुझे पूरा यकीन है कि वहाँ हम सभी ताज़ी हवा में साँस ले सकेंगे, और वहाँ के नर्मल तथा प्रदूषण मुक्त वातावरण का आनंद ले सकेंगे, और इस सब के साथ भारत के प्राचीन ऋषियों की तरह ध्यान भी करेंगे," रमेश ने भरोसे के साथ कहा।

"ऋषि... ऋषि कौन होते हैं?" जिओ ने कुछ उत्सुकता और् कुछ अचम्भे से पूछा।

"इसके पहले कि मैं इसका जवाब दूँ, पहले तो यह बातों कि सब ठीक तो है न? तुम कुछ परेशान लग रही हो," रमेश ने जिओ मिंग की ओर देखते हुए कहा।

"वर्तमान में रहना चाहिए," अपने आँसुओं को छिपाते हुए जिओ मिंग ने उत्तर दिया।

"सही कहा! तो फिर, तुम्हारे सवाल के जवाब में... ऋषि, प्राचीन युग के संत हुआ करते थे, जो योग के बेहद कठोर अभ्यास, अपनी साँसों पर नियंत्रण और ध्यान की शक्ति से एकाग्रता की अपार शक्ति विकसित कर लिया करते थे," वंदना ने बताया।

"लोग सपना देखते हैं कि एक दिन वे हर घाटी को पार कर लेंगे, हर पहाड़ को जीत लेंगे, उबड़-खाबड़ जगहों को सीधा-सपाट कर लेंगे और इस सब से उनके जीवन में देवत्व की महिमा और उदारता का प्रादुर्भाव हो जाएगा।"

"इसमें कोई संदेह नहीं है कि एक ऐसी जगह जहाँ पर पहुँचकर, एक ऐसा काम जिसे करके असीम संतोष मिलता है, वह है 'फूलों की घाटी' का ट्रेक। यह एक विश्व धरोहर स्थल है। यहाँ आने वालों में, जिनका धार्मिक या आध्यात्मिक उद्देश्य होता है, उनके लिए केदारनाथ, बद्रीनाथ, जोशीमठ, गंगोत्री और यमुनोत्री यहाँ से बहुत दूर नहीं हैं," रमेश ने ज़िक्र किया।

"देखो, 'फूलों की घाटी' का ट्रेक करीब चार से पाँच दिन का होता है और प्रकृति

की विस्मित कर देने वाली अपार सुंदरता को देख पाने का जीवन में एक बार मिलने वाला मौका है," रमेश ने *'लोनली प्लानेट'* की अपनी प्रति में से यह शब्द पढ़कर सुनाते हुए कहा।

फिर उसने एक पॉडकास्ट चालू कर दिया और वे चारों उसे बड़े ध्यान से सुनने लगे।

घाटी अल्पाइन फूलों के प्रसिद्ध मैदानों और दूर तक फैली विविधतापूर्ण वनस्पतियों और जीवों की प्रजातियों से आबाद है। यह क्षेत्र जैव-विविधता से समृद्ध है। यह अनेकों दुर्लभ और लुप्तप्राय जानवरों का भी घर है, जिनमें एशियाई काला भालू, हिम तेंदुआ, भूरा भालू, दुर्लभ लाल लोमड़ी और नीली भेड़ शामिल हैं। पार्क में रहने वाले पक्षियों में दुर्लभ हिमालयी मोनाल तीतर और अन्य ऊँचे इलाकों में पाए जाने वाले पक्षी शामिल हैं।

समुद्र तल से लगभग 3,352 से 3,658 मीटर की ऊँचाई पर स्थित, 'फूलों की घाटी राष्ट्रीय उद्यान' का सौम्य परिदृश्य पूर्व में 'नंदा देवी राष्ट्रीय उद्यान' के ऊबड़-खाबड़ पहाड़ी जंगल का पूरक है। यह भूभाग, ज़ांस्कर पर्वत श्रृंखलाओं और विशाल हिमालय के बीच विपरीत प्राकृतिक वातावरण को जोड़ने वाली एक कड़ी के समान है। यह पार्क अपने आप में लगभग सत्तासी वर्ग किलोमीटर के विस्तार में फैला हुआ है।

यद्यपि इस स्थान को लगभग एक शताब्दी पहले से ही अंतर्राष्ट्रीय स्तर पर मान्यता मिली है, लेकिन हिंदू धर्म में इसका महत्त्व बहुत प्राचीन है। कल्पों से स्थानीय निवासियों ने घाटी में भ्रमण किया है। प्राचीन भारत के ऋषि-मुनी इस घाटी में सदा से तपस्या के लिए आते रहे थे।

आदि शंकराचार्य, जिन्होंने अद्वैत दर्शनशास्त्र की स्थापना की, ने कम उम्र में ही केरल के कलाडी से लेकर इन प्राचीन शिखरों तक का सफर तय किया और बद्रीनाथ में पूजनीय मंदिर की स्थापना की। संभवत: उन्होंने भी 'फूलों की घाटी' का भ्रमण किया होगा।

वर्ष 1931 में, फ्रैंक एस स्मिथ, एरिक शिप्टन और आर एल होल्ड्सवर्थ, सभी ब्रिटिश पर्वतारोही, माउंट कामेट पर पर्वतारोहण के सफल अभियान से लौटते समय अपना रास्ता भटक गए और इस घाटी में आ पहुँचे, जो उस समय खूबसूरत फूलों से लहक रही थी। इस क्षेत्र की खूबसूरती में कुछ ऐसा चुंबकीय आकर्षण था कि वे यहाँ पहुँचकर मंत्रमुग्ध हो गए और इसे' फूलों की घाटी या वैली ऑफ़ फ्लावर्स' का नाम

दे दिया।

वर्ष 1939 में, रॉयल बॉटनिकल गार्डन, केव, द्वारा नियुक्त एक वनस्पतिशास्त्री, जोन मागरिट लेगे, यहाँ की समृद्ध वानस्पतिक विविधता और फूलों की प्रचुरता की जाँच करने के लिए घाटी में पहुँचीं। जब वे फूलों को इकट्ठा करने के लिए कुछ चट्टानी ढलानों को पार करने की कोशिश कर रहीं थीं कि तभी उनका पैर फिसल गया, और इस त्रासदी में एक कीमती जीवन समाप्त हो गया। बाद में उनकी बहन यहाँ इस घाटी में आई थीं और उन्होंने ने उस घटनास्थल के पास एक स्मारक बनवा दिया था।

ये फूलों की घाटी के आधुनिक इतिहास की कहानी के कुछ अंश हैं जो इसके भूगोल और इतिहास में रोमांच जोड़ देते हैं।

इन दुर्गम और दुष्कर चोटियों और घाटियों को पार करते हुए, यात्री सिखों के सबसे पवित्र तीर्थ स्थलों में से एक 'श्री हेमकुंड साहेब' में माथा अवश्य टेकते हैं।

सैलानी या ट्रेकर्स इस भव्य घाटी से गुज़रते हुए यहाँ के प्राकृतिक वैभव से रूबरू होते हैं। यह ट्रेक आमतौर पर जोशीमठ से लगभग एक घंटे की दूरी पर गोविंदघाट से शुरू होता है। गोविंदघाट से ट्रेकर्स घाटी से लगभग तीन किलोमीटर दूर घांघरिया जाते हैं। घांघरिया में फूलों की घाटी की यात्रा करने के लिए वास्तव में परमिट प्राप्त करने की आवश्यकता होती है। घाटी की यात्रा की अनुमति केवल दिन के दौरान ही दी जाती है।

सैलानी हरिद्वार, जोशीमठ और ऋषिकेश जैसे स्थलों को अपने यात्रा-कार्यक्रम में शामिल करने की योजना बना सकते हैं। कठिन पहाड़ी रास्तों पर ट्रेकिंग करने और ऋषिकेश या हरिद्वार के पास गंगा की लहरों पर राफ्टिंग करने के अलावा, आसपास के कई अन्य दर्शनीय स्टैंडआउट पॉइंट और खूबसूरत स्थल हैं।

इनमें हर-की-पौड़ी की यात्रा, हरिद्वार में पवित्र संध्याकाल में गंगा आरती देखना, पंच प्रयाग, (विष्णुप्रयाग, नंदप्रयाग, कर्णप्रयाग, रुद्रप्रयाग और देवप्रयाग, जो अन्य नदियों के साथ अलकनंदा के संगम के पांच बिंदु हैं) और ऋषिकेश और उसके आसपास में दर्शनीय स्थलों की यात्राएँ शामिल हैं।

ये कुछ ऐसे आश्चर्यजनकरूप से खूबसूरत नज़ारे हैं जिनसे यात्री रूबरू होते हैं और जिनकी यादें वे जीवनभर के लिए अपने साथ सँजोकर ले जाते हैं।

फूलों की घाटी और अन्य भव्य स्थानों की यात्रा करने पर, अमरीकी लेखक,

जॉन बरोज़ के इन शब्दों की सत्यता में एक दृढ़ विश्वास पैदा हो जाता है, "आप जितना समझते हैं, आप उससे कहीं ज़्यादा दिव्यता और अपनी आत्मिकशक्ति के सच्चे स्रोतों के करीब होते हैं।"

हृषिकेश

फूलों की घाटी के इन लुभावने दृश्यों में दिल्ली से आए हुए ये पर्यटक पूरी तरह से डूबे हुए थे। अविस्मरणीय ट्रेक पूरा करने के बाद, वे ऋषिकेश की ओर चल पड़े।

रास्ते-भर पड़ने वाले सुंदर-सुंदर धार्मिक शहर भक्तों, पर्यटकों, एकल-यात्रियों और साधकों पर समान रूप से एक चुंबकीय जादू बिखेरते हैं और सभी पर एक समान प्रभाव डालते हैं।

यह शहर गंगा के तट पर एक खड़ी चट्टान पर स्थित है जहाँ से नदी दिखाई देती है। ऋषिकेश गढ़वाल पर्वतक्षेत्र का प्रवेश द्वार है और इसने "विश्व की योग राजधानी" की उपाधि अर्जित की है। शहर का नाम 'हृषिकेश' शब्द से लिया गया है, जो भगवान विष्णु के अनेकों नामों में से एक है और जिसका अर्थ है 'वो जिसने इंद्रियों में महारत हासिल कर ली है'।

उन्होंने बीती शाम होटल में *चेक-इन* कर लिए था। अगली सुबह जब जिओ मिंग उठी तो खिड़की के पास खड़ी होकर बाहर देख रही थी कि तभी अचानक एक आवेग में, उसने सामने घाट पर टहलने जाने का फैसला कर लिया। वो टहलते हुए थोड़ा ही आगे बढ़ी थी कि उसे वहाँ एक चिर-परिचित व्यक्ति दिखाई पड़ गया।

वो कोई और नहीं बल्कि रमेश था, जो वहाँ घाट पर योगाभ्यास कर रहा था। वह बहुत ही सहजता और लयात्मक तरीके से सूर्य नमस्कार कर रहा था।

"ऐसा कर पाने के लिए बहुत अभ्यास और अत्यधिक मानसिक दृढ़ता की आवश्यकता होती होगी। विशेष रूप से एक लंबी यात्रा के बाद," रमेश को देखकर जिओ मिंग का मन विस्मय और प्रशंसा से भर उठा।

भारत के बारे में जानकारी जुटाते हुए उसने *यू-ट्यूब* पर 'सूर्य नमस्कार' से संबंधित तस्वीरें देखी थीं। "यह एक आदर्श *कार्डियो एक्ससाइज़* है और शरीर की नसों को एक सर्वोच्च स्तर तक फैलाता है। यह क्रिया निश्चित रूप से 'ताई ची' के जैसी ही है," जिओ मिंग सोच रही थी।

जिओ मिंग तल्लीनता से रमेश को किसी *बैले डांसर* की स्फूर्ति और लोच के

साथ 'सूर्य नमस्कार' करते हुए देख रही थी। वो यह देखकर बहुत प्रभावित भी थी और आश्चर्यचकित भी। उस समय उसको रमेश का व्यक्तित्व बहुत ही ओजस्वी लग रहा था; न ही वो अपने वातावरण से विलग था और न ही उसमें सम्मिलित!

रमेश, गर्मजोशी से भरा हुआ, करुणापूर्ण, बुद्धिमान व्यक्ति था जिसमें एक आदर्श गुरु बनने के सारे गुण थे। और फिर कौन उसकी प्यारी, मृदुभाषी, बहुआयामी-व्यक्तित्व वाली पत्नी वंदना की उपेक्षा कर सकता था। यह दंपति वास्तव में इस बात का एक सटीक उदाहरण था कि एक सकारात्मक जीवन क्या और कैसा होता है!

भोर के उन पलों में जब वह घाट पर पहुँची, तब तक ज़्यादा अँधेरा नहीं रह गया था। मंदिर और अन्य पूजा स्थल खुल रहे थे और भक्तों की भीड़ मंदिरों की ओर बढ़ रही थी।

वह ऋषिकेश के मंदिर जाने को उत्सुक थी, ताकि वह यह देख सके कि क्या यहाँ के मंदिर भी 'स्वर्ण मंदिर' की तरह ही साफ़-सुथरे थे?

"क्या यहाँ भी ध्यान की तीव्रता वहाँ के समान ही होगी?" जिओ मिंग उत्सुकता से सोच रही थी। उसे महसूस हो रहा था कि अब वो सिर्फ़ भौतिक-इच्छाओं से ग्रस्त इंसान नहीं रह गई थी बल्कि अब वो आध्यात्मिक उन्नति के पथ पर अग्रसर हो चुकी थी।

इस सब के बीच जिओ मिंग टहलते हुए रमेश के पास पहुँच गई और वहाँ वो 'ताई ची' का अभ्यास करने लगी। रमेश ने उसकी ओर देखा और मुस्कुराया और फिर ध्यान में लीन होने से पूर्व उसने कुछ देर 'प्राणायाम' किया। जल्द ही वंदना भी वहीं आ गई।

ध्यान-सत्र पूरा होने के बाद जिओ मिंग बहुत ऊर्जावान और करुणायुक्त महसूस कर रही थी। उसने लू याओ को फ़ोन किया।

"मुझे तुम्हारे साथ रूखा बर्ताव नहीं करना चाहिए था। मैं अपने व्यवहार और शब्दों के लिए तुमसे माफ़ी माँगती हूँ। आखिरकार, एक सिर्फ़ तुम ही हो जो कि मेरे आक्रोश को समझते हो। कुछ समय तक मेरी इन यात्राओं को और झेल लो, मैं जल्द से जल्द लौट आऊँगी," जिओ मिंग ने नर्मीयत के साथ कहा।

"नहीं, मैं भी उबाल पर था। मुझे तुम्हारी याद आ रही है और उसके साथ ही मैं तुम्हारी सुरक्षा को लेकर भी बहुत चिंतित हूँ," लू याओ ने जवाब दिया। जिओ मिंग

बोली कि वो उसकी बात को समझ रही थी और फिर उसने सतर्क रहने का और अजनबियों से दूर रहने का वादा किया।

जिओ मिंग और बाकी सभी के लिए 'हेमकुंड साहिब' की यात्रा बहुत ही उत्साहवर्धक साबित हुई। रास्ता दुर्गम था; ऊँचे-ऊँचे पहाड़ों से घिरा हुआ, अनछुआ प्राकृतिक सौन्दर्य, जहाँ सब तरफ बिखरी हुई विशाल चट्टानों के एक तरफ़ से बहती हुई गंगा नदी थी। गुरुद्वारे के चारों ओर बिखरा प्राकृतिक सौन्दर्य अद्भुत था, जिसे देखकर इन चारों को प्रकृति की दिव्यता का अनुभव हो रहा था।

"मैं अपने सभी *मेडिटेशन* सीखने वाले शिष्यों को इस जगह के बारे में ज़रूर बताऊँगा," रमेश वंदना से बोला, जो उस पल प्रकृति की खूबसूरती का रसास्वादन करती हुई उसमें खोई हुई थी और रमेश की बात से अपना समर्थन जताते हुए उसने बस हाँ में अपना सिर हिला दिया।

एक बार फिर वे चारों *एसयूवी* में सवार हो लिए और आध्यात्म के मार्ग पर सफलता हासिल करने के तरीकों पर जोश-खरोश के साथ अपने-अपने विचार रखते हुए अपनी यात्रा पर आगे बढ़ चले।

वंदना ने रमण महर्षि के कथन को याद करते हुए कहा - *"अनैच्छिक विचारों से स्वतंत्रता का स्तर और किसी एक बिन्दु पर ध्यान केंद्रित कर पाने की क्षमता ही आध्यात्मिक उन्नति का सही मापदंड है।"*

जिओ मिंग ने इस बात पर गौर करते हुए यह निष्कर्ष निकाला कि निश्चित रूप से आध्यात्मिक प्रगति को इसी मापदंड पर परखना होगा।

वे सब हरिद्वार की ओर बढ़ रहे थे। अनव गाड़ी चला रहा था। और इस बीच जिओ मिंग ने कुछ समय फ़ोन पर *चैटिंग* और *टेक्स्टिंग* में बिताया। रमण महर्षि के कथन पर वंदना आगे चर्चा करती रही। वे सभी उन्नत व्यक्तित्व वाले थे और प्रत्येक की अपने-अपने जीवन से आकांक्षाएँ और सपने थे। इस यात्रा ने प्रत्येक को आत्मनिरीक्षण करने का भरपूर समय दिया।

योग तकनीक सीखने के लिए वे हरिद्वार के 'पतंजलि योगपीठ' में कुछ दिन बिताने वाले थे। उन्हें आधुनिक योग गुरु और संस्थान के संस्थापक स्वामी रामदेव के दर्शन की भी उम्मीद थी।

"यह भारत के, संभवतः पूरी दुनिया में, सबसे बड़े योग संस्थानों में से एक है।

इसका नाम ऋषि पतंजलि के नाम पर रखा गया है जिन्होंने 'पतंजलि योग सूत्र' ग्रंथ लिखा था जो 'अष्टांग योग' को विस्तार से बताता है। संस्कृत में 'योग' का अर्थ है 'युज', यानि कि ब्रह्मांडीय ऊर्जा के साथ मिलन," रमेश ने अपने साथी यात्रियों के साथ यह तथ्य साझा करते हुए बताया।

"अष्टांग योग क्या है?" जिओ मिंग की ओर से उठा यह अगला प्रश्न था।

"जिस तरह से योग शब्द का सामान्यत: प्रयोग होता है, उसके विपरीत योग केवल शारीरिक व्यायाम नहीं है। जैसी कि ऋषि पतंजली ने व्याख्या की है, अष्टांग योग, योग की आठ भुजाओं को संबोधित करता है," रमेश ने समझाते हुए कहा।

उसने स्पष्ट किया कि महर्षि पतंजलि द्वारा प्रतिपादित प्रत्येक सूत्र में व्यवहारिक और मानसिक अनुशासन शामिल हैं।

"इस प्रकार, योग केवल शारीरिक व्यायाम या मुद्रा का एक क्रम मात्र नहीं है, बल्कि इससे अधिक बहुत कुछ है। शारीरिक व्यायाम के रास्ते से अष्टांग योग साधक को पारलौकिकता तक ले जाता है। हठ योग मुख्य रूप से शारीरिक व्यायाम से संबंधित है," इसके साथ रमेश ने अपनी बात पूरी करी।

जिओ मिंग उसके ज्ञान की गहराई से बहुत प्रभावित हो गई थी।

उन चारों ने 'पतंजलि योग संस्थान' में लगभग एक सप्ताह बिताया। वहाँ आयुर्वेदिक आहार ग्रहण किया, तथा योग, ध्यान व प्राणायाम का अभ्यास करने से वे सब खुद में बड़ी ही ताज़गी महसूस कर रहे थे।

भाग्य से उनको स्वामी रामदेव के दर्शन भी प्राप्त हुए। जब स्वामी जी ने मात्र पंद्रह मिनट में 108 बार सूर्य नमस्कार पूरे किए तो वहाँ उपस्थित सभी साधकगण, शिष्य और अतिथिगण विस्मित रह गए।

एक पल को जिओ मिंग को लगा कि स्वामी रामदेव ही उसके मानसपटल पर उभरे दाढ़ी वाले व्यक्ति हैं।

"मुझे लगा कि जो व्यक्ति योगाभ्यास कर रहा था वो वही दाढ़ी वाला व्यक्ति था। लेकिन करीब से देखने पर मुझे एहसास हुआ कि मैं गलत थी। यह वह व्यक्ति नहीं था। आखिर वह कहाँ है?" उसने लू याओ को मैसेज किया।

जिओ मिंग को यह मानना पड़ा कि सादे शाकाहारी आहार का उसके ध्यान की गुणवत्ता पर काफ़ी प्रभाव पड़ा था। पहले वह असमंजस में थी। क्या उसने वास्तव में

ध्यान और प्राणायाम के उन्नत गुण को महसूस किया था? या यह योग की महानता को उजागर करने वाले लोगों और स्थानों के निरंतर संपर्क में रहने की वजह से एक अस्थायी उच्च अवस्था थी? क्या वह निरंतर अभ्यास से ध्यान में जाने में बेहतर हो रही थी? ध्यान निश्चित रूप से सात्विक भोजन के सेवन, निरंतर अभ्यास, सही श्वास और अपने आसपास के लोगों व मन द्वारा अर्जित भावों से प्रभावित था।

इसके बाद योग गुरु स्वामी रामदेव ने अपने भाषण में दावा किया कि एक व्यक्ति चौबीस बार सूर्य नमस्कार करने भर से लगभग 400 कैलोरी ऊर्जा खर्च कर सकता है। उन्होंने आगे कहा कि योग से मन प्रसन्न और पूरा शरीर को ऊर्जावान रहता है।

दिल्ली से आए इन लोगों के लिए यात्रा का मुख्य बिंदु हरिद्वार में हर की पौड़ी घाट पर पवित्र गंगा नदी के तट पर गंगा आरती देखना रहा।

यह ध्वनि और प्रकाश के समागम से उभरा एक भव्य अनुष्ठान था, जिसमें पुजारी कटोरों में आग जलाकर और मंदिर की घंटी बजाकर प्रार्थना कर रहे थे। इन चारों ने नदी में दीये और फूल अर्पित किए। मंत्रों के जाप और नदी के बहते पानी की सतह पर झिलमिलाती रोशनी से घिरी हुई भीड़ स्वयं को देवी गंगा के साक्षात दर्शन और आशीर्वाद से धन्य महसूस कर रही थी। जिओ मिंग को बनारस में इसी तरह के अनुष्ठान के अपने अनुभव की याद आ गई।

जैसा कि सभी अच्छी चीज़ों का अंत होता है, उसी तरह से यह यात्रा भी पूरी हो गई और वे सब बेहद खूबसूरत यादों के साथ दिल्ली वापस लौट लिए। जिओ मिंग का चेहरा उसके अनुभवों से चमक रहा था। और वंदना, इस चीनी लड़की की जीवन-कथा पर एक नृत्य-नाटिका तैयार करने के विचारों में खोई हुई थी।

अध्याय 14

जन्म और पुनर्जन्म

"ब्रह्मांड में प्रत्येक जीव का पुनर्जन्म होता है अर्जुन,
बस उसका ही नहीं होता है जो मुझमें लीन है।"

—भगवद्गीता

सड़क मार्ग से हरिद्वार से दिल्ली तक का सफ़र चार घंटा बावन मिनट में तय हुआ। वे भोर के पहले दिल्ली पहुँच गए।

सभी थकान से चकनाचूर थे। जिओ मिंग *विवांता* होटल के अपने कमरे के बिस्तर पर लेटते ही सो गई।

सुबह के आठ बजे थे जब रमेश ने जिओ मिंग का संदेश देखा।

"बनारस में मेरा इस बात पर ध्यान गया था कि एक तरफ़ तो शवों को जलाया जा रहा था और उनसे संबंधित कर्म-कांड किए जा रहे थे, और मैंने एक अध-जले शव को गंगा में बहते हुए भी देखा था, और दूसरी तरफ़ बड़ी श्रद्धा के साथ लोग ईश्वर की पूजा-अर्चना कर रहे थे। हरिद्वार में भी मैंने देखा कि एक तरफ मृतक के घरवाले उसकी अस्थियों को गंगा में प्रवाहित कर रहे थे और वहीं पर अन्य श्रद्धालुजन पूजा-अर्चना कर रहे थे। क्या ये भारतीय सामाज का विरोधाभास से भरा हुआ स्वरूप नहीं हैं? एक तरफ़ लोग शोक मना रहे होते हैं और वहीं कुछ लोग पास ही में उत्सव भी मना रहे होते हैं? क्या ऐसी घटनाएँ विरोधी प्रकृति की नहीं हैं? शाश्वत सत्य क्या है? मृत्यु और जीवन को एक ही चश्मे और एक ही स्थान से कैसे देखा जा पाता है? मेरा मन इन विचारों को समझ नहीं पा रहा है।"

"दोनों ही प्रथाएँ पूर्णत: एक दूसरे से विपरीत छोर पर हैं। एक स्तर पर जीवन की उत्पत्ति होती है और दूसरे पर उसका अंत। इसने मेरे दिमाग को बहुत असमंजस में डाल दिया है," पहले संदेश के तुरंत बाद ही आया यह जिओ मिंग की ओर से दूसरा

संदेश था।

संदेश को पढ़कर रमेश मुस्कुराने लगा। उसने उत्तर लिखना शुरू किया, "तुमको अपने इन सवालों का जवाब नासिक, महाराष्ट्र में मिल सकेगा। तुम्हारा मस्तिष्क इस पहेली को सुलझा लेगा।" ऐसा जवाब लिखकर रमेश सो गया।

जिओ मिंग ने अगला दिन अपने कमरे में आराम करते और सफ़र की थकान उतारते हुए बिताया। यह कमरा अब उसका घर बन चुका था, और उसकी कमरे में चीज़ें इधर-उधर बिखरी पड़ीं थीं। शाम के लगभग 4:30 बजे जब ढलते सूरज की रौशनी खिड़की से होती हुई कमरे में झाँकने लगी और जिओ मिंग के चेहरे पर पड़ी तब उससे उसकी आँख खुली।

इसके पहले उसके मोबाईल पर कई बार *कॉल* आ चुकीं थीं, लेकिन उसमें उनका जवाब देने की न तो इच्छा थी और न ही शक्ति। लेकिन यह *कॉल* थी कि लगातार आए ही जा रही थी।

आखिरकार, कुछ गफ़लत की सी हालत में जिओ मिंग ने फ़ोन उठाया तो देखा कि *कॉल* उसके घर से आ रही थी। जब उसका ध्यान समय पर गया तो उसे एहसास हुआ कि उस वक़्त उसके घर पर शाम के सात बज रहे होंगे।

"जिओ मिंग, दो दिन पहले दिल का दौरा पड़ने से तुम्हारे नाना जी का निधन हो गया है... जिओ मिंग तुम सुन रही हो...?" हताश और पीड़ा से ग्रसित उसकी माँ की उधर से आवाज़ आ रही थी।

"उनके पार्थिव शरीर को आज दफ़न कर दिया गया है। मुझे बेहद तनाव और तकलीफ़ हो रही है। मैं गहरे सदमे में हूँ। इस दुखद घटना का मेरे दिल और दिमाग पर बहुत घातक प्रभाव पड़ा है, जिसके कारण मुझे *अस्थमा* और *पैनिक अटैक* हो गया है। डॉक्टरों ने मुझे दवा की भारी खुराक दी है। अपनी हताशा में मैंने *जिन* और *टॉनिक* भी बहुत ज़्याद पी ली, और अब मुझे मेरी तबीयत और भी ज़्यादा खराब लग रही है।"

"तुम घर वापस कब आ रही हो? पिछले कई हफ़्तों से मुझे कोई भी टूटता तारा दिखाई नहीं दिया था और तभी मुझे लग गया कि ज़रूर कुछ बुरा होने वाला है, और हो भी गया। मुझे बहुत बुरा महसूस हो रहा है। क्या तुम आ सकती हो, चाहे कुछ ही दिनों के लिए आओ, लेकिन *प्लीज़* आ जाओ?" जिओ मिंग की माँ से ठीक से बोलते भी नहीं बन रहा था।

"तुम्हारे पिता भी लगातार खाँसते रहते हैं। उनका *ब्लड प्रेशर* भी बढ़ा हुआ है। हमको तुम्हारी ज़रूरत है जिओ मिंग," उसकी माँ बोलती गई।

इस खबर ने जिओ मिंग तो मानो आग के धधकते चक्रवात में घेर दिया हो। वो कुछ भी निर्णय लेने की स्थिति में नहीं रही। ऐसा नहीं था कि जिओ मिंग को अपने नाना जी से कोई बहुत लगाव था, लेकिन दु:ख की इस घड़ी में वो अपनी माँ को अकेला नहीं छोड़ सकती थी। यह तो *'हॉबसंस चॉइस'* जैसी स्थिति उत्पन्न हो गई थी। दो राहे पर खड़ी जिओ मिंग को निर्णय लेना था। एक तरफ़ तो, इस विशाल देश के दूरदराज़ इलाकों में घूमने के बाद उसे कुछ बहुत ही शानदार अनुभव हुए थे और अब उसे ऐसा लगने लगा था कि वो बस अपने जीवन की सबसे अहम खोज करने की कगार पर खड़ी हुए है। और दूसरी तरफ़ थीं उसकी अपनी ज़िम्मेदारियाँ जिनको उसे निभाना था!

'मुझे पता है मुझे क्या करना है।'

'सेवा की गुणवत्ता, आपको ध्यान में गहराई तक ले जाती है।' रमेश के ये शब्द उसके कानों में गूँज रहे थे। उसे एहसास हुआ कि यह सेवा से अधिक उसका फ़र्ज़ है। उसको आकुलता और उत्कंठा ने घेर लिया, मानो उसके सामने अचानक से सच्चाई प्रकट कर दी गई हो।

हाथ-मुँह धोकर उसे थोड़ा बेहतर महसूस हुआ; तब उसने अनव और रमेश को फ़ोन लगाया और उनको सारी बात बताते हुए तुरंत ही अपने घर वापसी के बारे में बताया। वास्तविक्ता में वो बहुत शिथिल और हत्तोत्साहित महसूस कर रही थी।

****

नासिक के रास्ते में

जिओ मिंग और अनव नासिक के लिए फ़्लाइट में थे।

"जिओ मिंग, तुम्हारे परिवार में हुई घटनाओं के बावजूद अपनी खोज को जारी रखने का तुम्हार दृढ़संकल्प सराहनीय है," अनव ने जिओ मिंग को सांत्वना देते हुए कहा।

इस टिप्पणी पर वो मुस्कुराई और फिर झपकी लेने की कोशिश करने लगी। लगातार एक के बाद एक हुई अपनी अंतर्राष्ट्रीय यात्राओं के कारण वो कई दिनों से ठीक से सो नहीं पी थी। वो एक दिन पहले ही शेनज़ेन से अपनी माँ से मिलकर वापस लौटी थी।

जो कुछ भी समय था वहाँ उसने अपने माता-पिता के साथ बिताया और जितना हो सका था अपनी माँ को सांत्वना देने की कोशिश भी करी थी। लेकिन जब जिओ मिंग भारत वापस जाने के लिए शेनज़ेन हवाई अड्डे के लिए निकलने लगी तो लू याओ से रहा नहीं गया और वो भड़क उठा। "मैं तुमको समझ ही नहीं पा रहा हूँ जिओ मिंग," हताशा और आक्रोश से भरा हुआ लू याओ मानो फट ही पड़ा।

"एक बार इंडिया में मेरा सफ़र पूरा हो जाने पर और मेरी मुलाक़ात दाढ़ी वाले आदमी से हो जाने के पर, तुम ज़रूर समझ जाओगे," जिओ मिंग ने शांति से उत्तर दिया।

"नदी के किनारे बसी इस प्राचीन सभ्यता में गंगा एक महत्त्वपूर्ण भूमिका निभाती है। जहाँ एक तरफ़ देवताओं की पूजा करी जा रही होती है तो वहीं दूसरी तरफ़ उसी स्थान पर मृतकों को आग की लपटों के हवाले कर दिया जाता है और उनके अवशेष नदी में विसर्जित कर दिए जाते हैं। ऐसा क्यों होता है?" आँखें मूँदे हुए जिओ मिंग इसी सोच में डूबी हुई थी।

अजीब बात थी कि जिओ मिंग खुद भी कुछ इसी तरह की विकट स्थिति का सामना करके आ रही थी। *स्पेक्ट्रम* के एक छोर पर, उसके नाना का हाल ही में निधन हुआ था और दूसरी ओर उसे परेशान करने वाले सवालों के जवाब खोजने के लिए अपनी यात्रा को जारी रखने का उसका दृढ़संकल्प था।

वाराणसी, जिसे भगवान शिव की नगरी कहा जाता है, में उसने जीवन और मृत्यु को एक साथ देखा था, और हरिद्वार, जहाँ पर भगवान विष्णु का वास है, में भी जीवन और मृत्यु का साथ है। जिओ मिंग की विडंबना यह थी कि उसका अंत:करण दोनों के बीच पिस रहा था।

वाराणसी = जीवन + मृत्यु
हरिद्वार = जीवन + मृत्यु
वाराणसी = शिव
हरिद्वार = विष्णु
शिव + विष्णु = जीवन + मृत्यु

वो सोच रही थी कि इस समीकरण में त्रिदेव के तीसरे देव ब्रह्मा का उपयुक्त स्थान कहाँ पर है?

"पुनर्जन्म के सत्य को समझने के लिए नासिक जाओ," रमेश के ये समझदारी भरे

शब्द जिओ मिंग की इस यात्रा के आधार थे।

कुछ देर बाद, जब जिओ मिंग नींद से जागई तो वो पुनर्जन्म पर एक वृत्तचित्र देखने लगी।

पुनर्जन्म एक दार्शनिक या धार्मिक मान्यता है जिसके अनुसार एक जीव का पराभौतिक स्वरूप, एक अलग नए भौतिक स्वरूप में जैविक-मृत्यु के बाद नए जीवन की शुरुआत करता है। इसे पुनर्जन्म या स्थानांतरगमन भी कहा जाता है। पुनरुत्थान, कुछ धर्मों द्वारा परिकल्पित एक समान प्रक्रिया है, जिसमें उसी शरीर में जीवन में वापस आना शामिल है।

यह प्रक्रिया भारतीय धर्मों का एक केंद्रीय सिद्धांत है, अर्थात बौद्ध धर्म, अधिकांश हिंदुओं, जैन धर्म, सिख धर्म और बहुत सारे अन्य मूर्तिपूजक (पेगन) धर्म। हालाँकि बहुत से ऐसे हिंदू और मूर्तिपूजक समूह हैं जो पुनर्जन्म में विश्वास नहीं करते हैं, बल्कि मृत्यु के बाद जीवन में विश्वास करते हैं। यहूदी धर्म की कई शाखों में, मूल-अमरीकी निवासियों और कुछ मूल-आस्ट्रेलियाई लोगों की कुछ मान्यताओं में यह विभिन्न रूपों में, विभिन्न पहलुओं में गुप्त रूप से और एक गूढ़ विश्वास के रूप में जीवंत है।

पुनर्जन्म का विचार प्रारंभिक वैदिक धर्मों में मौजूद नहीं था। पुनर्जन्म के विचार की जड़ें वैदिक काल के उपनिषदों में हैं, जो बुद्ध और महावीर के काल से पहले की हैं। जन्म और मृत्यु के चक्र, संसार और मुक्ति की अवधारणाएँ आंशिक रूप से तपस्वी परंपराओं से प्राप्त होती हैं जो पहली सहस्राब्दी ईसा पूर्व के मध्य में भारत में उत्पन्न हुई थीं। हालाँकि इसका कोई प्रत्यक्ष प्रमाण नहीं मिला है। गंगा घाटी की जनजातियों या दक्षिण भारत की द्रविड़ परंपराओं और सभ्यताओं को पुनर्जन्म मान्यताओं के एक अन्य प्रारंभिक स्रोत के रूप में माना गया है।

फुटेज समाप्त हो गया और इसके बाद 'राग दरबारी' का एक सुंदर राग, जिसे बांसुरी वादक हरि प्रसाद चौरसिया द्वारा प्रस्तुत किया गया था, गूँजने लगा।

जिओ मिंग ने अनव से कहा, "यह राग हृदय को गहराई से छू जाता है।"

"यकीनन," अनव ने अपनी सहमति जाते हुए कहा।

उनका विमान नासिक एयरपोर्ट पर उतरा और वहाँ से दोनों अपने होटल की ओर बढ़ लिए। अगले दिन उनका संगम जाने का इरादा था।

हिन्दू परंपरा के अनुसार, नासिक का त्रिवेणी संगम, महाकाय गोदावरी और भव्य

वारुणी व थरूनी नदी का संगम स्थल है। संगम संस्कृत का शब्द है। यह संगम स्थल हिंदुओं के लिए अतिपवित्र है। ऐसा माना जाता है कि यहाँ पर पानी में एक डुबकी लगाने से मनुष्य के सारे पाप धुल जाते हैं और उसे जीवन-मृत्यु के चक्र से मुक्ति मिल जाती है।

नासिक को श्री राम, रामायण के नायक, जिन्होंने अपने वनवास का कुछ समय यहाँ बिताया था, के नगर के रूप में भी जाना जाता है। प्राचीन काल के अनेकों कवियों जैसे ऋषि वाल्मीकि, महाकवि कालीदास और भवभूति ने अपनी रचनाओं में इस शहर की प्रशंसा करी है। गोदावरी नासिक से हो कर बहती है और यहाँ के लोगों के जीवनरेखा है।

अंतत: सभी नदियाँ बहती हुई, जाकर, सागर में समा जाती हैं। यही प्रकृति का नियम है। जैसा कि मैं कल्पना कर सकती हूँ कि गंगा गंगोत्री से और यमुना यमुनोत्री से उदिती होती हैं और बंगाल की खाड़ी तक पहुँचने से पहले ये दोनों नदियाँ भारत के भूखंड के विशाल क्षेत्र को सींचती हुई बहती हैं। कुछ अन्य नदियाँ अरब सागर में या फिर हिन्द महासागर में जाकर मिलती हैं। प्रत्येक नदी का अपना ही स्वरूप है, अपनी ही सभ्यता है, जो उसके तट पर सदियों से फलती-फूलती आ रही है। जब कोई सुदूर दक्षिण में कन्याकुमारी में विवेकानंद रॉक घूमने जाता है, तो वहाँ तीनों प्रमुख जल निकायों - हिंद महासागर, बंगाल की खाड़ी और अरब सागर को एक साथ देख सकता है।

पानी वाष्पीकृत होता है और बादल बन जाता है और फिर बरस कर धरती पर वापस आ जाता है। वही बारिश का पानी जमकर बर्फ़ में बदल जाता है। यही बारिश का पानी और पिघलती हुई बर्फ़ झरनों, नालों और नदियों का रूप लेकर अंतत: विशाल सागर में वापस जाकर मिल जाता है और फिर से यही चक्र शुरू हो जाता है।

यही जीवन का भी चक्र है। यही जीवन का सर्वोत्कृष्ट सत्य है। यही जीवन की नश्वर्यता है।

वह बुद्ध थे जिन्होंने बहती हुई नदी को देखा और महसूस किया कि बस पानी के प्रवाह के साथ चलते रहो, यही जीवन है। पानी लगातार बह रहा है। जीवन में नश्वर्यता को समझने के लिए मन को केवल पानी की गति का साक्षी होना चाहिए। यह नश्वर्यता ही हमारे अस्तित्व की एकमात्र स्थायी विशेषता है।

संगम में डुबकी लगाने के बाद, जिओ मिंग नदी में घंटा भर तैरती रही, और इस बात ने आसपास के लोगों और अनव को अचंभित कर दिया। वह अपने सारे मानसिक

बोझ त्यागकर, शायद अपने नए जन्म की तलाश करने के लिए दृढ़संकल्प थी।

उसने अपने कपड़े उतार दिए थे और लगभग पूरी तरह से नग्न थी। उसने एक ज़ेन किताब में पढ़ा था कि 'हम सब नग्न पैदा होते हैं और यह मासूमियत हमारे अहंकार से लिपटी हुई है'। बेशक, वो किसी *न्यूडिस्ट कैंप* में नहीं रह रहे थे। लेकिन जिओ मिंग जीवन की नग्नता का अनुभव करने के लिए इच्छुक थी जो कि पूर्णत: शुद्ध और सत्य था, जिसे केवल अहंकार को त्यागकर और खुद को उन्मुक्त छोड़कर अनुभव किया जा सकता था।

"इसमें कोई शक नहीं कि ये बहुत बहादुर है," अनव ध्यान लगाने के लिए अपनी आँखें मूँदते हुए सोच रहा था। पास ही नागा साधुओं का एक समूह भांग पी रहा था और जिओ मिंग की इस हरकत को बड़े चाव से देख रहा था।

जी भर के तैर लेने के बाद, जिओ मिंग ने करीब एक घंटे तक ध्यान लगाया और अपने नाना के निधन की दुखद घटना और नासिक की यात्रा तक के अपने पूरे जीवन को फिर से जी लिया।

वह अपने जीवन में उस अनजान सी कमी को ज़रूर दूर कर सकेगी, इस पर उसे भरोसा था। उसके इस ध्यान सत्र ने उसमें वह विश्वास जगा दिया था। और अब वह सकारात्मक ऊर्जा से भरी हुई जिओ मिंग बन चुकी थी जो होटल वापस जाने के लिए एसयूवी में सवार हो रही थी।

प्रारम्भिक वेदों में कर्म और पुनर्जन्म के सिद्धांत का उल्लेख नहीं है, लेकिन मृत्यु के बाद के जीवन में विश्वास का उल्लेख अवश्य है। जो प्रारम्भिक उपनिषद, पूर्व-बुद्ध काल और पूर्व-महावीर काल के हैं, उनमें इन विचारों को एक सामान्य तरीके से विकसित और वर्णित किया गया है। इस विचार का विस्तृत विवरण पहली बार पहली सहस्राब्दी ईसा पूर्व के मध्य के आसपास विविध परंपराओं में दिखाई देते हैं, जिनमें बौद्ध धर्म, जैन धर्म और हिंदू दर्शन की विभिन्न विचार-शृंखलाएँ शामिल हैं, जिनमें से प्रत्येक ने सामान्य सिद्धांत को एक अनूठी अभिव्यक्ति प्रदान की।

प्रारंभिक बौद्ध ग्रंथ 'संसार के सिद्धांत' के रूप में पुनर्जन्म की चर्चा करते हैं। यह सिद्धांत दावा करता है कि अस्तित्व की प्रकृति है 'शुरुआत या अंत के बिना जीवन, मृत्यु और पुनर्जन्म का एक पीड़ा-रहित चक्र'। इसे अस्तित्व के चक्र के रूप में भी जाना जाता है, जिसे भावाकरा या भवचक्र भी कहते हैं। इसका उल्लेख अक्सर बौद्ध धर्म ग्रंथों में पुनर्भाव या पुनर्जन्म शब्द के साथ किया जाता है। अस्तित्व के इस चक्र

से मुक्ति प्राप्त करना ही निर्वाण है, जो कि बौद्ध धर्म का सबसे महत्वपूर्ण उद्देश्य है और आधार भी है।

बौद्ध ग्रंथ यह भी दावा करते हैं कि एक प्रबुद्ध व्यक्ति अपने पिछले जन्मों को जानता है, और् उसे यह ज्ञान उच्च स्तर की ध्यान साधना से प्राप्त होता है।

प्रारंभिक बौद्ध परंपराओं में, सांसारिक ब्रह्माण्ड में पाँच क्षेत्र शामिल थे जिनके मध्य से अस्तित्व का चक्र चलता है। इसमें नर्क, भूत, जानवर, इंसान और देवता शामिल हैं। बाद की बौद्ध परंपराओं में, यह सूची पुनर्जन्म के छह लोकों की सूची में बढ़ गई, जिसमें देवताओं को भी जोड़ दिया गया।

"यह जन्म और पुनर्जन्म की अवधारणा है जिसे तुम्हारे विद्वान मित्र ने भेजा था, और संगम में तैरते हुए मैंने अपना पूरा जीवन जी लिया। मैं पंख की तरह हल्का महसूस कर रही हूँ। उम्मीद है मैं ऐसा आगे भी करती रहूँगी। हालाँकि, जैसा कि तुम्हारे मित्र ने कहा, 'हमारे सांसारिक अस्तित्व के दौरान हम कर्म अर्जित करते हैं'। यह कर्म चक्र कभी न खत्म होने वाली प्रक्रिया है, बिल्कुल वैसे ही जैसी तुमने उपमा दी थी नदी के बारे में जो पहाड़ की चोटी से निकलती है और समुद्र में विलीन हो जाती है और एक बार फिर वाष्पित हो जाती है और यह चक्र निरंतर जारी रहता है। बुद्ध की तरह हमें भी पूर्ण वैराग्य के मार्ग पर चलना है। यही जीवन की चुनौती है। ऐसी स्थिति में कर्म संचित नहीं होते हैं।"

∑जीवन = अलगाव + एक दर्शक होना + जीवन के प्रवाह के साथ चलना

हमेशा की तरह, गणित एक समीकरण के रूप में सारांशित करने से जिओ मिंग के लिए इसके सार को एक ही कथन में समझना आसान हो गया।

"मैं धीरे-धीरे जीवन की अनियमित्ताओं, मेरे मन में छिपे दैत्यों व राक्षसों और मेरे जीवन में कमी को समझने की प्रक्रिया में हूँ। इसका कर्म चक्र से कुछ तो लेना-देना है ही। आज मेरा दिमाग आहिस्ता से धीरे-धीरे संतुलन की ओर बढ़ रहा है," जिओ मिंग ने कहा।

अनव ने उत्तर दिया, "यकीनन, तुम बहुत कम समय में ही काफी आगे बढ़ गई हो जिओ मिंग। बहुत बढ़िया!"

"तो अब अगला कदम क्या है?" अनव से पूछते हुए उत्साहित जिओ मिंग मुस्कुरा दी।

अध्याय 15

ध्यानमग्न होने के लिए पुनर्जन्म

"विपश्यना-ध्यान आत्म-निरीक्षण के माध्यम से किया गया आत्म-परिवर्तन है।"

— सयागी उ बा खिन

"प्रत्येक सवेरा, हमारे जीवन के पुनर्जन्म का प्रतीक है, इसलिए कल के सभी पलों को भूल जाओ और आज को अपने जीवन का सबसे खूबसूरत दिन बनाओ," पत्थर पर लिखे गए ये बुद्ध के सुनहरे शब्द थे।

इस अटल सत्य की खूबसूरती का असर धीरे-धीर अब जिओ मिंग पर होने लगा था।

जिओ मिंग और अनव, दोनों सड़क मार्ग से इगतपुरी जा रहे थे। अनव ने रमेश का पॉडकास्ट सुनने के लिए ईयरफ़ोन लगा रखे थे।

जिओ मिंग को अनोखी अनुभूति हो रही थी। एक घंटे में वह उस पहाड़ी पर पहुँचने वाली थी जहाँ पहुँचकर वो विपश्यना ध्यान पद्धति सीख सकेगी। यह विचार उसे बहुत रोमांचित कर रहा था।

नाक से साँस लेते रहें और साँस लेने और छोड़ने की प्रक्रिया को महसूस करें। धीरे-धीरे दूसरे नथुने से साँस लें, जिसे 'नाडी शोधन प्राणायाम' कहा जाता है। आप कुछ अशांति महसूस कर सकते हैं और मन व्याकुल हो सकता है लेकिन अंततः वह शांत हो जाएगा। भटकता हुआ मन जो सकारात्मक और नकारात्मक दोनों तरह के विचारों से भरा हुआ रहता है, अंततः आराम पाएगा। अपने सभी विचारों और भावनाओं को स्वीकार करें और आपके प्रयास से मन स्थिर हो जाएगा। जब मन स्थिर हो जाता है और वर्तमान क्षण में रहने की उच्चतम अवस्था में पहुँच जाता है यही वह बिंदु होता है यहाँ पहुँचकर आपकी एकाग्रता के स्तर में भारी उछाल आ जाता है।

अनव निर्देशों का पालन करते हुए ध्यान लगाने का प्रयास कर रहा था और जिओ मिंग रास्ते के नज़ारों का लुत्फ़ उठा रही थी।

"जिओ मिंग यह आवश्यक है कि व्यक्ति नि:स्वार्थ सेवा करे और बिना विफल हुए अपनी श्वास पर ध्यान दे और तप करे। जो मुझे विपश्यना के बारे में अब तक समझ आया है, वह है कि विधि का पालन करते हुए हम वर्तमान में जीना शुरू करें और इस बात को महसूस करें कि बाकी सब कुछ क्षणभंगुर है," अनव ने जिओ मिंग से ज़िक्र किया।

"मैंने भी एक बात महसूस की है," जिओ मिंग ने बात आगे बढ़ाते हुए कहा, "बुद्ध ने स्वयं कभी ईश्वर के बारे में खुलकर कुछ नहीं कहा है, लेकिन कर्मचक्र की बात अवश्य की है। बौद्ध ग्रंथ इस बात पर ज़ोर देते हैं कि ज्ञानी व्यक्ति अपने पिछले जन्म के बारे में जानता है, और यह ज्ञान जो उसे उच्च स्तर की ध्यान एकाग्रता के माध्यम से प्राप्त हुआ होता है," उसने समझाया।

"तो फिर इस तरह के व्यक्ति को एक घंटे तक तैरना नहीं चाहिए और इस तरह से आस-पास के माहौल में खलबली पैदा नहीं करनी चाहिए जिसका खामियाज़ा उसके दोस्त को झेलना पड़े," अनव ने हँसते हुए कहा।

विपश्यना केंद्र, इगतपुरी

जिस तरह से त्रियमबकेश्वर मंदिर नासिक के लिए महत्त्वपूर्ण है, उसी तरह से धम्मा गिरी, इगतपुरी के लिए है।

जिओ मिंग ने नासिक में आत्मा के पुनर्जन्म और स्थानांतरण से संबंधित नैसर्गिक प्रश्नों को उठाया था। क्या उसे अब उसके जवाब मिलेंगे, वो उत्सुकता से भविष्य के बारे में सोच रही थी।

"धम्म गिरि, जिसे 'धम्म की पहाड़ी' के रूप में जाना जाता है, यह वर्षों से दुनिया के सबसे बड़े विपश्यना केंद्र के रूप में प्रसिद्ध है। यह ध्यान केंद्र विपश्यना ध्यान के शिक्षण का केंद्र है इसे एस.एन. गोयनका ने, वर्तमान म्यांमार के अपने गुरु, सयागी यू बा खिन द्वारा निर्धारित परंपराओं के अंतर्गत स्थापित किया था," जिओ मिंग को दिल्ली में अपने सात दिवसीय ध्यान सत्र के दौरान रमेश के शब्द याद आ गए। जिओ मिंग रमेश की टॉक को आगे भी सुनती रही।

बौद्ध धर्म के प्रमुख अमरीकी लेखक जैक कॉर्नफील्ड ने लिखा है, "हर पीढ़ी में, कुछ दूरदर्शी और ज्ञानी गुरु होते हैं जो दुनिया को रोशन रखने के लिए धर्म के दीपक

को ऊँचा रखते हैं। दलाई लामा और थिच नहत हान, श्रीमान एस.एन. गोयनका हमारे समय के महान विश्व गुरुओं में से थे।"

जिस प्रकार पूर्णिमा के दिन ने बुद्ध के जीवन में एक महत्त्वपूर्ण भूमिका निभाई थी, उसी तरह यह एस एन गोयनका के साथ भी था, जिनका जन्म 29 तारीख को हुआ था और उन्होंने 29 तारीख को अपना नश्वर्य शरीर त्यागा था। बेशक, महीने अलग थे। उनका जन्म जून 1924 में एक समृद्ध व्यवसायी परिवार में हुआ था और सितंबर 2013 में उन्होंने इस संसार को छोड़ दिया। सत्यनारायण गोयनका माइग्रेन की गंभीर समस्या से पीड़ित थे, जिसके लिए उनका इलाज मॉर्फिन की दवा के माध्यम से किया जाता था। एस.एन. गोयनका जी मास्टर सयागी ऊ बा खिन के शिष्य बन गए और विपश्यना की श्वास और ध्यान तकनीक के माध्यम से उन्होंने माइग्रेन की अपंग कर देनेवाली विनाशकारी समस्या पर विजय प्राप्त की। सन् 1969 में, एस एन गोयनका जी भारत आ गए और विपश्यना की प्राचीन प्रथा को उस भूमि पर फिर से स्थापित किया जहाँ से इसकी उत्पत्ति हुई थी।

यह शाक्यमुनि बुद्ध ही थे जिन्होंने मानवता को विपश्यना उपहार में दिया था।

गोयनका जी की शिक्षाओं ने इस बात पर ज़ोर दिया कि बुद्ध के द्वारा दिखाया गया मुक्ति का मार्ग गैर-सांप्रदायिक, सार्वभौमिक और वैज्ञानिक है। वे एक प्रभावशाली शिक्षक बने और अंतर्राष्ट्रीय स्तर पर गैर-व्यावसायिक विपश्यना ध्यान केंद्र स्थापित करने में उन्होंने महत्त्वपूर्ण भूमिका निभाई।

जैसे ही पॉडकास्ट खत्म हुआ उसके बाद, प्रसिद्ध बाँसुरी वादक हरी प्रसाद चौरसिया के द्वारा 'राग मल्हार' का वादन शुरू हो गया।

कुछ दिन पहले जिओ मिंग ने गंभीर 'राग दरबारी' सुना था और अब वो 'राग मल्हार' सुन रही थी, जो कि निर्झर बरसती बारिश और पानी के माध्यम से शाश्वत आशा का द्योतक है। उसके मन-मस्तिष्क में भी उम्मीद की लौ जल उठी थी।

विपश्यना ध्यान तकनीक का सर्वोत्कृष्ट अनुभव

जिओ मिंग और अनव ने दस दिवसीय विपश्यना पाठ्यक्रम के लिए नामांकन करवाया। इगतपुरी का यह पाठ्यक्रम, रमेश के घर पर बँधन मुक्त पाठ्यक्रम की तुलना में बहुत अधिक संरचित था। दिन की शुरुआत सुबह 6:30 बजे और समाप्ति रात 9:00 बजे होती थी। यहाँ का पाठ्यक्रम श्वास और ध्यान सत्रों की एक श्रृंखला के रूप में बँधा हुआ था। भोजन सादा और सात्विक था। राजसिक और तामसिक भोजन

वर्जित थे, क्योंकि ऐसा माना जाता है कि वे शरीर और मन में क्रमशः बेचैनी और सुस्ती पैदा करते हैं, जिससे ध्यान की प्रक्रिया बाधित होती है।

"प्रिय लू याओ, मैं इगतपुरी पहुँच चुकी हूँ और अगले दस दिनों तक चुप रहने वाली हूँ क्योंकि मैं विपाशना ध्यान शुरू करने जा रही हूँ," उसने टेक्स्ट संदेश भेजा।

"आशा है कि यह तुम्हारे जीवन में नया मोड़ लेकर आएगा और तुम उसे खोज पाओगी जिसकी तुमको तलाश है," उधर से उत्तर आया।

जिओ मिंग के लिए एक बात बड़ी ही अगल साबित होने वाली थी। इस कार्यक्रम के चलते इसकी पूरी अवधि में इसमें भाग लेने वालों को मौन रहने के साथ-साथ एक दूसरे की आँखों में भी नहीं देखना था। इससे ध्यान में आंतरिक शुद्धता आ ती है।

जिओ मिंग को वहाँ के विशाल परिसर में सैर करने में बहुत आनंद आता। वो अपने जीवन को फिर से जी रही थी लेकिन अब उसकी गति लगातार कम होने लगी थी। उसने महसूस किया कि जल्दबाजी में ज्ञान और ज्ञान प्राप्त करने की इच्छा भी बाधाओं के रूप में कार्य कर सकती है।

बुद्ध कहते हैं कि जीवन की घटनाओं को देखो और समझो। साँस लेने और छोड़ने की प्रक्रिया का निरीक्षण करो। बहती नदी का निरीक्षण करो। देखो, पानी अभी-अभी वहाँ से बह के गुज़रा है और अब वहाँ से और पानी बह रहा है। यही जीवन है। आप अपने जीवन में हर पल मर रहे हैं और जी रहे हैं। आपके जीवन के हर पल में आपके शरीर में एक कोशिका मरती है और एक नई कोशिका का जन्म होता है जो फिर से नष्ट हो जाती है। यह हमारे जीवन का सर्वोत्कृष्ट पहलू है।

कुछ भी स्थायी नहीं है। बस इसे एक दर्शक के रूप में देखते रहो और अनुभव करते रहो। बुद्ध ने जन्म, पुनर्जन्म, कर्मचक्र और पुनर्जन्म की प्रक्रिया को सरल बना दिया था।

यह जन्म, मृत्यु और पुनर्जन्म के बारे में अस्तित्ववाद का सवाल था। बुद्ध ने केवल नदी का अवलोकन करके इतने महत्त्वपूर्ण रत्न को खोज लिया था। जैसे पानी यूँ ही गुज़रता है, वैसे ही जीवन में बस वर्तमान में रहना चाहिए। हम लगातार जी रहे हैं और मर रहे हैं। यही वह सत्य है जिसे तप के माध्यम से मन को परखने की ज़रूरत है।

एक बार फिर इस सिद्धांत ने जिओ मिंग को विस्मित कर डाला। एक साथ कई

प्रश्नों के हल मिल गए से प्रतीत हो रहे थे। अगले कुछ दिनों में सभी प्रतिभागी जैसे-जैसे अपने शरीर और दिमाग की स्थानांतरित प्रकृति का निरीक्षण करते हुए आगे बढ़े, उनकी चेतना और अधिक जागृत हो गई। नौसिखिए और अनुभवी साधक, सभी एक जगह बैठकर श्वास-प्रश्वास की प्रक्रिया को देख-समझ रहे थे। धीरे-धीरे, प्रतिभागियों को मानसिक शुद्धि का अनुभव होने लगा।

जिओ मिंग को यह प्रक्रिया अपनी सभी समस्याओं के लिए एक सर्वोपरि उपाय की तरह लगने लगी थी, जिसका किसी संगठित धर्म या संप्रदाय से कोई लेना-देना नहीं था। इस बात ने उनके मन को काफ़ी हद तक प्रभावित किया। इस तथ्य के अलावा भी कि यह प्रक्रिया बहुत तरह से प्रभावोत्पादक थी।

विपश्यना की प्रक्रिया के दौरान, जैसा कि अनव और कुछ अन्य प्रतिभागियों के साथ भी हुआ, जिओ मिंग एक से अधिक बार फूट-फूटकर रो पड़ी थी। जिओ मिंग ने पाया कि इस दौरान उसे अपने मासिक धर्म के अत्यधिक स्राव और पेट में तीव्र ऐंठन की समस्या में भी कुछ राहत मिली थी। वह इस राहत का किसी भी तरह की वैज्ञानिक व्याख्या नहीं कर पा रही थी। लेकिन निश्चित रूप से उसकी समस्याओं के लिए एक उपाय अवश्य दिखाई दे रहा था। वो उसकी तुलना मनोवैज्ञानिक बीमारियों से करती थी, हालाँकि उसके पास ऐसा कोई प्रमाण नहीं था।

जिओ मिंग को महसूस हुआ कि इस विस्तृत ध्यान कार्यक्रम ने व्यक्ति को प्रामाणिक अनुभूति के मार्ग पर आत्मनिर्भर बना दिया था। क्या वह टूटते तारों और धूमकेतुओं को देखने की अपनी निर्भरता से बच पाएगी? वो सोचती रही।

कार्यक्रम के सभी प्रतिभागियों के लिए 'विपश्यना ध्यान क्रिया' एक मुक्तिदायक अनुभव रहा था। नि:संदेह, जिओ मिंग शारीरिक, मानसिक और भावनात्मक स्तरों पर राहत महसूस कर रही थी। उसको लग रहा था कि उसके अंत:करण की साफ-सफ़ाई और शुद्धिकरण की प्रक्रिया शुरू हो चुकी थी, और वह मन की निर्मल और शुद्ध प्रकृति को देख पाने में अब सक्षम बन गई थी।

सबसे महत्त्वपूर्ण बात यह थी कि वह एक निश्चि तौर पर एक ऐसे रास्ते पर थी जहाँ से वह खुद को आसक्तियों, उलझावों, वासना, जुनून, लालच, ईर्ष्या, क्रोध और अहंकार की भावनाओं से मुक्त कर सकती थी और करुणा से दीप्त व्यक्ति के रूप में उभर सकती थी। जैसे-जैसे उसमें करुणा की सकारात्मक भावना विकसित हुई, क्षमा की भावना भी उत्पन्न होंए लगी थी।

वह कार्यक्रम के नौवें दिन का एक पल था, जब उसने अपने चचेरे भाइयों को उसे प्रताड़ित करने के लिए माफ़ कर दिया; विश्वविद्यालय, जिसमें उसको दाखिल नहीं मिल सका था, को माफ़ कर दिया; *पार्टी* की क्रूर शक्ति को माफ़ कर दिया जिसने उसके ऐप को हड़प लिया था।

दसवें दिन, अपने ध्यान के दौरान आश्चर्यजनक रूप से वह सुर्ख लाल सूरज की कल्पना कर रही थी जो पूरे तेज से चमक रहा था। इसके बाद उसने एक बहती हुई नदी देखी जिसमें उसने अपने जीवन की घटनाओं को पानी में प्रतिबिंबित होते हुए देखा। इस बार, उसने उन्हें ऐसे देखा मानो जैसे ज्ञान की रौशनी से अंधेरे के बादलों को साफ़ कर दिया गया हो। यह काफ़ी हद तक जर्मन वैज्ञानिक ओपेनहाइमर की प्रतिक्रिया से मिलता-जुलता था, जब परमाणु परीक्षणों के दौरान बम के विस्फोट के बाद वो बस खड़े के खड़े ही रह गए थे और अंतत: वे संस्कृत में भगवद्गीता का पाठ करने लगे थे।

अपने मौन होंठों पर मुस्कान लिए, जिओ मिंग भीतर से, शांत, निर्भीक और आत्मविश्वासी महसूस कर रही थी।

इस मौन को तोड़ने का उसको बिल्कुल भी मन नहीं कर रहा था।

जब दस दिन का यह कार्यक्रम पूरा होने पर आया, तो न ही अनव और न ही जिओ मिंग इस मौन को तोड़ने को तैयार थे और न ही किसी से मिलने के लिए। यह नि:संदेह अद्भुत अनुभव रहा था, जिसने उनके भीतर से सभी तरह के ज़हरीले तत्वों को धो डाला था और उनके दिमाग से सैकड़ों दैत्यों को नोंचकर बाहर फेंक दिया था।

शायद ज्ञान प्राप्त कर लेने के बाद बुद्ध भी एक शब्द नहीं बोले होंगे। वो तो देवदूतों के लगातार आग्रह किए जाने पर ही वो बहुत बेमन से अपना मौन तोड़ने के लिए राज़ी हुए थे। क्योंकि शायद वो यह समझ रहे थे कि जो मौन के अमृत का रसपान कर लेता है बस वो ही इसको सराह सकता है।

"अपना मुँह तभी खोलो जब तुम्हारे पास मौन से भी अधिक सुंदर कुछ कहने के लिए कुछ हो।"

भगवान बुद्ध के ये शब्द अब पूर्णत: अर्थवान लगने लगे थे। और इसी को पढ़ते हुए जिओ मिंग और अनव, अपना सामान इकट्ठा करने के लिए सूचना केंद्र की ओर बढ़ लिए।

ध्यान केंद्र से बाहर आते समय दोनों पूरी तरह मौन थे।

अध्याय 16

विन्ध्याचल से आगे

"जब हमारी गलतफ़हमियाँ दूर हो जाती हैं, तो दुःख का भी अंत हो जाता है।"

—आदि शंकराचार्य

जिओ मिंग और अनव ईमारत से बाहर आ चुके थे, लेकिन अभी भी चुप थे।

जिओ मिंग सोच रही थी कि क्या सुकून की उम्मीद में उसे अब भी टूटते तारों और धूमकेतु को देखने की ज़रूरत महसूस होगी? बेशक वो लू याओ को जल्दी से फ़ोन करके अपने इस अद्भुत अनुभव को साझा करना चाह रही थी। वो इसी उधेड़बुन में लगी हुई थी कि तभी एक बड़ी सी गाड़ी आकर उनके सामने रुकी।

"चलो जिओ मिंग, चला जाए। ये टैक्सी हमको नासिक ले जाएगी जहाँ से हम विन्ध्याचल के आगे, अपनी यात्रा के अगले भाग को शुरू करने के लिए फ़्लाइट पकड़ेंगे," आखिरकार अनव अपने मौन को तोड़ते हुए बोला। उसे महसूस हो रहा था कि ऐसा करने में उसे काफ़ी मेहनत करनी पड़ रही थी।

उस खूबसूरत चीनी लड़की ने अनव को गले लगा लिया और उसकी सुंदर आँखों से खुशी के आँसू बह निकले। उसकी आँखों की चमक अनूठी थी।

"धन्यवाद अनव, धन्यवाद रमेश, धन्यवाद वंदना, धन्यवाद गोयनका जी, और धन्यवाद बुद्ध। धन्यवाद इस खूबसूरत ब्रह्मांड का, धन्यवाद मौन की आवाज़ का," गाड़ी में बैठते हुए जिओ मिंग बुदबुदा रही थी।

"विन्ध्याचल के आगे से तुम्हारा क्या मतलब था?" हवाई जहाज में बैठते हुए जिओ मिंग ने अनव से सवाल किया।

"मैं न तो इतिहास का छात्र हूँ और न ही भूगोल का। ये लो, विन्ध्या के आगे के क्षेत्र के बारे में इस विडिओ को देखो," अनव ने उत्तर दिया।

देवियों और सज्जनों, दक्षिण भारत के उल्लेखनीय मंदिरों के बारे में यह फ़िल्म देखिए। इस फ़िल्म का निर्माण आईआरसीटीसी ने किया है।

इंडियन रेलवे कैटरिंग एंड टूरिज्म कॉरपोरेशन आपको "बियॉन्ड विंध्य" देखने के लिए आमंत्रित करता है।

दक्षिणी भारत, प्राचीन और अखंड भारतीय संस्कृति का द्योतक है। मनोरम दृश्य जो देखने वाले को अचंभित कर देते हैं, खूबसूरत वास्तुकला और शिल्पकारी से सजे मंदिर, कुछ अविश्वसनीय स्मारक और योगिक तकनीकों और आयुर्वेदिक उपचारों का खज़ाना है यहाँ। स्वाद के पारखियों की स्वादेंद्रियों को उत्तेजित करने के लिए यहाँ के व्यंजन सैलानियों को एक ज़बरदस्त मेनू कार्ड मुहैया कराते हैं।

यात्री कई ऐतिहासिक खंडहरों और लहराते नारियल के पेड़ों को देखकर मदहोश हो जाते हैं। अलाप्पुझा के चांदी से चमकते बैकवाटर से लेकर केरल के समुद्री तटों तक; मंदिरों से सजा हुआ चेन्नई का प्राचीन शहर; हैदराबाद और बेंगलुरु के हलचल भरे तकनीक-प्रेमी शहर या उदात्त ऑरोविले और श्री अरबिंदो की शांत समाधि, विशाखापत्तनम की लुभावनी तटरेखा और अंतिम लेकिन किसी से कम नहीं, तिरुपति, भगवान वेंकटेश्वर का निवास।

दक्षिण भारत स्वर्ग का द्वार है।

दक्षिण भारत में लगभग 30,000 प्राचीन मंदिर हैं! सचमुच, इसे मंदिरों की भूमि कहना ठीक ही है। मंदिरों के साथ-साथ चर्च, आराधनालय और मस्जिदें हैं। एक ऐसी भूमि जो प्रकृति में अत्यंत बाहुल्यवादी है। अतुलनीय वास्तुकला, विभिन्न प्रकार की मूर्तियों और विभिन्न शिलालेखों से सुसज्जित मंदिर दक्षिण भारत की आत्मा हैं। किसी भी पर्यटक के लिए, मुरुगन मंदिर, मीनाक्षी मंदिर, रामेश्वरम, तिरुपति और विवेकानंद रॉक मंदिर की यात्रा स्वाभाविक पसंद है।

संभावित आगंतुकों को आकर्षित करने के लिए आईआरसीटीसी के पास 'सदर्न मार्वल', 'दक्षिण भारत यात्रा' और 'चेन्नई-कन्याकुमारी-रामेश्वरम-मदुरै टूर' जैसे विशिष्ट पैकेज हैं।

दक्षिण भारत के मंदिर धर्म, शिक्षा और आध्यात्मिकता की चमत्कारिक स्थापत्य अभिव्यक्ति के रूप में कुछ इस प्रकार खड़े हैं, कि ये दुनिया-भर से आए सैलानियों और भक्तों को भारी संख्या में, अपनी विशालता, महिमा, भव्यता और ज्ञान को जानने और समझने के लिए आकर्षित करते हैं।

संगीतबध्य और गायन की अगम शैली में प्राचीन वैदिक मंत्रों का जाप मन को प्रभावशाली विचारों से भर देता है। ये मंत्र मानव मन के उन हिस्सों से गुज़रते हैं जहाँ पर उठने वाले नकारात्मक और विध्वंसकारी विचार शुद्ध हो जाते हैं और मानव-मन आभा और आनंद से भर जाता है।

नए अनुभवों से बँधा हुआ मन कभी भी अपने पुराने आयामों में वापस नहीं जा सकता। दुनिया-भर के पर्यटक दक्षिण भारत के मंदिरों में, जो इस क्षेत्र की समृद्ध सांस्कृतिक विरासत का एक अभिन्न अंग हैं, की जटिल नक्काशी और सौंदर्य के सर्वोच्च नमूनों की खोज में अत्यधिक रुचि दिखाते हैं।

"यह सच में विलक्षण है। *'नोबल साइलेंस'* के बाद देश के दक्षिणी हिस्से में आकर्षक वास्तुकला और मंदिरों की भव्यता को देखना दिलचस्प रहेगा," पूर्णत: प्रभावित जिओ मिंग ने कहा।

"मुझे यकीन है कि जैसा कि अधिकांश भारतीयों के साथ होता है, वैसे ही ये अनुभव मेरे अस्तित्व में भी रिसकर भीतर तक पहुँच चुके हैं। बच्चों के रूप में हम अपने माता-पिता के साथ मंदिर की यात्रा पर जाया करते थे। मैं अनुष्ठानों से कभी प्रभावित नहीं हुआ, लेकिन वास्तुकला ने मुझे हमेशा आकर्षित किया," अनव ने जिओ मिंग को समझाया।

शायद वैज्ञानिक कभी यह नहीं समझ पाएँगे कि वापसी यात्रा हमेशा छोटी क्यों लगती है? इगतपुरी से नासिक तक की बावन मिनट की ड्राइव बहुत कम अवधि में पूरी हुई और दोनों मदुरै के लिए फ़्लाइट में सवार हो गए।

जिओ मिंग अपने *गूगल मैप* पर देखते हुए बोली, "जानते हो कि नासिक से मदुरै लगभग 1, 497 किलोमीटर की दूरी पर है, जो कुआलालंपुर और दिल्ली के बीच की दूरी का लगभग एक चौथाई है, जहाँ हम पहली बार मिले थे।"

अनव ने जवाब दिया, "ऐसा लगता है कि हम और अधिक यात्रा कर रहे हैं क्योंकि हम और अधिक मिल रहे हैं।"

नासिक से मदुरै की फ़्लाइट में

"लड़ाई जीतने वाला सेनापति युद्ध लड़ने से पहले अपने मन में कई गणनाएँ करता है। जो सेनापति पहले से गणना नहीं करता है उसे हार का सामना करना पड़ता है"

महान सैन्य रणनीतिकार सुन त्ज़ु का यह एक प्रसिद्ध कथन था जो जिओ मिंग के

दिमाग के मंदिर में गूँज रहा था। वो सोच रही थी कि वह किस तरह की सेनापति थी, क्योंकि उसने अपने आध्यात्मिक सफ़र के बारे में कुछ भी गणना नहीं करी हुई थी?

ड्रग्स, शराब और एक सुखवादी जीवन शैली से प्रेरित होने पर *'यूरेका'* का अनुभव क्षणभंगुर ही था। वह अनुभव, मात्र एक रोमांचकारी या बिजली के झटके जैसा था जो उसके दिमाग और शरीर से होकर गुज़र जाया करता था। लेकिन ध्यान से साँस लेने, *मेडिटेशन* के अभ्यास और अपने आहार पर सख्ती के माध्यम से जिओ मिंग यह सीख रही थी कि उस रोमांच को कैसे बस एक क्षणभंगुर भावना मात्र होने से कहीं अधिक प्रभावशाली बनाए रखा जा सकता है।

यह स्पष्ट था कि ध्यानपूर्वक साँस लेने के लगातार अभ्यास और विपश्यना की ध्यान तकनीक के माध्यम से वो घटनाओं से बिना बँधे हुए मृत्यु, नश्वर्यता, वैराग्य और करुणा जैसे भावों पर चिंतन कर सकती थी। वह अब लगातार इस बारे में जागरूक हो रही थी कि कैसे भ्रम को दूर किया जाए और अंततः लोभ, क्रोध और इच्छाओं को वश में करने की प्रक्रिया की ओर अग्रसर हुआ जाए।

वह अब अपने जीवन की वो कमी, जिसका एहसास लगातार उसे घेरे रहता था, को दूर करने के लिए अपने दिमाग को तीन 'स' - समान, समता और संतुलन पर केंद्रित करने में समर्थ बन रही थी।

इगतपुरी के विपश्यना केंद्र में भिक्षु ने उसकी पीड़ा को धैर्यपूर्वक सुना था। वह मुस्कुराया और केवल इतना ही बोला, "तुम पेड़ को पानी दो और पोषण करो और उचित समय आने पर उसमें ज्ञान का फल लगेगा।"

नासिक से शुरू हुई अंतहीन-सी प्रतीत होने वाली यात्रा अंततः समाप्त हो गई। उड़ान के दौरान खराब मौसम का सामना भी करना पड़ा।

अनव ने कहा, "हमारा जीवन भी इस तरह के उथल-पुथल भरे अशांत माहौल से गुज़रता रहता है, जब तक कि हम अपने-अपने गंतव्यों तक नहीं पहुँच जाते।" इगतपुरी में मिली यही उसकी सीख थी।

मदुरै, जो एक उल्लेखनीय और समृद्ध संस्कृति व विरासत से अलंकृत है, जिओ मिंग को एक शानदार जगह लगी।

उसे अनव से पता चला कि अलग-अलग काल में हुए 'चोल', 'पांड्य' और 'पल्लव' राजवंशों ने इस भूमि पर आधिपत्य स्थापित किया था और उन्होंने ऐसी

भव्य इमारतें बनवाईं थीं जो आज भी देशी और विदेशी सैलानियों को आकर्षित करती हैं।

जिओ मिंग, देवी मीनाक्षी को समर्पित 'मीनाक्षी मंदिर' को देखकर चकित रह गई। वैसे तो वहाँ बहुत भीड़-भाड़ और थोड़ी गंदगी भी थी, इसके बावजूद, वह अपने दोस्त अनव को अकेला छोड़कर, मंदिर की बाहरी दीवार के पास एक कोने में जा बैठी। और फिर उसने आँखें बंद कर साँसों पर अपना ध्यान केंद्रित कर लिया। वह अब सुखासन में बैठने में माहिर हो चुकी थी। क्योंकि मंत्रों के जाप के अभ्यास ने उसके ध्यान की गुणवत्ता में वृद्धि कर दी थी, वह अब आते-जाते लोगों की जिज्ञासु निगाहों से बेपरवाह, ध्यान में लीन हो सकती थी। यह कुछ वैसा ही था जैसा उसने स्वर्ण मंदिर में किया था। मंत्र की ध्वनियाँ उसे चिंतन चक्र में गहराई तक ले जाने में सहायक सिद्ध हो रहीं थीं।

जब जिओ मिंग वहाँ एक कोने में ध्यान लगाए बैठी हुई थी, तभी एक अधेड़ उम्र का आदमी, जिसके हल्का सा कूबड़ था और उसने पवित्र धागा पहना हुआ था उसके पास आया, और उसने हल्के से जिओ मिंग के कंधे पर थपकी दी। यह युवती, जो कि ध्यानमग्न थी, ने आहिस्ता से आँखें खोलीं।

"मेरा नाम स्वामीनाथन अय्यर है। क्या तुम चीन से हो?"

जिओ मिंग ने सिर हिलाते हुए उत्तर दिया।

"मैं देख रहा हूँ कि तुम पिछले पैंतालीस मिनटों से प्रार्थना कर रही हो," वो बोला।

"ऐसा क्या? मैं प्रार्थना नहीं कर रही थी। मैं तो बस साँस लेने और छोड़ने पर ध्यान दे रही जो मुझे ध्यानमग्न होने में सहायता करता है," जिओ मिंग ने जवाब दिया।

"समझा। लेकिन क्या तुमको इतना शोर-शराबा परेशान नहीं कर रहा था?" उसने पूछा।

जिओ मिंग ने आगे की बातचीत से बचने के लिए और उस बूढ़े आदमी से छुटकारा पाने की कोशिश में अपनी आँखें फिर से बंद करलीं।

लेकिन फिर अनव को ढूँढते हुए उसने चारों ओर निगाहें दौड़ाईं। देखा तो वो कुछ दूर बैठा हुआ चित्र बना रहा था और कुछ तस्वीरें खींच रहा था।

"बेटा, तुम जिस जगह पर बैठी हो वह सुरक्षित नहीं है। कुछ दिन पहले इसी स्थान पर एक सांप देखा गया था। मेरा सुझाव है कि तुम किसी दूसरी जगह जाकर बैठ जाओ," स्वामीनाथन अय्यर ने कहा। बातचीत को वहीं समाप्त करने की कोशिश में जिओ मिंग ने अनव की ओर इशारा करते हुए कहा, "अनव अथरेया मेरा दोस्त है और हम साथ में यात्रा कर रहे हैं।"

"क्या तुमने अनव से शादी कर ली है?" उस अधेड़ उम्र के आदमी ने उत्सुकता से पूछा।

"नहीं। हम तो बस दोस्त हैं। हमारी मुलाकात फ़्लाइट में हुई थी और हमारी दोस्ती हो गई। हम साथ में भारत घूम रहे हैं," जिओ मिंग ने जवाब दिया। अब बात पलटने के लिए उसने उस आदमी से पूछा, "आपने अपने चारों ओर यह धागा क्या पहन रखा है और आपके माथे पर ये तीन निशान क्या हैं?"

"इसे 'नामम' कहा जाता है। हिंदुओं में, आमतौर पर माथे पर लगाया गया तिलक उस व्यक्ति की सांप्रदायिक संबद्धता को दर्शाता करता है। शैव संप्रदाय के लोग, जो भगवान शिव के अनुयायी होते हैं, तिलक आमतौर पर माथे पर तीन क्षैतिज समानांतर रेखाओं के रूप में, बीच में लाल बिंदु के साथ या उसके बिना, लगाते हैं। आज के युवा इन चिन्हों को लगाना पसंद नहीं करते हैं।"

"यह चिन्ह यह भी बताता है कि व्यक्ति मेरी जाति का है यानि की ब्राह्मण है, अर्थात जिसका दो बार जन्म हुआ हो," अय्यर ने गर्व के साथ जवाब दिया।

"ब्राह्मण कौन और क्या होते हैं?" अब जिओ मिंग की उत्सुकता जाग उठी थी।

"हम हिन्दू समाज के शिखर पर हैं, *पिरामिड* में सबसे ऊपर। ब्राह्मण द्विजन्मे होते हैं और पुजारी वर्ग से होते हैं," उसने बताया।

"मुझे सच में नहीं पता कि तुम्हारे ध्यान लगाने को मैं क्या कहूँ? मंदिर ध्यान का नहीं, बल्कि प्रार्थना करने की जगह होता है। लेकिन फिर भी यदि आँख बंद करके बैठो तो साँप का ध्यान रखना," वो सज्जन घूम-फिर कर अपनी बात पर वापस आ गए।

"श्रीमान अय्यर, भय और अज्ञानता को सिर्फ़ प्रार्थना और चढ़ावे से पराजित नहीं किया जा सकता है। वो तो जब हम सचेतनता के माध्यम से गलत भावनाओं और विचारों को जड़ से उखाड़कर फेंक देते हैं तब दुखों का अंत होता है," जिओ

मिंग ने बड़े ही व्यावहारिक तरह से जवाब दिया।

अनव, जो अबतक वहाँ चुपचाप आकर खड़ा हो गया था, उसे भी स्थानीय भाषा तमिल में साँप के बारे में आगाह किया गया था। अय्यर ने उन्हें बताया कि कुछ हफ़्ते पहले, एक सपेरा अमरीकियों के एक समूह को खेल दिखा रहा था। वो, 'पुंगी', एक प्रकार का वाद्य यंत्र, को बजाते हुए लहरा कर साँप को सम्मोहित करने का नाटक कर रहा था। उनमें से कुछ अमरीकियों को यह सब देख कर वितृष्णा होने लगी और कुछ डर गए। उनको जाता देख सपेरा भी वहाँ से चला गया। लेकिन कुछ राहगीरों का कहना था कि वो साँप, सपेरे से बचकर मंदिर परिसर में रेंगता हुआ घुस गया था।

"श्रीमान अय्यर, क्या आपको मंदिर की देवी की शक्ति में विश्वास है?" जिओ मिंग ने उससे पूछा।

"हाँ बेशक!" अय्यर ने कुछ आहत स्वर में उत्तर दिया।

"तो फिर आपको हमे अकेला छोड़ देना चाहिए। आप जा कर हमारे लिए और यहाँ पर मौजूद सभी लोगों की सुरक्षा के लिए प्रार्थना कीजिए। अफ़वाह फैलाने के बजाय, ऐसा करना बेहतर होगा। मुझे यकीन है कि वो कुछ और नहीं रस्सी रही होगी," जिओ मिंग झल्लाहट से बोली।

शर्मिंदगी से भरे हुए स्वामीनाथन अय्यर वहाँ से चले गए। यही वो आदमी था जिसने कुछ युवकों की मदद से साँप के बारे में झूठ फैलाया था।

जिओ मिंग से पहले भी कई लोगों को उन अमरीकियों की तरह ही, स्वामीनाथन अय्यर जैसे सपेरे, जिनके पास कोई काम-धाम नहीं था, भागाने का प्रयास किया जा चुका था। मंदिर प्रबंधन ऐसे पात्रों से निबटने में असमर्थ था। लेकिन जिओ मिंग ने उसे उसकी औकात दिखा दी थी।

जिओ मिंग वापस से ध्यान नहीं लगा पा रही थी। इसलिए वो उठकर अनव के पास आ गई और वो साथ मिलकर मंदिर की वास्तुकला, विशेष रूप से उसके शानदार विमानों को निहारने लगे। दक्षिण भारत के हिंदू मंदिरों में गर्भगृह या आंतरिक गर्भगृह के ऊपर की संरचना जिनको विमान कहा जाता है, विशेष रूप से देखने लायक होती है।

फिर उन्होंने अपने गाइड, सुंदर, को बुलाया; जिसने मंदिर के खास पहलुओं के बारे में उनको बताया।

"मंदिर का पवित्र तालाब, *पोर्थमराय कुलम*, सुनहरे कमल वाले तालाब को *आदि तीर्थम* के नाम से भी जाना जाता है। किंवदंती के अनुसार, शिव ने एक सारस से वादा किया था कि यहाँ कोई मछली या अन्य समुद्री जीवन नहीं बचेगा और इस वजह से तालाब में कोई समुद्री जानवर नहीं मिलता है। कहा जाता है कि तालाब में विशाल स्वर्ण कमल शिव की इच्छा से इंद्र के लिए खिल गया था।"

अचानक जिओ मिंग को फ़ीनिक्स मंदिर का तालाब याद आया, जो कछुओं से भरा हुआ था। उसने सोचा कि क्या प्राचीन सभ्यताओं के सभी मंदिरों में एक तालाब हुआ करता था।

****

दोनों मदुरै से चेन्नई चल पड़े। जिओ मिंग ने शहर के एक शानदार होटल में चेक इन किया, जबकि अनव अपने माता-पिता के पास मायलापुर चला गया।

अपने व्यस्त कार्यक्रम को थोड़ा आराम देते हुए, दो दिनों के बाद, अनव ने जिओ मिंग को चहल-पहल वाले उस शहर के दर्शनीय स्थलों को घुमाने की पेशकश करी।

लगातार यात्रा करने से दोनों ही थके हुए थे। दोपहर के भोजन के बाद उन्होंने होटल में ही आराम से समय बिताना तय किया। दोनों बहुत देर तक बातें करते रहे।

"क्या होता अगर तुम्हारा *ऐप* जब्त नहीं किया गया होता?" अनव ने पूछा।

"मैं *फ़ीमेल* 'जैक मा' होती!" उसने मज़ाकिया अंदाज़ में जवाब दिया।

****

चेन्नई शेनज़ेन नहीं था और महाबलीपुरम हांगकांग नहीं था। फिर भी बंगाल की खाड़ी पर बसे तमिलनाडु के ये दो प्राचीन शहर आधुनिकता, सौन्दर्य और विलक्षण आकर्षण वाले थे। पहले से ही चेन्नई से प्रभावित जिओ मिंग महाबलीपुरम को देखने के लिए और इंतजार नहीं कर सकती थी।

कुछ दिनों बाद, जिओ मिंग और अनव, सुंदर ईस्ट कोस्ट रोड के रास्ते शांत समुद्रीतट पर बसे महाबलीपुरम के लिए निकल पड़े। यह शहर, बंगाल की खाड़ी और ग्रेट साल्ट लेक के बीच भूमि की एक पट्टी पर स्थित है। यह जगह सातवीं और आठवीं शताब्दी में पल्लव वंश द्वारा बनाए गए असाधारण मंदिरों और स्मारकों के लिए प्रसिद्ध है।

वो पूर्णिमा की रात थी। सुमुद्र तट पर टहलते हुए अनव और जिओ मिंग, दोनों ही

अपने-अपने खयालों में खोए हुए थे और् आश्चर्य से उस साफ़ निर्मल तट से टकराती लहरों को देख रहे थे। तभी जिओ मिंग को बंगाल की खाड़ी के ऊपर से गुज़रता एक टूटता-तारा दिखाई पड़ा।

वे दोनों वहीं रेत पर अपनी-अपनी चटाई बिछाकर ध्यान लगा कर बैठ गए। शुरू में तो उनकी साँसों में भारीपन था, फिर धीरे-धीरे वो शांत होंए लगीं, और फिर आने-जाने वाली लहरों की गति से मेल खाने लगीं। जल्द ही वे दोनों पूर्णिमा के उस चाँद के तले ध्यान में डूब चुके थे। लहरों का शोर भी उनके ध्यान में रुकावट पैदा नहीं कर सका।

तभी, अचानक, उनको एहसास हुआ कि कुछ खतरनाक कुत्तों का झुंड झगड़ता हुआ उनकी ही दिशा में बढ़ता चला आ रहा है। बेतहाशा भौंकते वो कुत्ते इन ध्यानस्थ पर्यटकों के बहुत करीब आ पहुँचे थे। जैसे ही उन्हें उस खतरनाक परिस्थिति का अंदाज़ हुआ, वो अपनी सुरक्षा को लेकर चिंतित हो उठे। इन दोनों ने अपनी आँखें खोलीं तो देखा वो कुत्ते उनके बेहद करीब थे और वहाँ तो युद्ध का मैदान ही बन गया था। दर के मारे जिओ मिंग और अनव तो एकदम जड़वत हो गए। उनकी ओर से किसी भी तरह की कोई भी प्रतिक्रिया उन्हीं पर उल्टी पड़ सकती थी और शायद जानलेवा भी! अगर वे अपनी जगह से उठकर भागते, तो हो सकता था कि कुत्ते उनका पीछा करने लगते और उन कुत्तों को भगाने की कोशिश भी उतनी ही खतरनाक साबित हो सकती थी। दोनों ने अपने पर संयम रखते हुए बिना डरे, बिना कोई प्रतिक्रिया दिए, बुद्ध में अपने विश्वास को कायम रखते हुए ध्यान लगाना जारी रखा।

तभी होटल का एक चौकीदार हाथ में डंडा लिए भागा हुआ उधर पहुँचा और उसने कुत्तों को खदेड़ा, जो गुर्राते हुए वहाँ से भाग गए।

"क्या *सर*, आप यहाँ क्या कर रहे हैं? ये खतरनाक है। कृपया अपने *कॉटेज* में जाइए या फिर कम से कम इस जगह से थोड़ा दूर हटकर बैठिए।"

अपनी किस्मत को और न आज़माते हुए, दोनों ने अपनी-अपनी चटाई बटोरी और वहाँ से जल्दी से निकल लिए। दोनों के दिल बहुत तेज़ी से धडक रहे थे।

"ये तो बहुत डरावना था," अनव बड़बड़ा रहा था।

"हे भगवान! ये तो बहुत ही नज़दीकी मामला था, बाल-बाल बच गए हम," जिओ मिंग भी सहमी हुई सी बोली।

होटल की ओर वापस बढ़ते हुए जिओ मिंग ने बताया, "लेकिन इस घटना ने मेरे दिमाग में अचानक एक दुविधा पैदा कर दी है। मैं सोच रही थी कि हज़ारों साल पहले घने जंगलों में ध्यान करते समय बुद्ध ने जंगली जानवरों का सामना कैसे किया होगा? सैकड़ों साल पहले ज़ुआन जांग के लिए इतने खतरनाक माहौल में यात्रा करना और जंगली जानवरों से बचना कैसा रहा होगा!"

"जिओ मिंग, कोई तो अदृश्य-शक्ति होती ही है। मुझे तो पूरा यकीन है कि वो हमारी देखभाल करती है और इस विशाल ब्रह्मांड का संचालन करती है, जिसको हम लोग जान नहीं पाते हैं," अनव ने जिओ मिंग से कहा।

जिओ मिंग ने धीरे से सिर हिलाते हुए कहा, "मैं धीरे-धीरे अब उसे मानने लगी हूँ।"

खूबसूरत झिलमिलाते चाँद के अद्वितीय नज़ारे का लुत्फ़ उठाने और उन खतरनाक कुत्तों से घिरी हुई उस भयानक परिस्थिति का सामना करने के बाद, अगला दिन महाबलीपुरम के भव्य मंदिरों और नीले समुन्दर का आनंद लेने में व्यतीत हुआ। वहाँ पर तट पर आती लहरों को देखकर ऐसा लग रहा था कि मानो वो मनुष्य के मन में उठने वाली भावनाओं के ज्वार से ताल से ताल मिलाकर चल रही हों।

****

तीसरी सुबह बड़ी ही सुहानी थी। अभी सूरज ने अपनी पूरी तेज़ी नहीं पकड़ी थी और ये पर्यटक पुडुचेरी के लिए निकल भी पड़े थे। वहाँ उनका पड़ाव था 'अरबिंदो आश्रम', जिसके बारे में अनव कई दिनों से जानकारी बटोरने में लगा हुआ था। वे इस जगह जाने के लिए बहुत उत्सुक थे। अनव को पता चला था कि यह आश्रम बहुत पुराना था, लेकिन इसे इसका औपचारिक स्वरूप वर्ष 1926 में मिला था। इस आश्रम ने श्रद्धालुओं की संख्या में भारी वृद्धि देखी है। सन् 1927 में यहाँ 24 श्रद्धालुओं थे, जो कि वर्ष 1934 आते-आते उनकी संख्या बढ़कर 150 से अधिक हो गई थी।

श्री अरबिंदो के अनुसार, "आश्रम, दुनिया को त्यागने के लिए नहीं बनाया गया है, बल्कि एक अन्य प्रकार से जीवन के उत्थान, उसके विकास और अभ्यास क्षेत्र के रूप में बनाया गया है। ऐसा जीवन उच्च आध्यात्मिक चेतना से प्रेरित होगा और आत्मा के उत्थान का मार्ग को प्रशस्त कर सकेगा।"

अनव ने उल्लेख किया कि यह शहर काफ़ी समय तक फ्रांस के नियंत्रण में रहा था। यहाँ के परिदृश्य और यहाँ की संरचनाओं में अभी भी फ्रांसीसी प्रभाव मज़बूती से

दिखाई पड़ता है। 'अरबिंदो आश्रम' के अलावा, दोनों ने 'ऑरोविले' की यात्रा की भी योजना बनाई हुई थी।

यहाँ दोनों को पता चला कि 'ऑरोविले' या 'सूर्योदय का शहर' एक प्रायोगिक बस्ती थी, जिसकी स्थापना 1968 में मीरा अल्फासा द्वारा की गई थी और इसे वास्तुकार रोजर एंगर द्वारा डिज़ाइन किया गया था।

जिओ मिंग और अनव ऑरोविले के मध्य में स्थित 'मातृमंदिर' गए, जिसकी परिकल्पना अल्फासा ने "पूर्णता हासिल करने की मनुष्य की आकांक्षा के लिए ईश्वर की तरफ़ से मिले उत्तर का प्रतीक" के रूप में करी थी।

भव्य, सुनहरे गुंबद जैसी संरचना वाले 'मातृमंदिर' की ओर बढ़ते हुए, जिओ मिंग अपने जीवन की चक्रीय प्रक्रिया के बारे में सोचने में उलझी हुई थी। 'मातृमंदिर' के माहौल में पवित्रता सुनिश्चित करने के लिए मंदिर के भीतर पूर्ण मौन रखा जाना था।

'मातृ मंदिर' के चारों ओर की जगह को 'शांति क्षेत्र' कहा जाता है। 'मातृ मंदिर' के भीतर बने एक ढलान वाले रास्ते से ऊपर की ओर चढ़ते हुए वे एक *एयरकन्डिशन्ड* कमरे में पहुँचे जो कि सफ़ेद संगमरमर का बना हुआ था, और जिसे "अपनी अंतरात्मा को पाने का स्थान" नाम से जाना जाता है।

वहाँ के संगमरमर से बने ठंडे फ़र्श पर बैठते हुए जिओ मिंग के मन में सैकड़ों खयाल घूम रहे थे। उसे याद आ रहा था कि उसने अपने *करियर* की शुरुआत तकनीक की दुनिया से करी थी और फिर Xiōngdì Technologies की स्थापना करी जिसने *वर्चुअल बडी ऐप* बनाया; फिर उसे उससे छीन लिया गया। जिओ मिंग को वो क्षण भी याद आ रहा था जिसमें उसने निर्णय लिया था कि वो बौद्ध भिक्षु ज़ुआन ज़ांग के पदचिन्हों पर चलते हुए पश्चिम की ओर यात्रा करेगी; वो क्षण उसके जीवन की दिशा बदलने वाला क्षण था।

'क्या इस जगह पर बैठकर वो अपने मन के भीतर समाए उन दैत्यों से अपना पीछा छुड़ा पाएगी और अपने जीवन के लिए सार्थक मार्ग ढूँढ पाएगी? क्या आखिरकार उसे वो मिल सकेगा जिसकी उसको तलाश है?'

वहाँ अरबिंदों आश्रम और ऑरोविले में जिओ मिंग और अनव को कुछ बहुत ही चमत्कारपूर्ण अनुभव होने वाले थे। श्री अरबिंदों और माँ की शरण में बैठकर उनको अद्भुत शांति और एकाकीपन का एहसास हुआ। वहाँ पर आए किसी भी

आगंतुक, श्रद्धालु, साधक ने उस आश्रम में छाई शांति को भंग नहीं किया। पूरे वातावरण में मौन छाया हुआ था और वही मौन उनके मन-मस्तिष्क में भी रिसकर अपना रास्ता बना रहा था। ऐसा लग रहा था कि मानो सारा शोरगुल, सारा कोलाहल किसी दिव्य-शक्ति द्वारा चूसकर बाहर फेंक दिया गया हो।

जब भी वह गहन ध्यानावस्था में चली जाती थी उसे लगता था कि जैसे उसके शरीर पर फूलों की बरसात हो रही है। एक बार फिर जिओ मिंग को वही अनुभव हुआ जैसे उस पर नाज़ुक फूलों की बरसात हो रही हो। इसको वो 'श्रावस्ती पल' कहने लगी थी।

अनव को भी अद्भुत शांति का अनुभव हो रहा था और उसको अपनी बंद आँखों के पीछे मदुरै की मीनाक्षी देवी और भगवान गणेश की छवि दिख रही थी। आश्चर्य की बात थी कि उसकी गरदन में रहने वाला *स्पोंडिलाइटिस* का दर्द अचानक ही गायब हो गया था। ठीक इसी तरह से जिओ मिंग के शरीर में भी किसी भी तरह की ऐंठन नहीं रह गई थी और ध्यान वश्वास-तकनीक की सहायता से मासिक-धर्म में रक्त स्राव में भी कमी आ गई थी।

ध्यान या *मेडिटेशन* करने का दोनों पर ही सार्थक प्रभाव पड़ा था। दोनों को ऐसा लगने लगा था कि वे दिव्य आत्माएँ हैं जो स्वर्ग के द्वार की ओर बढ़ रही हैं। मन और शरीर की प्रत्येक कोशिका शान्त करवा दी गई थी।

"ये तो शुद्ध जादू है!" अनव अचरज भरा हुआ बोल रहा था।

"अनव, इसमें कोई शक नहीं कि मैंने जितने भी थोड़े से दिन यहाँ पुडुचेरी में बिताए हैं उन्होंने मुझे बहुत गहराई तक बदल दिया है। मैं साफ़-साफ़ उस भिक्षु की छवि देख सकती हूँ जिसने फ़ीनिक्स मंदिर में मुझे सेब दिया था। यहाँ के सत्रों ने मेरे मन-मस्तिष्क में आनंद का संचार कर दिया है। और इससे भी बढ़िया बात यह है, कि वर्तमान पल में ही रहने की मेरी चाहत को और अधिक बल मिल गया है। दूसरी बात, कि मैं ध्यान में लीन तो हुई, लेकिन बिना किसी चाहत के, बिना किसी उम्मीद के। फिर भी, फ़ीनिक्स मंदिर में मैंने जो कुछ भी देखा था, उसका, बुद्ध का दाढ़ी वाले आदमी में बदलना अभिन्न अंग है। अभी बस ऐसा ही अनुभव नहीं हो पाया है। एक बार जब ऐसा हो जाएगा, तब मुझे यकीन हो जाएगा कि मैं सही रास्ते पर हूँ।"

"हाँ! मेरी खोज का चक्र तब ही पूरा होगा जब मैं अपने उस दाढ़ी वाले आदमी को खोज लूँगी। वहीं मेरी नियति छिपी हुई है। कम से कम अब मुझे यह तो पता है कि

मैं किस दिशा में बढ़ रही हूँ। मुझे अब सब कुछ स्पष्ट दिख रहा है। यह बिल्कुल सरल था, गणित के किसी समीकरण की तरह, जिससे जटिल से जटिल समस्या का हल सरलता से ढूँढा जा सकता है," जिओ मिंग खुशी से झूमते हुए बोली।

"उत्तर उस पल में छिपा है जिस पल में मैं उस दाढ़ी वाले आदमी को पहचान लूँगी," उसने खुद से दोहराते हुए कहा। "सभी *ओरिएंटल* या पूर्वी धर्मों और भव्य इमारतों के माध्यम से मैं, मौन, श्वास तकनीक और सेवा के महत्त्व को समझने और उनको आत्मसात करने में सक्षम हुई हूँ। लेकिन एक व्यक्ति को शांति और सर्वोत्कृष्ट सत्य की खोज के लिए ध्यान क्यों करना चाहिए? इस प्रश्न का उत्तर अभी तक नहीं मिला है। क्या मैं सामान्य जीवन जीते हुए ध्यान नहीं कर सकती हूँ? क्या साधक बनने और ध्यान करने के लिए सब कुछ त्यागना पड़ता है या फिर सामान्य मानव-प्रवृत्ति वाला कोई व्यक्ति ध्यान कर सकता है? यह एक ऐसा प्रश्न है जिसके उत्तर की और जिस पर विस्तृत विचार-विमर्श की आवश्यकता है। यह मेरा दृढ़विश्वास है कि केवल दाढ़ी वाला वो आदमी ही इस प्रश्न का उत्तर दे पाएगा। यह न्यूटन के सिर पर गिरने वाले सेब के समान होगा जब उसने गुरुत्वाकर्षण और गति के वैज्ञानिक सिद्धांतों की खोज की थी," चीनी महिला ने अपने विचारों को मुखर करना जारी रखा। वह बहुत राहत महसूस कर रही थी।

जिओ मिंग और अनव ने फ्रांसीसी विरासत वाले पुडुचेरी को साइकिल पर घूमा। उन्होंने बंगाल की खड़ी के तट पर ध्यान करने का विचार किया, लेकिन भेड़ियों जैसे कुत्तों के झुंड का सामना करने वाले अनुभव ने उन्हें समझदार बना दिया था और उन्होंने अरबिंदो आश्रम में ही ध्यान करने का उचित जाना।

वे गूढ़ विषयों पर चर्चा करते-करते, एक *कैफ़े* में जाकर बैठ गए, जिसके मेनू में फ्रेंच और इतालवी व्यंजन थे।

वहाँ बैठने के बाद उन्होंने अपने खाने का *ऑर्डर* दिया ही था, कि तभी उस *कैफ़े* में युवाओं का एक समूह घुस आया। उनकी आँखों में यौवन की चमक थी और जवानी का जोश था, जो उस पूरे माहौल को ही युवा ऊर्जा और कान्ति से भर रहा था।

"अरे, क्या कोई *टेक्नॉलजी ऑफ़ स्पिरिच्यूऐलिटी* विडिओ चलाएगा," उनमें से एक ने पुकारा।

जिओ मिंग और अनव अपने आस-पास मची हलचल को कौतूहल से देख रहे थे। लेकिन फिर उनके आश्चर्य की तब सीमा नहीं रही जब उन्हें एहसास हुआ कि वे

दोनों भी उस वीडियो को देखने में तल्लीन हो गए थे। जिओ मिंग हैरान थी! वह उस वीडियो की सभी बेतरतीब, असंबंधित घटनाओं को देखकर आश्चर्यचकित थी, जो कि उसकी अपनी कहानी से बहुत मेल खा रहीं थीं और जिन्होंने उसकी आत्म-खोज की यात्रा को आकार दिया था। वह तो बस इतना जानती थी कि उसने पहले कभी उस वीडियो को देखा भी नहीं था।

जब वह उस वीडियो को देख रही थी तब उसे एहसास होना शुरू हुआ कि उसमें उसके दिमाग में घूम रहे कई सवालों के जवाब छिपे हुए थे। जब से उसने ध्यान का अभ्यास करना शुरू किया था, तब से वह सोचा करती थी कि क्या वह वास्तव में वह किसी अज्ञात दिशा की ओर बढ़ रही है जो अत्यधिक शांति और स्पष्टता प्रदान करता है या वह केवल इस सब की कल्पना कर रही है?

इसमें कोई शक नहीं था कि उस वीडियो में बड़े ही आकर्षक तरीके से, वैज्ञानिक तथ्यों के साथ, ध्यान या *मेडिटेशन* को पेश किया गया था। उसने पढ़ा था कि *मेडिटेशन* का, उसकी प्रभावशीलता, न्यूरोलॉजिकल-रसायनों और कई अन्य चीज़ों की भूमिका को परखने के लिए वैज्ञानिक तरीके से अध्ययन किया जा चुका था।

वीडियो को देखने से, उसे अपनी विचार प्रक्रिया से जुड़ी हुई कुछ पूर्वनिर्धारित अवधारणाओं को छोड़ने में मदद मिली। अनव और जिओ मिंग युवाओं के उस समूह में खुद को शामिल होने से रोक नहीं कर सके।

"हैलो! आपको कोई आपत्ति तो नहीं अगर हम आपके साथ बैठ जाएँ तो? मैं जिओ मिंग हूँ और यह अनव। आपको यह अजीब लग सकता है। लेकिन मुझे लगता है कि आपके पास हमारे दिमाग में घुमड़ रहे कई सवालों के जवाब हैं।"

अनव ने आगे कहा, "हम कोई भिक्षु या साधक नहीं हैं। मेरी निगाह से देखें तो मुझे आप सब जोश, उत्साह और ऊर्जा से भरपूर लग रहे हैं।"

युवाओं का वो दल इस चीनी और भारतीय की बात को ध्यान से सुनने लगे। "हम इस तरह के वीडियो और प्रवचन कहाँ देख सकते हैं?"

"क्या हम उससे मिल सकते हैं? हम उससे कैसे मिलते हैं?" जिओ मिंग ने पूछताछ की।

"हाँ, मिल सकते हैं! इसके लिए आपको बेंगालूरू में स्थित *दी आर्ट ऑफ़ लिविंग इंटरनेशनल सेंटर* जाना होगा," समूह में से एक लड़की ने उत्तर दिया।

"क्यों नहीं आप दोनों आज शाम यहीं पुडुचेरी में ही आयोजित एक 'सत्संग' में भाग लेते हैं, जहाँ आज हम स्वयंसेवा करने जा रहे हैं। आप एक ज्ञान-सत्र में भाग ले सकते हैं जिसका नाम है *आयुर जागृति*, और डॉ. मणिकांतन, *दी आर्ट ऑफ़ लिविंग* के एक वरिष्ठ शिक्षक, के कुछ हृदयस्पर्शी भजन भी सुन सकते हैं।"

"तो फिर शाम को मिलते हैं," उनमें से एक ने ज़ोर से जोश के साथ कहा।

"ये *आयुर जागृति* क्या है?" जिओ मिंग ने पूछा।

"डॉ. मणिकंतन से ही समझिए," उधर से उत्तर आया।

कभी फ्रांसीसी आधिपत्य में रहे उस शहर पर जब शाम ढलनी शुरू हुई, तो अनव और जिओ मिंग आयोजन स्थल पर पहुँच गए। वहाँ उन्हें एक बहुत बड़ा पोस्टर देखा, जिस पर *'एडवांस्ड मेडिटेशन प्रोग्राम विद डॉ. मणिकांतन'* लिखा था। पोस्टर पर एक दाढ़ी वाले आदमी की फ़ोटो भी छपी हुई थी और उसके नीचे लिखा था, 'गुरुदेव श्री श्री रवि शंकर'।

पोस्टर को देखते हि जिओ मिंग खुशी से चहकते हुए बोली, "अरे अनव, ये आदमी, लंबी दाढ़ी वाला, मुझे लगता है कि ये तो वही फ़ीनिक्स मंदिर वाला व्यक्ति है। शायद आज मुझे अपने सवालों के जवाब मिलने वाले हैं।"

कुछ देर बाद वहाँ मंच पर एक सज्जन आए जिनकी लंबी दाढ़ी थी। उन्होंने मंच पर रखी तस्वीर को झुककर प्रणाम किया, जिसे देखकर अनव और जिओ मिंग को समझ आया कि वो तस्वीर गुरुदेव श्री श्री रवि शंकर जी की है।

सभा में मौजूद सभी लोग अपनी-अपनी जगह पर बैठ गए और शीघ्र ही पूरे माहौल में शांति छा गई। जिओ मिंग उत्सुकता से वहाँ मौजूद सभी मुस्कुराते शांत और दीप्तिमान चेहरों को निहार रही थी। वो खुद भी उनमें खो सी गई। हालाँकि जिओ मिंग पहले के मुकाबले बहुत शांत हो चुकी थी, लेकिन अब भी वो अपनी हर परिस्थिति में खुश रहने के तरीके को ढूँढ रही थी।

डॉ. मणिकांतन जी ने बहुत ही भावपूर्ण और स्वरबद्ध भजन गाए, जिन्होंने वहाँ मौजूद सभी को सम्मोहित कर लिया; लोग, बिना किसी झिझक और हिचकिचाहट के स्वत: ही खुशी में झूमने लगे।

"क्या ये किसी तरह का *कल्ट* है? बेशक ये कोई *रॉक-स्टार* तो लगते नहीं?" आश्चर्यच से भरा हुआ अनव ज़ोर से बोल पड़ा।

बहुत सारे भजन गाए जाने और ध्यान-सत्र पूरा होने के बाद, डॉ. मणिकांतन ने आखिरकार बोलना शुरू किया।

"आज मैं 'आयुर जागृति' के बारे में बात करूँगा। आप में से कितने लोग खुश और स्वस्थ रहना चाहते हैं?" जिओ मिंग और अनव ने जल्दी से वहाँ माजूद लोगों की तरह ही अपना हाथ भी ऊपर उठा दिया।

'आयुर जागृति' स्वस्थ जीवन के प्रति एक समग्र दृष्टिकोण है। व्यक्ति, जीवन और खुशी के प्रति जागरूक होता है। आमतौर पर, लोग सोचते हैं कि आयुर्वेद एक सुपरमार्केट की तरह हो सकता है जहाँ वे अपने स्वास्थ्य-हित के लिए दवाएँ खरीदते हैं। लेकिन वास्तविकता यह है कि प्रत्येक व्यक्ति का शारीरिक गठन भिन्न होता है; अपना अलग तौर-तरीका और व्यवहार होता है, और इसलिए उसके अनुरूप ही उपचार की आवश्यकता होती है," उन्होंने कहा।

"स्वास्थ्य के, शारीरिक और मानसिक दोनों पहलू हैं। प्राचीन भारतीय चिकित्सा पद्धति, 'आयुर्वेद' के अनुसार एक प्रबल अग्नि तत्व वाले व्यक्ति को एक विशेष तरीके से इलाज की आवश्यकता होती है। आमतौर पर ऐसा व्यक्ति बेहद भावुक और प्रखर होता है। इसलिए, उसे जल तत्व से पीड़ित व्यक्ति के विपरीत, एक अलग उपचार पद्धति की आवश्यकता पड़ती है। ये इस चिकित्सा प्रणाली की सूक्ष्म पेचीदगियाँ हैं जो कि अपने उपचार-तरीके में अत्यधिक समग्र हैं," उन्होंने कहा।

"मैं यह जानने के लिए उत्सुक हूँ कि हमारे गुण क्या हैं?" अनव और जिओ मिंग मन ही मन सोच रहे थे।

बचपन में जिओ मिंग का स्वास्थ्य अच्छा नहीं रहा करता था, खास कर उसका पेट बहुत कमज़ोर था। समय के साथ उसने निष्कर्ष निकाला था कि स्वास्थ्य मुख्यत: तीन घटकों से निर्धारित होता है। मानसिक तौर पर वो इसे एक समीकरण की तरह देखा करती थी।

स्वास्थ्य = ∑ [शारीरिक स्वास्थ्य + चुस्त दिमाग + तकनीकी क्षमता (जीवन के अनुभवों से प्राप्त)]

"कई लोग सुस्त, मायूस महसूस करते हैं, या फिर सिरदर्द, बुखार या अपचन से ग्रसित हो जाते हैं। अब ये कुछ और नहीं बल्कि लक्षण मात्र हैं, और हम बीमारी के बजाय लक्षणों का इलाज कर रहे होते हैं। आवश्यक है कि आप अपनी 'नाड़ी' की

जाँच करवाएँ और उसके अनुसार इलाज करवाएँ।"

"इस *कोर्स* में हम आपको सरल व्यायाम, मुद्रा, स्वास्थ्यवर्धक खाद्य-सामग्री के बारे में बताएँगे। मुख्यत: हम यह जानेंगे कि हम अपने जिगर या *लिवर* को विषमुक्त कैसे कर सकते हैं और रोगप्रतिरोधक क्षमता को कैसे बढ़ा सकते हैं ताकि हमारा स्वास्थ्य बेहतर बने। भोजन को लेकर गलत धारणाओं को भी दूर करेंगे," उन्होंने आगे कहा।

"*कोर्स* के अंत तक आप अच्छे स्वास्थ्य, सेहत, तंदुरुस्ती और सकारात्मक विचारों के बारे में जान जाएँगे," यह कहते हुए, उन्होंने भजन गाने शुरू कर दिए।

नि:संदेह, जिओ मिंग और अनव बहुत प्रभावित हुए और वे उस शिक्षक से मिलने के लिए आतुर हो उठे। दोनों डॉ. मणिकांतन से मिलने चल दिए और कुछ ही देर इंतज़ार करने के बाद उनको उसने मिलने का अवसर मिल गया।

जिओ मिंग ने कुछ शब्दों में अपनी कहानी उनको बताई और किस तरह से किस्मत से हुई अनव से मुलाक़ात ने उसके आगे के रास्ते को निर्धारित किया था।

"अच्छा रहेगा अगर आप पहले *'हैप्पीनेस प्रोग्राम'* के लिए और उसके बाद *'एडवांस्ड मेडिटेशन प्रोगाम'* के लिए *बेंगालुरू सेंटर ऑफ़ दी आर्ट ऑफ़ लिविंग* में अपना पंजीकरण करवा लें। अगर आपको दिलचस्पी हो तो आप योग कार्यक्रम *श्री श्री योगा* में भी भाग ले सकते हैं," डॉ. मणिकांतन ने उन्हें सलाह देते हुए कहा।

"गुरुदेव श्री श्री रवि शंकर जी की असीम कृपा से मैं यह *कोर्स* कई चीनी और ताईवानी नागरिकों के लिए आयोजित कर चुका हूँ, और उन्हें यह बहुत प्रभावशाली भी लगा था। तो चलिए, फिर आप दोनों से बेंगालुरू सेंटर में मुलाक़ात होगी," डॉ. मणिकांतन बोले।

जिओ मिंग ने लू याओ को *टेक्स्ट* किया कि उसका आखिरी पड़ाव भारत की *सिलिकॉन वैली*, बेंगालुरू होने वाला है।

अध्याय 17

सत्य की खोज

"उथलपुथल के बीच, अवसर भी छिपा होता है।"

—सुन त्ज़ु (सन ज़ू)

दो दिन के भीतर जिओ मिंग और अनव, बेंगालूरू के 'केम्पे गौड़ा अंतर्राष्ट्रीय हवाई अड्डे' पर उतरे और *एनआईसीई रोड* से होते हुए *दी आर्ट ऑफ़ लिविंग इंटरनेशनल सेंटर* पहुँचे।

उनके मन उथलपुथल मची हुई थी, और साथ ही आध्यात्मिकता का रस चख लेने से उनमें मौन और साधक होने के लक्षण भी थे।

वे आगे भी बढ़े थे, और कुछ कदम पीछे चले गए थे। लेकिन *टेक्नोलॉजी ऑफ़ स्पिरिचुअलिटी* विडिओ और डॉ. मणिकांतन के साथ बातचीत, जिओ मिंग के अनुसार सबसे आकर्षक थी। अनव ने उसकी बात से अपनी सहमति जताई।

"उनसे 'सुदर्शन क्रिया' की श्वास तकनीक सीखने में कोई बुराई नहीं है", उनका विचार था।

श्वास जीवन की पहली क्रिया है। श्वास के भीतर ही जीवन का अनसुलझा रहस्य है। सुदर्शन क्रिया साँस लेने की एक शक्तिशाली लेकिन सरल लयबद्ध तकनीक है जिसमें साँस की विशिष्ट प्राकृतिक लय शामिल होती है, जो शरीर, मन और भावनाओं के बीच तालमेल बिठाती है।

यह तकनीक तनाव, थकान और क्रोध, हताशा व अवसाद जैसी नकारात्मक भावनाओं को नष्ट करती है, जिससे मन एकाग्र और शरीर ऊर्जावान बनते हुए पूरी तरह से विश्राममय हो जाता है। सुदर्शन क्रिया जीवन में एक गहनता लाती है, और इसके रहस्यों को उजागर करती है। यह अनंत की एक झलक देने वाली आध्यात्मिक यात्रा है। सुदर्शन क्रिया स्वास्थ्य, सुख, शांति और जीवन की अंतर्दृष्टि का मार्ग है!

स्वस्थ जीवन के लिए लें, प्रतिदिन!

श्वास प्राण का मुख्य स्रोत है – एक महत्त्वपूर्ण जीवन-शक्ति! प्राण ही शरीर और मन दोनों के स्वास्थ्य और हित का आधार है। जब प्राण की गुणवत्ता उच्च होती है, तब व्यक्ति स्वस्थ्य, चेतन और ऊर्जावान महसूस करता है। सुदर्शन क्रिया, शरीर में से 90% तक विषाक्त तत्वों और प्रतिदिन में एकत्र हुए तनाव को बाहर फेंककर प्राण के स्तर में वृद्धि लाता है। इसका नियमित पालन करने वालों ने रोगप्रतिरोधक क्षमता, सहनशक्ति और ऊर्जा स्तर में वृद्धि महसूस करने की बात कही है।

सुदर्शन क्रिया का प्रतिदिन नियम से पालन करने से डॉक्टर की आवश्यकता भी कम पड़ती है, और आपको खुशहाल और स्वास्थ्यकर जीवन जीने में मदद मिलती है!

क्या आप जानते हैं कि सुदर्शन क्रिया मुस्कुराहट और खुशी को बढ़ाती है? सुदर्शन क्रिया यह कैसे करती है?

क्या आप ने ध्यान दिया है कि आपको नकारात्मक भावों, जैसे – क्रोध, झल्लाहट, हताशा, दु:ख से बाहर आने में कितना समय लगता है? सुदर्शन क्रिया के माध्यम से, व्यक्ति अपनी साँसों को काबू करके बहुत ही सहजता से अपने अनुभूत भावों को परिवर्तित कर सकता है। अब ये भाव आप पर अपना नियंत्रण नहीं बनाए रख पाते हैं। कल्पना करिए, प्रतिदिन यदि क्रोध, झल्लाहट, ईर्ष्या, भय को खुशी, मुस्कान, गहरी साँस और खुशहाल जीवन में बदल दिया जाए तो!

"हमने अभी तक जो कुछ भी सीख और जाना है, यह उस सब से यकीनन लग है, है न?" जिओ मिंग से अपनी खुशी छिपाए नहीं छिप रही थी।

"यह सच में बहुत सकारात्मक और उच्च स्तर का है," अनव ने भी सहमति जताई।

आर्ट ऑफ़ लिविंग एक विश्व स्तर पर सम्मानित आध्यात्मिक और मानवीय संगठन है। गुरुदेव श्री श्री रविशंकर ने अद्वितीय, प्रभावशाली कार्यक्रम विकसित किए हैं जो वैश्विक, राष्ट्रीय, सामुदायिक और व्यक्तिगत स्तरों की चुनौतियों से निपटने के लिए व्यक्तियों को सशक्त, सुसज्जित और रूपांतरित करते हैं।

वर्ष 1956 में दक्षिण भारत में तमिलनाडु के पापनासम में जन्मे, वे एक असामयिक बालक थे। चार साल की उम्र में ही, वह प्राचीन संस्कृत ग्रंथ, भगवद्गीता

का पाठ करने में सक्षम हो गए थे, और अक्सर ध्यानस्थ हो जाया करते थे। उनको वैदिक साहित्य और भौतिकी दोनों में स्नातक-डिग्री प्राप्त है, जो प्राचीनता के साथ आधुनिकता का प्रतीक है।

1982 में, गुरुदेव ने भारत के कर्नाटक प्रांत में स्थित शिमोगा में दस दिनों के मौन में प्रवेश किया था, और इसके साथ ही 'सुदर्शन क्रिया', साँस लेने की एक शक्तिशाली तकनीक का जन्म हुआ। समय के साथ, सुदर्शन क्रिया आर्ट ऑफ़ लिविंग के पाठ्यक्रमों का केंद्र बिंदु बन गई।

जिओ मिंग और अनव, गुरुदेव श्री श्री रविशंकर और *आर्ट ऑफ़ लिविंग* नामक संगठन के बारे में जानकर आश्चर्यचकित थे।

जब वे केंद्र के प्रवेश द्वार पर पहुँचे, वहाँ उन्होंने गुरुदेव श्री श्री रविशंकर की तस्वीर का एक विशाल *होर्डिंग* देखा। केंद्र पहुँचते-पहुँचते देर शाम हो चुकी थी; दोनों ने अपने-अपने कमरों में *चेक-इन* किया। जिओ मिंग और अनव को 'मीरावनम्' के कमरों में ठहराया गया। यहाँ के सुरुचिपूर्ण ढंग से निर्मित कमरों से वे बहुत प्रभावित हुए।

दोनों, ने सभी कोर्स और कार्यक्रमों की सूची को खंगाला और *हैप्पीनेस प्रोग्राम* और *एडवांस्ड मेडिटेशन प्रोग्राम* में भाग लेने का फैसला किया, जिसे भाग्यवश डॉ. मणिकांतन द्वारा ही संचालित किया जाना था।

उस शाम, जॉगिंग करने के बाद, तरोताज़ा होकर जिओ मिंग और अनव एक बड़े से कैफ़े में पहुँचे। वहाँ उन्होंने ताज़े फल, सैंडविच और फलों के रस का *आर्डर* दिया और बैठकर आस-पास के माहौल को जायज़ा लेने लगे।

बड़ा ही मौज-मस्ती से भरा हुआ जीवंत माहौल था। वहाँ मौजूद अधिकतर लोग बड़े ही जोश के साथ बातचीत में व्यस्त थे।

"ध्यान ही एकमात्र साधन है जिसके द्वारा आप नाकारात्मक विचारों को बाहर् धकेल सकते हैं और फिर सकारात्मक विचारों को अपने भीतर प्रवेश करवा सकते हैं," किसी ने ज़ोर देते हुए अपने समूह के लोगों से कहा, और अनव और जिओ मिंग इस वक्तव्य को सुनकर मुस्कुरा दिए।

****

करीब डेढ़ बज रहे थे और भक्तों का नया झुंड आ चुका था। उसत्व जैसा माहौल

था और लोगों ने उसमें और हर्षोल्लास भरते हुए पूरे जोश के साथ गाना शुरू कर दिया।

"सागर में इक लहर थी तेरे नाम की। तुझे मुबारक खुशियाँ आत्म ज्ञान की। तुझको है अनंत में जाकर मिल जाना, तू है सुंदर कली इस संसार की..."

जिओ मिंग और अनव को थोड़ी देर में समझ आया कि यह एक तरह का जन्मदिन के उपलक्ष्य में गाया जाने वाला गीत था। जैसे-जैसे गीत अपने चरम पर पहुँचने लगा, तालियों की गड़गड़ाहट भी उसके साथ बढ़ने लगी।

"आप जानते हैं कि जन्मदिन का उत्सव मनाते हुए हम सब यह गीत गाते हैं लेकिन बहुत कम लोग इस गीत के पीछे की कहानी को जानते हैं। ये, गुरु जी की अनमोल कहानियों में से एक है। क्या आप इस कहानी को सुनना चाहेंगे?" शिक्षक ने पूछा।

"हाँ बिल्कुल," वहाँ एकत्र भीड़ ने एक स्वर में कहा।

"तो फिर सुनिए। इस जन्मदिन-गीत को बस पंद्रह मिनटों में लिखा और स्वरबद्ध किया गया था। एक दिन गुरुदेव एक भक्त का चालीसवाँ जन्मदिन मना रहे थे। जब वहाँ एकत्र लोगों ने जन्मदिन के लोकप्रिय गीत को गाने की शुरुआत करी, तो गुरुदेव ने उनको उसी घिसे-पिटे पुराने गीत को गाने से मना किया और नया गीत बनाने के लिए कहा। इस तरह से गुरुदेव की कृपा से इस गीत का जन्म हुआ," शिक्षक ने वहाँ मौजूद सभी को आश्चर्य में डालते हुए यह कहानी सुनाई।

शिक्षक का ध्यान जिओ मिंग और अनव पर चला गया जो कि बड़े ध्यान से इस सारे घटनाक्रम को देख रहे थे। उन्होंने दोनों से पूछा, "आश्रम में नए आए हैं? क्या पहली बार आए हैं?"

परिचय का आदान-प्रदान होने के बाद, जिओ मिंग की ओर इशार करते हुए अनव बोला, "ये, पिछले कई महीनों से अपने कुछ सवालों के जवाब खोज के अभियान पर थी। इस रास्ते में हमारा आध्यात्म से कई बार परिचय हुआ... यह बड़ी लंबी कहानी है।"

शिक्षक ने कुछ कहने से पहले *चॉकलेट प्लम केक* का एक बड़ा सा टुकड़ा गटका, फिर बोला, "यह चाकू की धार जैसा है। आध्यात्म और टेक्नॉलजी, दोनों बहुत बारीकी से एक दूसरे में गुथे हुए हैं और बहुत ही सरलता से हम इन दोनों के

बीच संबंध कायम कर सकते हैं। मैं कहता हूँ कि टेक्नॉलजी चाकू की धार जैसी होती है और आध्यात्म उस चाकू का हत्था होता है। यदि आप में कौशल है तो जिस तरह से आप चाकू से ब्रेड पर मक्खन लगा सकते हैं और ठीक उसी तरह से आप इस चाकू से अपने मन और आत्मा पर सुकून का मक्खन लगा सकते हैं।"

थोड़ी देर और विचार-विमर्श करने के बाद, समूह तितर-बितर हो गया। जिओ मिंग और अनव को यहाँ आने के अपने निर्णय की सार्थकता पर यकीन हो चला था। *आर्ट ऑफ़ लिविंग* के पहले औपचारिक कार्यक्रम *हैप्पीनेस प्रोग्राम* के लिए तैयार होने से पहले थोड़ी देर झपकी लेने के लिए वे अपने-अपने कमरों की ओर वापस चल दिए।

****

घड़ी में छह बज रहे थे, जब अनव और जिओ मिंग 'विशालाक्षी मंडप' में स्थित 'बुद्धा हिल' पहुँचे। उन्हें इस बात का ज़रा भी अंदाज़ा नहीं था कि वो वहाँ अब तक की अपनी ज़िंदगी को भूलने और नए सिरे से सीखने जा रहे हैं!

वो वहाँ उपस्थित चालिस अन्य अंतर्राष्ट्रीय साधकों में शामिल थे।

डॉ. मणिकांतन का चिर-परिचित चेहरा जल्द ही उनके सामने था। औपचारिक परिचय पूरा हुआ और कुछ आवश्यक सूचनाएँ प्रदान करी गई।

कुछ देर मौन रखने के बाद उन्होंने सबके सामने के प्रश्न रखा।

"क्या कोई मुझे बता सकता है कि योग क्या होता है?" वहाँ मौजूद कई साधकों ने उत्तर देने का प्रयास किया, लेकिन कोई भी इस प्रश्न का उचित उत्तर नहीं दे पाया।

"मैंने ऋषिकेश में कहीं पर सुना था कि कि योग का 'युज', मिलन के लिए एक संस्कृत शब्द, से कुछ संबंध है। क्या ये सही है?" जिओ मिंग ने उत्तर में कहा।

"हाँ, यह सही उत्तर है। योग की उत्पत्ति संस्कृत शब्द 'युज' से हुई है, जिसका अर्थ है ब्रह्मांडीय मिलन। भौतिक क्रियाएँ तो बस आष्टांग योग का एक घटक हैं, जैसा कि महर्षि पतंजलि ने कहा है।"

"*कोर्स* में अगले दो दिनों में हम 'सूर्य नमस्कार' करने का अभ्यास करेंगे। इसका पेट की मांसपेशियों पर, पेट पर और सूर्य-चक्र या नाड़ी पर गहरा प्रभाव पड़ता है। आप महसूस करेंगे कि सूर्य नमस्कार एक कठिन क्रिया है जो कि सूर्य-चक्र को विस्तृत और प्रखर करने का काम करती है। सामान्यत: सूर्य-चक्र किसी बादाम के

आकार का होता है, और् इसके प्रभाव से वो विस्तृत होकर हथेली के आकार का हो जाता है, तथा यह आपकी पूर्वाभासीय क्षमातों को विकसित करता है। इसीलिए अपनी हथेली का दर्शन देते हुए भगवान विष्णु, जो जगत के पालनहार हैं, को सदैव 'पद्मनाभ' कहा जाता है।"

"तीन दिवसीय *हैप्पीनेस प्रोग्राम* का मकसद आपको कौशल, सहायता और प्रशिक्षण देना है, जिससे आप इस शक्तिशाली श्वास तकनीक का प्रयोग घर वापस जाकर भी करते रह सकें। इस दिशा में काफ़ी अनुसंधान हुआ है जो इस ओर इशारा करता है कि पहले दिन के अभ्यास से ही आपके *कॉर्टिसॉल* के स्तर में पचास प्रतिशत तक कमी आ जाती है, और निरंतर अभ्यास से यह बेहतर ही होता जाता है। हम आपको सरल श्वास तकनीक सिखाएँगे जिसे आप अपने घर पर प्रतिदिन सहजता से कर सकेंगे और तनाव से मुक्ति पाकर दिन की बढ़िया शुरुआत करते हुए, तरोताज़ा, आत्मविश्वास से भरपूर और खुश महसूस कर सकेंगे।"

कोई व्यक्ति, शरीर और मन दोनों के ही तनाव और जकड़न से श्वास के माध्यम से मुक्त हो सकता है, यह जिओ मिंग पहले ही अनुभव कर चुकी थी। हाँ, वो यह जान कर ज़रूर भौंचक्की रह गई कि यह शरीर में से नब्बे प्रतिशत विषाक्त तत्वों को निकाल फेंकता है; साथ ही यह जीवन को संरक्षित करने वाली सकारात्मक जीवन-ऊर्जा के स्त्रोत को विकसित करने का सबसे महत्त्वपूर्ण साधन है।

डॉ. मणिकांतन ने सहजता से कहा, "हमारा मस्तिष्क आकाश की तरह है और विचार उसमें तैरते बादलों की तरह हैं। वर्तमान में जी सकने के लिए, आवश्यक है कि हम अतीत से चिपके न रहें। हमारी श्वास तरकश में रखे हमारे सबसे शक्तिशाली तीर की तरह है, जो कि हमें अपने जीवन के वर्तमान के पलों में रहने में सहायता करता है।"

उन्होंने आगे बताया, "सुदर्शन क्रिया की अनूठी लयबद्ध श्वास तकनीक के माध्यम से, व्यक्ति आत्मकेंद्रित होकर वर्तमान में जीने लगता है।"

"सुदर्शन क्रिया, प्राणायाम और ध्यान, मस्तिष्क को व्यर्थ इधर-उधर भटकने से बचाते हैं। *हैप्पीनेस प्रोग्राम* का मुख्य केंद्र बिन्दु 'सुरदर्शन क्रिया' है। यह सरल है, लेकिन शक्तिशाली श्वास तकनीक है जो कि व्यक्ति को बहुत ही सहजता से गहन ध्यानावस्था में ले जाने की सखंता रखती है," डॉ. मणिकांतन ने अपनी बात पूरी करते हुए कहा।

श्वास तकनीक तो गज़ब की थी, जिसका कुछ ऐसा प्रभाव हुआ कि कई सारे लोग तो बिलख-बिलख कर रोने लगे, तो कुछ लोग बेतहाशा हँसने लगे और कुछ तो नि:शब्द और हथप्रभ रह गए क्योंकि उनको अपने पूरे शरीर में ऊर्जा की उठती हुई विशाल लहरों की अनुभूति हो रही थी।

जिओ मिंग भी इससे अछूती नहीं थी। वो हँस भी रही थी रो भी रही थी। उसके जीवन की सारी घटनाएँ चलचित्र की तरह उसकी आँखों के आगे चल रही थीं। उसने अपना बचपन देखा, अपने पिता को कोयले की खदानों में काम करते हुए देखा, उनको *सीओपीडी* से ग्रस्त देखा, माँ को देखा जो घर का खर्च चलाने के लिए कपड़े सिला करती थी। उसके दिमाग में अपने उछश्रंखल और बदतमीज़ चचेरे भाइयों की छवि कौंध रही थी। जिओ मिंग ने यह भी देखा कि जब जियांगडो टेक्नोलॉजीज़ Xiōngdì Technologies ने *वर्चुअल बडी ऐप* बनाया, तो वह सफलता के शिखर पर कैसे चढ़ी थी, और फिर किस तरह से *पार्टी* द्वारा उसकी इस शानदार सफलता को जब्त कर उससे छीन लिया गया था। अपने *ऐप* का उत्थान और पतन, उसने दोनों को बहुत साफ़-साफ़ देखा।

सभी प्रतिभागियों को साँस लेने की तकनीक के बाद लेटने के लिए कहा गया, जिसे 'योग निद्रा' के नाम से जाना जाता है। प्रतिभागी पूरी तरह से अनजान थे कि प्रक्रिया के दौरान क्या हुआ। जिओ मिंग को भी दूसरों की तरह ही गहन विश्राम का अनुभव हुआ।

अंततः सभी बहुत शांत महसूस कर रहे थे। प्रतिभागियों की तनावपूर्ण नसें शांत हो गईं। कोई भी यह नहीं समझा सका कि आखिर इस परिवर्तन का कारण क्या था। वे सब एक गहन विश्राम की स्थिति में थे, जिसने वास्तव में उन्हें आराम पहुँचाया था और उन्हें पूरी तरह से विषमुक्त अनुभव करवाया था।

जिओ मिंग ने दावे के साथ कहा कि वो अपनी ज़िंदगी में कभी इतने आराम से और इतनी गहरी नींद में नहीं सोई थी। यही वह सर्वोत्कृष्ट सत्य था जिसे वो अब तक जानने की कोशिश कर रही थी, और 'सुदर्शन क्रिया' के बाद वह बहुत प्रसन्न भी महसूस कर रही थी।

उसने गुरुदेव की तस्वीर की ओर देखा और उसे अब और भी यकीन हो गया कि यही वो दाढ़ी वाला आदमी है जिसे वो अब तक खोज रही थी। वो अब 'मास्टर' की उपस्थिति में थी। उसकी आँखों से कृतज्ञता के आँसू छलक पड़े और वह एक छोटे

बच्चे की तरह रो पड़ी। वह एक मासूम शिशु की तरह महसूस कर रही थी जो अपने माता-पिता से अलग हो गया हो और अब उसे वापस उनसे मिलवा दिया गया हो।

पावर-पैक्ड़ तीन दिवसीय *हैप्पीनेस प्रोग्राम* के पूरा होने पर, जिओ मिंग ने कुछ पंक्तियाँ लिखीं।

आज मैं बहुत विनम्र महसूस कर रही हूँ
पहले मैं सिर्फ़ अपनी किस्मत पर रोया करती थी
कोर्स के अंत में मैं अपने दिल की धड़कन सुन सकती हूँ।
कृतज्ञता के आँसुओं से
मैं 'मास्टर' के चरणों को धोना चाहती हूँ।
मेरी अल्पबुद्धि ने हिंसा को अंगीकृत किया था
आज, मेरे हृदय को मौन का विस्तृत वरदान मिला है।
मेरे जीवन की लौ शायद बुझ गई थी
लेकिन 'हैप्पीनेस कोर्स' ने मेरे मस्तिष्क को उज्ज्वल कर दिया है।
आज दीपक की लौ प्रज्ज्वलित है
जिसकी रौशनी के तले मेरा दिल और आत्मा,
शुद्ध उज्ज्वल प्रकाश को महसूस कर रहे हैं।
मैं भ्रमित, आशंकित और तनावग्रस्त हुआ करती थी
आज 'हैप्पीनेस कोर्स' के बाद मैं जगमगा रही हूँ।
तपस्या के अंत में आशा है और
उज्ज्वल पथ की ओर देखने की अभिलाषा है!

जब प्रोग्राम समाप्त हो गया, अनव और जिओ मिंग गुरुदेव के दर्शनों के लिए, उनके मार्गदर्शन और आशीर्वाद के लिए उतावले हो उठे।

लेकिन ऐसा अभी नहीं होने वाला था, क्योंकि 'वो' विदेश में थे।

यह निर्णय करते हुए कि वे दोनों जब तक आश्रम में हैं, अपने समय का पूरी तरह से सदुपयोग करेंगे, उन्होंने *एडवांस्ड मेडिटेशन प्रोग्राम* , मौन धारण करने का कोर्स, के लिए अपना पंजीकरण करवा लिया।

अनव का अनुभव सौम्यता लिए हुए था। वो शेनज़ेन के कंक्रीट के जंगलों से आश्रम के स्वास्थ्यप्रद वातावरण में पहुँच गया था जहाँ सिर्फ़ मौन का वास था। खोखले और खाली ध्यान सत्रों ने उसे सिर्फ़ सुन्न हुआ सा महसूस करवाया था।

उसके लिए यह एक ऐसा अनुभव था जो कोई भी *साइकेडेलिक* दवा, शराब या कोई कृत्रिम पदार्थ से हासिल नहीं हो सकता था; यह अनुभव उसे गहन ध्यान की स्थिति में ले गया था।

इस *कोर्स* ने निश्चित तौर पर जिओ मिंग और अनव को मानसिक स्थिरता प्रदान कर दी थी। उनके विचारों की स्पष्टता उनके आंतरिक स्व: में आकर बस गई सी महसूस होने लगी। *कोर्स* के पूरा होने के बाद तो वे बहुत ही अलौकिक, शुद्ध, उज्ज्वल और नवीनीकृत महसूस कर रहे थे।

प्रतिभागियों को पता चला कि *एडवांस्ड मेडिटेशन प्रोग्राम* की संरचना स्वयं गुरुदेव ने 'प्राण ऊर्जा शक्ति' को विकसित करने के लिए करी थी। कोर्स पूरा होने के बाद प्रतिभागी बेहद प्रसन्न महसूस कर रहे थे, फिर भी वे अपना मौन तोड़ना नहीं चाहते थे।

कुशल शिक्षक डॉ. मणिकांतन ने प्रतिभागियों को पाठ्यक्रम के विविध लाभों के बारे में विशेष रूप से जानकारी दी। जिओ मिंग ने महसूस किया कि यद्यपि उसने अलग-अलग समय पर सेवा, ध्यान, साँसों का निरीक्षण और मौन बनाए रखने के विभिन्न सत्रों का अनुभव ग्रहण किया था, लेकिन उसने कभी भी इन सभी पहलुओं का एक साथ अनुभव नहीं किया था। और यही बात इस कार्यक्रम को अन्य सभी कार्यक्रमों से अलग करते हुए इसे विलक्षण बना रही थी। जिओ मिंग और अनव ने एक ऐसे संपूर्ण-कार्यक्रम का अनुभव किया जिसने उनकी चेतना के स्तर को बढ़ा दिया। इन दोनों साधकों को अपनी विचार प्रक्रिया में संतुलित दृष्टिकोण की दिशा में एक विवर्तनिक बदलाव का अनुभव हो रहा था।

जिओ मिंग ने *आर्ट ऑफ़ लिविंग* के वास्तविक सार, 'संतुलन की स्थिति प्राप्त करना', को समझने के लिए एक समीकरण बनाया,

आंतरिक शांति + बाहरी आनंद => समभाव + साम्यावस्थ + संतुलन

डॉ. मणिकांतन ने गुरुदेव को उद्धृत करते हुए *कोर्स* को समाप्त किया, "ध्यान या *मेडिटेशन* मस्तिष्क की संरचना को बदल देता है। यह सहज ही आपको क्षमता, आंतरिक आराम और विश्राम प्रदान करता है। यह मस्तिष्क को स्वस्थ होने में मदद करता है। ध्यान व मौन के शारीरिक, मनोवैज्ञानिक और आध्यात्मिक लाभ हैं।"

उनकी इस बात से जिओ मिंग और अनव पूर्णत: सहमत थे। उन्होंने यह भी महसूस किया कि *आर्ट ऑफ़ लिविंग* केवल आध्यात्मिकता की तकनीक या 'आयुर

जागृति' नामक एक वीडियो नहीं था। यह इससे कहीं अधिक विशाल था, और उनके लिए बिल्कुल यह सब अभूतपूर्व था।

जिओ मिंग व्यक्तिगत रूप से गुरुदेव से मिलने के लिए उत्सुक थी। अनव यह सूचना प्राप्त करने में सफल रहा कि गुरुदेव बहुत जल्द आश्रम में वापस आने वाले हैं। आश्रम में बने रहने के लिए उन्होंने *'श्री श्री योग प्रोग्राम'* में दाखिला ले लिया। उन्होंने *सेक्रिटेरीअट* में पंजीकरण भी करवा लिया, जिससे गुरुदेव से मिलने का उनको समय मिल सके।

इस बीच, जिओ मिंग और अनव को एक प्रशिक्षक ने *आर्ट ऑफ़ लिविंग* के योग में दीक्षित किया गया।

आर्ट ऑफ़ लिविंग के विभिन्न प्रशिक्षकों की शैक्षणिक योग्यता से दोनों काफ़ी प्रभावित थे। प्रशिक्षकों में टेक्नोक्रेट, नौकरशाह, सेवारत और सेवानिवृत्त सभी शामिल थे। उनके अलावा, रक्षाकर्मी, अर्धसैनिक बलों के लोग, डॉक्टर, वैज्ञानिक और सफल उद्यमी भी शामिल थे। अनव और जिओ मिंग इस बात से चकित थे, कि इतनी बड़ी संख्या में इतने योग्य और सफल व्यक्तियों ने, स्वेच्छा और खुशी से स्वयं के जीवन को *सेवा* में समर्पित कर दिया था।

ऐसा क्या था जिसने इस प्रतिक्रिया को जन्म दिया था? सभी सफल लोग शायद आध्यात्मिकता के माध्यम से अपने-अपने जीवन की किसी कमी को दूर करने के लिए तरस रहे थे।

'श्री श्री योग' शिक्षक ने अपनी परिचयात्मक टिप्पणी में कहा, "यदि कोई व्यक्ति प्रतिस्पर्धी या दिखावटी संस्कृति से थक गया है, जो कुछ समकालिक योग कार्यक्रमों का आधार बना हुआ है, तो निश्चिततौर से यह इस दिशा में खोज की सही जगह है। 'श्री श्री योग' न केवल आपके शारीरिक लचीलेपन, शक्ति और स्वास्थ्य में सुधार करता है, बल्कि योग के प्रति समग्र दृष्टिकोण के साथ साधक की आत्म-जागरूकता और एकाग्रता को भी गहता प्रदान करता है।"

उन्होंने आगे कहा, "श्री श्री योग एक ऐसा माहौल प्रदान करता है जिसमें साधक बिना किसी तनाव के, बिना किसी तकलीफ़ के, बिना प्रतिस्पर्धा के, अपने उद्देश्य को हासिल कर सके। अन्य *योग स्टूडियो*, जिनमें अक्सर ही प्रतिस्पर्धात्मक माहौल रहता है वहाँ आध्यात्मिक अनुभव प्राप्त कर पाना कठिन हो सकता है।"

प्रतिभागी इस बात से सहमत थे कि यद्यपि लोग योग को केवल शारीरिक

व्यायाम से जोड़ कर देखते हैं, इसमें इससे अधिक और भी बहुत कुछ है। 'श्री श्री योग कार्यक्रम' में, सभी ने पारंपरिक आसन, सरल प्राणायाम और निर्देशित ध्यान सहित संपूर्ण योग अभ्यास के सभी पहलुओं का अनुभव किया।

कोर्स का चौथा दिन समाप्त हो रहा था। प्रतिभागियों को 'पद्म साधना दिनचर्या' के सात चक्रों को पूरा करवाने के बाद, शिक्षक उन्हें थोड़ी देर टहलने के लिए, 'विशालाक्षी मंडप' के 'बुद्ध हॉल' की जगह 'राधा कुंज' में लेकर गए, जहाँ दुर्लभ पौधों, मछलियों और मगरमच्छों से भरी एक शांत खूबसूरत झील थी।

वहाँ बैठकर समूह ने तीन बार 'ओंकार' का जाप करने के बाद, सुरम्य भजनों के गायन के साथ 'सूर्य नमस्कार' का अभ्यास करना शुरू कर दिया। जैसे-जैसे भजनों की गति बढ़ती गई वैसे-वैसे योग की गति भी बढ़ती गई। सभी पसीने से तरबतर होने लगे।

"यह एक आदर्श *कार्डियो* व्यायाम है क्योंकि इससे आपकी सभी मांसपेशियों में खिंचाव पैदा होता है।"

****

उस दिन केंद्र में उपस्थित लोगों में गज़ब का उत्साह था। दरअसल, गुरुदेव श्री श्री रविशंकर के वापस आने की खबर फैलते ही पूरा केंद्र जीवंत हो उठा था।

शाम के सात बजे थे, जब सत्संग शुरू होते ही अनव, जिओ मिंग और श्री श्री योग समूह के सभी प्रतिभागी *ऐम्फथीअटर* में एकत्र हो गए।

शीघ्र ही गुरुदेव का आगमन हुआ। उनकी छवि बहुत ही उज्जवल दिख रही थी। उपस्थित सभी लोगों में आशा की लहर दौड़ गई। गुरुदेव ने ध्यान सत्र आयोजित करने से पहले कुछ देर तक भजन जारी रखा और उसके बाद प्रश्नोत्तर सत्र का आयोजन किया।

उस शाम के सूत्रधार ने पहला प्रश्न पढ़ा, "गुरुदेव, मेरा प्रश्न है, क्या यौन ऊर्जा और ध्यान ऊर्जा एक ही ऊर्जा है?"

गुरुदेव ने अपनी रहस्यमय मुस्कान बिखेरते हुए चारों ओर देखा और प्रश्न का उत्तर देने से पहले अपना समय लिया।

"हम्म... दिलचस्प सवाल है...। हाँ, शरीर में केवल एक तरह की ऊर्जा होती है, लेकिन यह विभिन्न रूपों में, विभिन्न चक्रों में प्रकट होती है। यौन ऊर्जा, प्रेम ऊर्जा,

बौद्धिक ऊर्जा, कुशाग्रता, जागरूकता, क्रोध; ये सभी संबंधित हैं।"

"आपने सात चक्रों या ऊर्जा केंद्रों के बारे में सुना होगा। यह एक ऊर्जा है जो स्वयं को विभिन्न रूपों में प्रकट करती है।"

"पहले चक्र 'मूलाधार' में, जो रीढ़ के आधार पर होता है, ऊर्जा उत्साह या जड़ता के रूप में प्रकट होती है। जब वही जीवन शक्ति ऊर्जा दूसरे चक्र, 'स्वाधिष्ठान' में आती है, तो यह यौन ऊर्जा या रचनात्मक या प्रजनन ऊर्जा के रूप में प्रकट होती है। वही ऊर्जा नाभि क्षेत्र, तीसरे चक्र तक जाती है। इसे हम 'मणिपुर' कहते हैं। यहाँ यह चार अलग-अलग रूपों में प्रकट होती है, जो चार अलग-अलग भावनाओं से संबंधित हैं - लालच, ईर्ष्या, उदारता और आनंद। यही कारण है कि इन चारों भावनाओं को पेट के माध्यम से दर्शाया गया है।"

"आप जानते हैं, ईर्ष्या एक भावना है जो पेट में महसूस होती है। उदारता को *सांता क्लॉज* की तरह एक बड़े पेट के साथ दर्शाया गया है। खुशी को भी एक बड़े पेट के साथ दर्शाया गया है, जैसे भगवान गणेश और *लाफिंग बुद्धा*।"

गुरुदेव अचानक चुप हो गए, मानो विचार में हों और दर्शकों ने धैर्यपूर्वक गुरु की बात के जारी रहने की प्रतीक्षा करी।

"जब यह ऊर्जा 'अनाहत या हृदय चक्र' में आती है, यहाँ यह तीन अलग-अलग रूपों - प्रेम, घृणा और भय के रूप में प्रकट होती है।"

"जब यह ऊर्जा कंठ के स्तर तक बढ़ती है, तो यह दुःख और कृतज्ञता का प्रतीक बनती है। क्या आपने कभी गौर किया है कि जब आपको दुःख होता है, तो गला घुटता है, और जब आप कृतज्ञ महसूस कर रहे होते हैं, तब भी गला घुटता हुआ सा महसूस होता है?"

"फिर वही ऊर्जा भौहों के बीच छठे चक्र में पहुँचती है और यह क्रोध और सतर्कता के रूप में प्रकट होती है। क्रोध, सतर्कता, ज्ञान और बुद्धि तीनों 'नेत्र केंद्र' से संबंधित हैं।"

गुरुदेव ने आगे कहा, "वही ऊर्जा सिर के शीर्ष पर सातवें चक्र या 'सहस्रार' में जाती है और परम आनंद के रूप में प्रकट होती है। इसलिए जब तुम पूर्ण आनंद का अनुभव करते हो, मन तुरंत सिर के शीर्ष पर चला जाता है। ऊर्जा सिर में ऊपर तक जाती है और आप आनंदित महसूस करते हैं।"

"वास्तव में, ऊर्जा की ऊर्ध्व गति और अधोमुखी गति जीवन में सभी भावनाएँ हैं। भावनाएँ और कुछ नहीं बल्कि शरीर में ऊर्जा के ऊपर और नीचे की ओर बढ़ने की अभिव्यक्तियाँ हैं," 'मास्टर' ने निष्कर्ष निकालते हुए बात पूरी करी।

इसके बाद में श्री श्री योग के प्रतिभागी गुरुदेव के साथ एक सत्र के लिए ठीक नौ बजे 'बुद्ध हॉल' में एकत्रित हुए। वे सभी चटाई बिछाकर बैठे हुए थे और तभी वहाँ देदीप्य गुरुदेव का आगम हुआ। उनका पूरा व्यक्तितत्व विस्मयकारी था।

उन्होंने सभी सहभागियों को देखा और फिर उनके बीच से होते हुए चलने लगे। उत्साह से भरे लोग अपने मोबाइल से उनकी तस्वीरें खींचने लगे। जिओ मिंग तीसरी पंक्ति में बैठी हुई, "दाढ़ी वाले आदमी" से मिलने की प्रतीक्षा कर रही थी।

गुरुदेव श्री श्री रविशंकर अनव के पास से गुज़रे, एक पल के लिए रुके और फिर पीछे मुड़ते हुए उसकी ओर देखकर मुस्कुराए। उन्होंने उनके साथ तमिल में बात करना शुरू किया। बातचीत, जो कुछ मिनटों तक चली, अनव को अनंत काल तक चलती हुई लग रही थी। इसके बाद उन्होंने अनव के कंधों पर एक शॉल रखकर अनव को आशीर्वाद दिया। अनव की खुशी की सीमा न रही! ऐसा तो उसने सपने में भी नहीं सोच था!

तत्पश्चात गुरुदेव प्रतिभागियों से मिलते रहे, इधर-उधर रुकते रहे। वह जिओ मिंग के पास से गुज़रे और उसे देखकर मुस्कुराए और फिर आगे बढ़ गए।

जिओ मिंग को चुप्पी ने घेर लिया। उसे यकीन था कि गुरुदेव उसके पास भी रुकेंगे और उसके साथ भी बात करेंगे जैसा कि उन्होंने अनव के साथ किया था।

चारों ओर घूमने और सभी प्रतिभागियों को देखने के बाद, गुरुदेव ने उनसे कार्यक्रम के बारे में पूछा। जिओ मिंग को छोड़कर, कई प्रतिभागियों ने बड़े ही उत्साह से उनसे बात की।

जिओ मिंग की आँखें आँसुओं से डबडबा रहीं थीं, क्योंकि 'मास्टर' केवल उसे देखकर मुस्कुराए थे। उसे अनव से ईर्ष्या हो रही थी!

फिर गुरुदेव ने योग के बारे ज्ञान देते हुए कुछ समझाया, "एक योग-साधक योग के विषय में अंत:दृष्टि की खोज करता है जो उसे मन और शरीर की प्रकृति को समझने और कैसे एक आरामदायक और परिपूर्ण जीवन जिया जाए को समझने में सहायता करती है..."

रात के 10 बज रहे थे और अचानक गुरुदेव उठे और चले गए। घोषणा हुई कि श्री श्री योग प्रतिभागी अगली सुबह छह बजे एकत्र होंगे।

सभी लोग अपने-अपने कमरों की ओर चल दिए। सिर्फ़ जिओ मिंग को छोड़कर सभी बेहद उत्साहित थे। 'मीरावनम्' की ओर बढ़ती हुई जिओ मिंग निराशा और दुख में डूबी हुई थी। उधर अनव बेहद खुश था; लेकिन उसे जिओ मिंग की मनोदशा का एहसास भी हो रहा था।

जिओ मिंग ने आखिरकार मानसिक शक्ति और साहस जुटाया और अनव से पूछा कि गुरुदेव उससे क्या बात कर रहे थे।

"उन्होंने रमेश के बारे में पूछा। उन्होंने भगवान गणेश के बारे में भी बात करी..."

"रमेश... हे भगवान! क्या वो दिमाग पढ़ लेते हैं?" जिओ मिंग ने प्रतिक्रिया दी। "और भगवान गणेश क्यों?" जिओ मिंग ने आगे पूछा।

"यह किसी जादू जैसा था, बिल्कुल समझ से परे। गुरुदेव ने तो बस जैसे मेरा मन पढ़ लिया हो। मैं उस समय रमेश के बारे में ही सोच रहा था और तभी गुरुदेव ने पूछा कि वो अपने ज़िंदगी के कठिन दौर से गुज़रने के बाद अब कैसा है।"

"उन्होंने यह भी कहा कि भगवान गणेश को हाथी का दिमाग और विशालकाय कान प्राप्त हैं। 'अपनी मानसिक क्षमताओं का विस्तार करो और सुनने की शक्ति बढ़ाओ। यह तुम्हारे व्यक्तित्व को निखारेगा', गुरुदेव ने यही कहा है," अनव ने जिओ मिंग को बताया।

"जरा सोच कर तो देखो, जिओ मिंग! क्या यह असामान्य नहीं है?"

निराश और रोने जैसी हालत में जिओ मिंग के मुँह से, बस 'हाँ' ही निकल सका। उसे ऐसा लग रहा था कि उसकी पूरी यात्रा व्यर्थ चली गई थी। इस यात्रा से उसे कुछ नहीं हासिल नहीं हो सखा था।

"गुरुदेव ने मेरी उपस्थिति पर न तो ध्यान ही दिया और न ही मुझसे बात की। मैंने उनकी तलाश में दूर-दूर की यात्राएँ करीं, लेकिन कुछ भी हाथ नहीं आया। मैं बहुत निराश महसूस कर रही हूँ अनव। मैं बस रोना चाहती हूँ," जिओ मिंग अब खुद को संभाल नहीं सकी।

****

अगले दिन, कार्यक्रम का आखिरी और अंतिम दिन था और सभी प्रतिभागी

सुबह ठीक 6 बजे एकत्र हो चुके थे। उन चालीस प्रतिभागियों के समूह में से सिर्फ़ एक ही व्यक्ति वहाँ अनुपस्थित था; जिओ मिंग वहाँ नहीं थी। बीती रात की घटना ने उसकी मानसिक स्थिति पर बहुत दुष्प्रभाव डाला था। उदासी की चादर ओढ़े उसने अपने कमरे में ही रहने का निर्णय किया था।

किसी ने तड़के 5:45 पर उसका दरवाज़ा खटखटाया भी था, लेकिन उसने उत्तर देने की कोशिश ही नहीं करी।

"जिओ मिंग तुम खुद को गर्त की ओर धकेल रही हो। यह विनाशकारी है," अचानक एक खयाल उसके मन में कौंध गया।

जागने के बाद भी जिओ मिंग बहुत देर तक बिस्तर में पड़ी रही, और जब उठी तो निरुद्देश्य सी *सेंटर* में घूमती रही। उसने वहाँ की सभी जगहों को एक आखिरी बार देखने का सोचा, क्योंकि अगले दिन तो उनको लौटना ही था।

बहुत देर यूँ ही निरुद्देश्य इधर-उधर भटकने के बाद वो बेहद निराश सी हालत में अपने कमरे में लौट आई।

"मैं सत्संग में नहीं जाऊँगी। गुरुदेव को मुझसे कुछ मतलब नहीं है," उसने निर्णय किया।

"मेरी ज़िंदगी में जो कमी है, वो हमेशा बनी रहेगी। बुद्ध, दाढ़ी वाला आदमी, जुआन जांग की प्रेरणा और श्वास तकनीक, सब एक धोखा है। यह सब छलावे के अलावा और कुछ नहीं है। मैं अपने टूटते तारों के पास वापस चली जाऊँगी। मेरा जीवन और *करियर* बदनामी और गुमनामी में समाप्त हो जाएगा," वो घोर हताशा से घिरी हुई यह सब सोचे जा रही थी। और अचानक वह शेनज़ेन वापस जाने के लिए अधीर हो उठी।

देर शाम उसके दरवाज़े पर लगातार कोई खटखटाया रहा था। खुद को किसी तरफ खींचते हुए जिओ मिंग ने बेमन से दरवाज़ा खोला।

"जिओ मिंग, तुम सुबह से कहाँ हो? मैंने कितना फ़ोन किया, कितने संदेश भेजे...। गुरुदेव ने आज ध्यान के कई सत्र आयोजित करवाए और हमारे साथ करीब दो घंटे बिताए। आज आखिरी दिन था और तुम लापता थी?"

"दूसरे सत्र के अंत में गुरुदेव ने तुम्हारे बारे में भी पूछा। और तुम मानोगी नहीं, *सेक्रिटेरीअट* के एक कर्मचारी ने मुझे सूचित किया है कि गुरुदेव के साथ हमारी

मुलाकात शाम 6:00 बजे निर्धारित है," अनव उत्साह के साथ बोले जा रहा था।

"लेकिन अनव, उन्होंने तो मुझे नज़रअंदाज़ कर दिया..." जिओ मिंग इतना ही कह सकी।

"गुरु कभी भी अपने शिष्य की परीक्षा नहीं लेता, क्योंकि वह शिष्य की क्षमता से पूरी तरह वाकिफ़ होता है। शिष्य की क्षमता से सभी को अवगत कराने के लिए, गुरु शिष्य को कठिन से कठिन परिस्थितियों में डालता है, और क्योंकि शिष्य गुरु की लीला को जानता है, वह सब कुछ आनंदपूर्वक सहन करता है। इसलिए कहा जाता है कि गुरु और उसके शिष्य के बीच का रिश्ता बहुत सूक्ष्म और बेहद अंतरंग होता है। जिओ मिंग ये वही शब्द हैं जो गुरुदेव ने आज सुबह बोले थे," अनव बोला।

"मेरे मन में कोई संदेह नहीं है कि वह केवल तुम्हारी ही बात कर रहे थे। तुम्हारा चयन हो चुका है और तुम इस अवसर को गँवा रही हो," अनव ने टिप्पणी करी।

आखिरकार, जिओ मिंग ने अनव के अनुरोध के आगे हथियार डाल दिए और तय किया वो खुद को एक मौका और देगी। दोनों 6 बजे *सेक्रिटेरीअट* पहुँच गए। जिओ मिंग ने हाथ में ज़ुआन जांग की किताब थामी हुई थी।

****

गंगा कुटीर में गुरुदेव के दर्शन

जिओ मिंग 'मास्टर' की दिव्य छवि को देखकर अचंभित रह गई। आधुनिक आध्यात्मिक गुरु के साथ यह उसकी दूसरी मुलाक़ात थी। जिओ मिंग बस उन्हें देखकर रो पड़ी; एक बच्चे की तरह बेसुध होकर बिलख-बिलखकर रोती चली गई।

माहौल उदात्त और सुंदर था। स्पष्टवादी, दिव्यदर्शी गुरु की आभा विलक्षण थी। उन्होंने कलफ़ लगी हुई सफ़ेद धोती पहन रखी थी। माथे पर चंदन के लेप का टीका लगाए हुए वे बड़े ही दिव्य लग रहे थे।

गुरुदेव ने जिओ मिंग की ओर देखा और आहिस्ता से उसके हाथ से किताब ले ली।

"तुम आज सत्र में नहीं आई? लगता है तुम्हारा मन और शरीर भटक रहा है। एक सच्चा साधक कभी भी सत्य के मार्ग से भटकता नहीं है," उन्होंने अपनेपन के साथ कहा। किताब को देखते हुए उन्होंने अपने अनोखे अंदाज़ में बोलना जारी रखा।

"तुम देख सकती हो कि जुआन जांग सत्य की खोज और बौद्ध ग्रंथों की खोज के अपने ध्येय में, बिना रुके निरंतर लगे रहे। तुमको भी बहादुर और दृढ़ बनना होगा। मैं उनकी कहानी जानता हूँ और अब मैं तुम्हारी कहानी जानना चाहता हूँ," गुरुदेव बोले।

जिओ मिंग अचंभित रह गई। वहाँ मौजूद सभी लोग जो कुछ घट रहा था उसको बड़े ध्यान से देख रहे थे। फिर उसने अपने जीवन की पूरी कहानी उनको सुनाई...

क्षीअन (Xi'an) प्रांत की यात्रा, उसके माता-पिता, उसकी शिक्षा, *वर्चुअल बडी* *ऐप*, फिर *ऐप* का जब्त होना, *बाओ* और *बाई* और जुआन जांग की किताब। इसके पहले की वो इसके आगे और कुछ कहती गुरुदेव ने उसे रोक दिया।

उन्होंने अपने एक सहायक को कुछ इशारा किया, और उनका इशार पाते ही वो सक्रिय हो गया। उन्होंने जिओ मिंग को तीन चीजें भेंट करीं – एक सेब, बुद्ध की छोटी सी एक मूर्ति और *आर्टिफ़िशल इन्टेलिजन्स* पर एक किताब। इसके बाद उन्होंने एक सुंदर लाल शॉल (एक रात पहले जो अनव को आशीर्वाद स्वरूप दिया था उससे कहीं बड़ा) उसके कंधों पर से उसे उढ़ा दिया।

जिओ मिंग उनके चरणों में गिर पड़ी। उसके सिर पर हाथ रखते हुए उन्होंने उससे पूछा कि क्या वो उन्हें कुछ देना चाहती है? जिओ मिंग एक पल को सोचने लगी और फिर उसे याद आया कि *हैप्पीनेस प्रोग्राम* के बाद उसने एक कविता लिखी थी। गुरुदेव ने उसे ज़ोर से पढ़कर सुनाने के लिए कहा।

शीघ्र ही सत्संग का समय हो गया और गुरुदेव उठे और *एमफ़ीथीएटर* की ओर चल दिए।

सुंदर भजन गाए गए और भक्तजन दिव्यता का अनुभव करके झूमने लगे। इसके बाद गुरुदेव ने उनको ध्यान करवाया।

एक बार जब ध्यान पूरा हो गया तो गुरुदेव ने हँसते हुए सबसे पूछा कि क्या वे सब एक कहानी सुनना पसंद करेंगे? ऐसा कहते हुए, कहानी सुनाने से पहले वे कुछ देर चारों ओर घूमते रहे।

"एक बार की बात है, एक गुरु, सभा को दर्शन दे रहे थे। लोग आ रहे थे, उनको प्रणाम कर रहे थे और उनका आशीर्वाद ले रहे थे। अधिकतर समय गुरु चुप ही थे और जब कोई आकर अपनी व्यथा उनसे कहता और उनकी प्रतिक्रिया का इंतज़ार करता, वो बस एक ही बात कहते – तुम बहुत भाग्यशाली हो!"

"एक आदमी उनके पास आया और बोला, "मैं इग्ज़ैम में फ़ेल हो गया।" गुरु बोले, "तुम बहुत भाग्यशाली हो।"

दूसरा व्यक्ति आकर बोला, "मेरी पत्नी मुझे छोड़ कर चली गई है।"

"तुम बहुत भाग्यशाली हो", गुरु फिर बोले।

लोगों की चाहे समस्या कुछ भी हो, गुरु की प्रतिक्रिया वही रहती।

"मेरा कोई दोस्त मुझसे बात नहीं कर रहा" या "मेरी नौकरी छूट गई है", गुरु सबको यही कहते कि 'वो बहुत भाग्यशाली है'।

हालाँकि गुरु की प्रतिक्रिया एक ही थी, फिर भी अजीब बात यह थी कि लोग बेहद खुश होकर वहाँ से जाते थे, मानो जैसे उनको उनकी परिस्थिति के लिए बेहतरीन राय मिल गई हो। कुछ देर बाद, एक व्यक्ति आगे आया और उसने गुरु से कहा, "पूज्य गुरु जी मैं खुद को बहुत भाग्यशाली मानता हूँ और मैं बहुत कृतज्ञ हूँ कि आप मेरी ज़िंदगी में हैं।"

जब गुरु ने यह सुना, वो चिढ़ गए और उस आदमी को उन्होंने कस के एक थप्पड़ जड़ दिया। अब तो और भी अजीब बात हुई, यह आदमी, आँखों में आँसू भरे कृतज्ञता से भावविभोर होकर नाचे लगा।

एक दूसरा आदमी जो यह सब देख रहा था, सबके इस अजीब व्यवहार को देखकर पूरी तरह से उलझन में पड़ गया। लेकिन वो गुरु से इस बारे में सीधे-सीधे प्रश्न करने में डर रहा था। इसलिए वो एक वरिष्ठ शिष्य के पास गया और उससे बोला, "मैंने जो कुछ भी अभी यहाँ देखा, वो मुझे बिल्कुल भी समझ नहीं आया। क्या आप कृपया करके मुझे इसका अर्थ समझा सकते हैं?"

गुरु के व्यवहार की व्याख्या देने की सुनकर..." कहते-कहते गुरुदेव नाटकीय तौर से रुक गए और चुटकी लेते हुए पूछने लगे, "भक्तों को ऐसा करना पसंद होता है, है न? उनको हमेशा ही गुरु के कामों की व्याख्या करने में आनंद आता है। क्यों, मैंने ठीक कहा न?"

फिर हँसते हुए गुरुदेव ने कहानी आगे बढ़ाई।

वरिष्ठ शिष्य ने जवाब दिया, "जो गुरु ने किया, वो बिल्कुल ठीक था! पहले व्यक्ति को एहसास हुआ कि वह भाग्यशाली है क्योंकि जब आप फ़ेल हो जाते हैं तब आप और ध्यान से पढ़ाई करते हैं। जिस आदमी की नौकरी छूट गई थी और दूसरा

जिसके दोस्तों ने उसका साथ छोड़ दिया था, वे दोनों अपने को भाग्यशाली इसलिए मान रहे थे क्योंकि अब उनके पास आत्म-मंथन करने का अधिक समय था। नौकरी में लोगों के पास कुछ भी सोचने समझने के लिए समय ही नहीं होता है, और वो व्यक्ति सच में भाग्यशाली है जिसके पास सत्य को जानने और स्वयं को समझने का समय हो। वो व्यक्ति जिसकी पत्नी उसको छोड़कर भाग गई थी, वो अब अपने रिश्ते में करी हुई गलतियों को जान-समझ सकता था। अब उसके पास मौका था कि वो अपनी पत्नी की भावनाओं और ज़रूरतों की और अधिक कद्र कर सके, इसलिए गुरु के शब्दों से वो खुश था।"

गुरुदेव आगे बोले...

मनुष्य की चेतना के तीन स्तर होते हैं। पहला और निम्नतम् स्तर है, शुद्ध जड़ता; जब किसी को कुछ भी महसूस नहीं होता है। दूसरा तब होता है जब व्यक्ति को पता चलता है कि जीवन में दु:ख है। बुद्ध, लोगों को जड़ता से दुख के प्रति जागरूकता की ओर ले गए। हर दु:ख आपको जगाता है और तभी आप में वैराग्य और अभिन्नता का उदय होता है। इसलिए बहुत से लोग जीवन में दु:ख देखकर आध्यात्मिक हो जाते हैं। तीसरा चरण यह जानना है कि जीवन आनंदमय है। यहीं पर गुरु तत्व की आवश्यकता होती है। गुरु की उपस्थिति में दु:ख आनंद में बदल जाता है।

"लेकिन आखिरी व्यक्ति जो आभारी था उसे थप्पड़ क्यों मिला?"

"क्योंकि जब उसने कहा, 'मैं आभारी हूँ', तब भी वह 'मैं' के आसपास केंद्रित था। जब उसे वह तमाचा लगा तो गुरु ने उससे कहा, 'मैं और तुम? दो? जाग जाओ। एक ही ब्रह्म है। जब इसकी अनुभूति हो जाती है, तो जीवन से दु:ख गायब हो जाता है।"

"आमतौर पर लोग ज़िंदा होते हैं, वे जीते नहीं हैं। जीवंतता के बिना जीवन अर्थहीन होता है, अज्ञानता से भरा होता है। ऐसे जीओ जैसे कि आपका कोई अस्तित्व ही नहीं है, यही ज्ञानोदय है। शून्यता और पूर्णता - ध्यान और उत्सव एक साथ चलते हैं।"

कथा सुनने के बाद श्रद्धालु खुशी से झूम उठे। एक बार जब माहौल शांत हुआ, गुरुदेव ने जिओ मिंग को मंच पर आने के लिए कहा। जिओ मिंग को अपने कानों पर विश्वास नहीं हुआ; वो बेहद खुश हो गई। वह भीड़ से गुज़रती हुई मंच की ओर दौड़ी और वहाँ पहुँचकर गुरु को प्रणाम किया।

गुरुदेव ने फिर जिओ मिंग को अपने बारे में बताने और अपनी कविता सुनाने के लिए कहा।'गंगा कुटीर' में जो कुछ भी उसने कहा था, वह सब उसे दोहराना था।

गुरुदेव उसकी ओर ध्यान से देख रहे थे और उम्मीद कर रहे थी कि जिओ मिंग अपने दिल की बात कहेगी। जिओ मिंग उनका इशारा समझ गई। लेकिन इसके पहले वो कुछ कह पाती, वो फिर से फूट-फूट कर रोने लगी। लेकिन उसने खुद को जल्द से संभाल लिया।

"मैं आपसे कुछ कहने के लिए व्यग्र हूँ गुरुदेव। मैंने फ़ीनिक्स मंदिर में अपने अनुभव के बाद बौद्ध धर्म और दाढ़ी वाले व्यक्ति की तलाश में पश्चिम की ओर अपनी यात्रा शुरू करी थी और आज जब आपने मुझे बुद्ध की मूर्ति, एक सेब और आर्टिफ़िशियल इंटेलिजेंस पर पुस्तक आशीर्वाद स्वरूप दी है, तो मुझे विश्वास हो गया है कि वह भिक्षु बुद्ध ही थे और बुद्ध की मूर्ति जो दाढ़ी वाले आदमी के रूप में रूपांतरित हुई थी, वह कोई और नहीं बल्कि आप ही हैं।"

अंततः, जिओ मिंग अपने जीवन में कमी को दूर करने में सफल हुई और अब वो पूर्णता महसूस कर रही थी।

"तुमको अभी कई काम करने हैं ...," मास्टर बोले।

अगली सुबह तड़के ही, अनव और जिओ मिंग *आर्ट ऑफ़ लिविंग सेंटर* में इक्कीस दिन बिताने के बाद, वहाँ से चल दिए। ये उनकी ज़िंदगी के सबसे यादगार पलों में से थे।

अनव और जिओ मिंग हवाई अड्डे की ओर बढ़ चले। अनव की विचार प्रक्रिया में बहुत परिवर्तन आ चुका था और वो गुरुदेव और भगवान गणेश का परम-भक्त बन चुका था।

और जिओ मिंग को क्या हासिल हुआ? वो सोच रही थी... टूटते तारे, उम्मीद की पूंछ वाले धूमकेतु, जुआन जांग पर किताब, ये सब अब उसके जीवन का हिस्सा नहीं रह गए थे। वो उन सबको खो चुकी थी... लेकिन उसे इस बात से कोई पछतावा नहीं था।

उसने अपने जीवन में एक गुरु, गुरुदेव श्री श्री रविशंकर, एक 'मास्टर' को पा लिया था।

भारत की यह यात्रा जो किसी अभियान से कम नहीं रही थी, बहुत ही महत्त्वपूर्ण

और युगांतरकारी साबित हुई थी। उसने ज़िंदगी के प्रति विश्वास और उत्साह को पाया, खोया और पुन: खोज लिया। भारत की अपनी इस यात्रा के बाद जिओ मिंग ज़िंदगी को विस्तृत दृष्टिकोण से देखने लगी थी।

जिओ मिंग की विचार प्रक्रिया में बहुत कुछ बदल चुका था, लेकिन गणित की भाषा में ज़िंदगी की व्याख्या करने की उसकी अदात वैसी की वैसी ही बनी रही। उसने अपने अनुभवों को एक समीकरण में बाँधने की फिर से कोशिश करी।

$$H(x, t) = \sum (A + C + F + G - N)$$

जिसमें, *H किसी भी स्थान (x) और दिए गए समय (t)* पर *अनुभव करी गई खुशी है, और*

A स्वीकृति है,

C करुणा है,

F क्षमा करने की अभिवृत्ति है,

G कृतज्ञता है,

N नकारात्मकता है।

बेशक, वह जानती थी कि खुशी को कभी भी गणितीय समीकरण से निर्धारित नहीं किया जा सकता है। हालाँकि, अपनी जीवन-शक्ति के माध्यम से कोई व्यक्ति नकारात्मकता को दूर कर सकता है और खुशी के वक्र पर आगे बढ़ सकता है। यह किसी के भी जीवन में हल करी जा सकने वाली पहेली थी।

"गुरु ज्ञान है। गुरु प्रेम है। गुरु प्रकाश है। गुरु, ईश्वर और आत्मा में कोई अंतर नहीं है।"

- गुरुदेव श्री श्री रविशंकर।

कुछ शब्द

"आपके जीवन का उद्देश्य, जैसा आपको मिला था उससे बेहतर संसार अपने पीछे छोड़कर जाना होना चाहिए।"

- गुरुदेव श्री श्री रवि शंकर

एक बार जब जिओ मिंग अपने पश्चिम की ओर प्रवास के बाद घर लौटी, तो वह अपनी अगली परियोजना में जुट गई। जिओ मिंग अब दृढ़ता से मानने लगी थी कि हर किसी के जीवन में एक चीज़ की परम आवश्यकता थी - एक 'मास्टर' या गुरु की। पूरी लगन के साथ वो एक काम में जुट गई और बहुत जल्द ही एक नया *ऐप* तैयार हो गया।

यह एक ऐसा *ऐप* था, जो कलयुग में इंसान के लिए मानसिक संबल के रूप में काम करता था; जो भटक गया था उसके लिए सहारे का काम करता था। इसका मुख्य लक्ष्य था यह सुनिश्चित करना कि कोई भी जीवन में भटकने न पाए। इस *ऐप* का नाम उसने *'गुरु ऐप'* रखा, जिसका काम 'मास्टर' की भूमिका निभाना था। *'गुरु'* ने दुनिया भर में लाखों लोगों को सांत्वना दी, उनके जीवन में मार्गदर्शन किया और उसकी जीवन-धारा बदल दी।

ऐप को पहले से ही चीनी सरकार का अनुमोदन प्राप्त था, क्योंकि *पार्टी* इसे चीन के सामाजिक ताने-बाने में पहले से ही अधोमुखी नैतिक मूल्यों के और अधिक पतन को रोकने, तथा आक्रोश से भरे हुए मध्यम वर्ग को एक गहरे सामाजिक संकट और आर्थिक मंदी के भार के नीचे दबने से रोकने के लिए एक उपयोगी शस्त्र के रूप में देख रही थी।

एक बूढ़े होते समाज की पीड़ा को महसूस करने के बाद, देश को 'माओ' की एक बच्चे की नीति को त्यागना पड़ा। इससे भी महत्त्वपूर्ण बात यह, कि यह *ऐप* सरकारी अधिकारियों में नैतिकता को आत्मसात कराने में भी उपयोगी था – जो कि आर्थिक सुधार लाने के लिए आवश्यक था।

गुरुदेव श्री श्री रविशंकर ने जिओ मिंग और उसके पति लू याओ की उपस्थिति में *गुरु ऐप* लॉन्च किया। दोनों की खुशी की सीमा न थी!

लेखक के बारे में

रवि वल्लुरी, भारतीय रेल यातायात सेवा के एक वरिष्ठ अधिकारी हैं। आपने विभिन्न *ज़ोनल रेलवे* में काम किया है। आपने *मिल रेल* (सेना मुख्यालय) में भी काम किया है, जहाँ आपको 'सेनाध्यक्ष पुरस्कार' से सम्मानित किया गया। वर्तमान में, आप चेन्नई में प्रधान मुख्य वाणिज्य प्रबंधक, दक्षिण रेलवे के पद पर कार्यरत हैं।

रवि वल्लुरी दस पुस्तकें लिख चुके हैं, जिनमें लघु कथाओं का संकलन भी शामिल है। आप *आर्ट ऑफ़ लिविंग* के *फैकल्टी* भी हैं। शराब एवं ड्रग्स की बुरी आदत से ग्रस्त लोगों की मदद करने के लिए आप उनकी *काउन्सेलिंग* करते हैं और *कोर्स* भी करवाते हैं। इसके अलावा आप *आर्ट ऑफ़ लिविंग* के *हैप्पीनेस प्रोग्राम*, योग और ध्यान सत्र आयोजित करते हैं। आपको स्कूल के दिनों से ही *थिएटर*, *पब्लिक स्पीकिंग* और लेखन का शौक रहा है, जिन्हें आप आज भी पूरा करते हैं।

आप, *फ्री प्रेस जर्नल* में अपना योगदान भी देते रहते हैं। https://ravivalluri.wordpress.com आपका *ब्लॉग* है। *रेडियो एफ़एम*, सिकंदराबाद और *रेनबो एफ़एम*, बरेली पर आपके कार्यक्रम प्रसारित हो चुके हैं। इनके अलावा दूरदर्शन नेशनल, दूरदर्शन उत्तर प्रदेश और दूरदर्शन गोरखपुर द्वारा रवि वल्लूरी का साक्षात्कार लिया व प्रसारित किया जा चुका है।

लेखक से 9003160950 (व्हाट्सएप) और valluri.ravi@gmail.com पर संपर्क किया जा सकता है।

लेखक के द्वारा कुछ अन्य

दी मैटर ऑफ़ दी माइन्ड
(तेलुगु में "मनोमूलमिधम" के रूप में अनुवादित)

मेक दी माइन्ड माउंट कैलाश

दी इन्फ़ाइनाइट माइन्ड (सह-लेखक अंकुश गर्ग)

नमो 303 वर्डस टू विक्ट्री
(कन्नड में इसी नाम से उपलब्ध)

इंडियन स्टोरीज़ : इमेजिज़ & थॉट्स

हार्टब्रेक ऐट कॉफ़ी शॉप एण्ड अरे ऑफ़ टेल्स
(हिन्दी में इसी नाम से उपलब्ध)

डिवाइन व्हिसपर्स 365 कोट्स ऑफ़ एच. एच. श्री श्री रवि शंकर
(औडियो पुस्तक के रूप में audible.com पर उपलब्ध)

मैजिक ऑफ़ माइन्ड
(तमिल में इसी नाम से उपलब्ध)

टेल्स ऑफ़ पैरलल्स

अ कोट अ डे इन्स्पिरेशन 2022

फ़ेस्टिवल्स : अ रे ऑफ़ होप
(रवि वल्लुरी और लक्ष्मी वल्लुरी द्वारा संकलित)

www.ingramcontent.com/pod-product-compliance
Lightning Source LLC
Chambersburg PA
CBHW031325230926
51848CB00001B/89
9789378642104